Taxi nach Rügen

Witte & Wittkamp

TAXI nach Rügen

Radegast erster Fall

HINSTORFF

Liebe Leserin, lieber Leser, wir freuen uns über Ihre Bewertung im Internet!

Die Deutsche Nationalbibliothek verzeichnet diese Publikation in der Deutschen Nationalbibliografie; detaillierte bibliografische Daten sind im Internet über http://dnb.ddb.de abrufbar.

1. Auflage 2018
Herstellung: Hinstorff Verlag GmbH
Lektorat: Henry Gidom
Titelbild: Rügenbrücke in Stralsund, fotolia, ©mochisu
Druck: GGP Media GmbH, Pößneck
Printed in Germany
ISBN 978-3-356-02135-6

EINS

Noch acht Minuten. Höchstens zehn. Allerhöchstens fünfzehn Minuten gab er sich noch. Dann würde er hier weg sein. Thorsten Gramzow hatte die Uhr direkt vor sich. 23.35 Uhr. Jetzt stand er schon über eine halbe Stunde vor dem hohen Hauptportal des Stralsunder Bahnhofs. Und wartete. Um 23.42 Uhr hielt hier der letzte Zug. Und vor ihm standen noch drei Kollegen. Könnte passieren, dass er gar keinen Fahrgast mehr abkriegen würde. Aber in fünfzehn Minuten war er hier weg. So oder so. Notfalls eben ohne Passagier. Scheiß auf die Kohle!

NDR 2 spielte uralte Ohrwürmer zum Mitsingen. Er war noch nicht mal geboren gewesen, als das Zeug angesagt war. »Baby love, my sugar baby love«. Gramzow schloss die Augen, schob seinen Sitz nach hinten und fuhr die Rückenlehne in Richtung Waagerechte. Als Taxifahrer musst du deine Ruhezeiten nehmen, wo du sie kriegst. Im Prinzip gab's ja mehr als genug davon. Bloß immer zur falschen Zeit. »Baby love«. Dabei hatte der Sonntag vielversprechend angefangen. Die Studentin, die er zum Seniorenheim Prohner Wiek gefahren hatte. Omas Geburtstag. »Sugar baby love«. Sie hatte ihm nicht gesagt, dass sie studieren würde. War überhaupt nicht gesprächig gewesen. Aber sexy. Trotz der Nerd-Brille irgendwie genau sein Typ. Sie musste ihm gar nichts über sich erzählen. Gramzow wusste auch so, woran er war. Er hatte Menschenkenntnis. Und Vorstellungsvermögen. Wenn du als Taxifahrer keine Menschenkenntnis hast, kannst du einpacken. Dass sie Studentin war, hatte er ihr angesehen. Nach zwei Minuten zusammen mit ihr in seiner Taxe kannte er sie in- und auswendig. Intuitiv. Er wusste genau, wie sie tickte, und hatte sie abgespeichert. Um bei Bedarf an sie zu denken. »My sugar baby love«. Gegen die Warterei und den ganzen anderen Dreck, der ihm so gegen den Strich ging, dass er manchmal ausrasten könnte. Sich eine Waffe besorgen und: Bäng! Aber er hatte sich ja im Griff. Jetzt könnte er seine Studentin aus einer Gruppe von dreißig Frauen herausfischen, sozusagen mit geschlossenen Augen.

Gramzow fing an, sich dreißig Frauen vorzustellen, alle im richtigen Alter und eine schöner als die andere. Wie Models. Er wusste gar nicht, wo er zuerst hingucken sollte. Die Handflächen wurden feucht. Er rieb sie an den Oberschenkeln seiner Cargo-Hose trocken. Verdammt, jetzt hatte er die Studentin doch verloren.

Er öffnete die Augen. Die Uhr neben dem Tacho zeigte 23.51 Uhr. Er hob den Kopf. Wie jetzt? Hatte er die letzte Fuhre verpennt? Nein. Die Kollegen vor ihm standen auch noch da. Also hatte der letzte Zug Verspätung. Mal wieder. Gramzow ließ den Kopf auf die Nackenstütze zurücksinken. Wenn er halb so unpünktlich wäre wie die Bahn, würde überhaupt keiner mehr ein Taxi bestellen.

Er kehrte zu seinen dreißig Models zurück. Ließ sie in einer langen Reihe antreten, wie bei einer Gegenüberstellung. Gramzow im Dunkeln, die Frauen konnten ihn nicht sehen. »Kommt Ihnen eine dieser Personen bekannt vor?« – »Haben Sie eine von ihnen kürzlich gesehen?« Gramzow lächelte zufrieden. Da war sie wieder, seine Studentin. Er würde sie natürlich nicht ans Messer liefern. Sondern auf eine der anderen Frauen deuten. Aber auf welche? Dann ging er die Reihe durch. Von links nach rechts. Langsam und schweigend. Lass sie ruhig ein bisschen zappeln. Das mögen sie doch.

Plötzlich ein dumpfer Knall, eher ein Wumms, den Gramzow bis in die Eingeweide seines Fahrersitzes spürte. Er schreckte hoch und brauchte eine Sekunde, bis er das Geräusch zuordnen konnte: Irgendjemand hatte gerade seine Kofferraumklappe zu gedonnert, als gäbe es kein Morgen. Im nächsten Moment wurde die hintere Tür aufgerissen. Ein Riese steckte den Kopf in seinen Wagen: »'n Abend. Hab ich Sie geweckt? Tut mir leid!«

Gramzow fuhr den Sitz zurück in Position und angelte nach seinem Sicherheitsgurt: »Ich bin so was von ausgeschlafen, da träumen Sie von.« Seine Stimmbänder waren etwas belegt, und der Satz klang nicht halb so frisch, wie er ihn geplant hatte.

Der Riese musterte ihn mit einem leicht spöttischen Gesichtsausdruck und schob sich auf die Rückbank. »Ich muss nach Baabe. Sie fahren doch nach Rügen?«

»Ich fahre überall hin. Solange Sie zahlen.« Gramzow gab sich mürrisch. Das gelang ihm besser. Nicht anmerken lassen, dass diese Tour für ihn wie gemalt war. Um eins in Baabe, das hieß, um zwei im Bett. Gramzow knipste die Innenbeleuchtung aus und startete den Motor.

»Mir ist es gleich, ob du über Bergen oder über Putbus fährst. Hauptsache schnell«, ließ sich der Riese von hinten vernehmen. »Den Taxameter kannst du auslassen, wenn du willst. Fünfundvierzig Euro, einverstanden?«

Für einen flüchtigen Moment störte sich Gramzow an dem Du. Aber er entschloss sich, das zu ignorieren. Fünfundvierzig Euro waren okay. Und steuerfrei sogar sehr okay. Als er vom Bahnhofsvorplatz auf den Tribseer Damm eingebogen war, warf er einen Blick in den Rückspiegel. Der Riese kannte sich also aus. Einer von der Insel? Das Gesicht, das kurzzeitig von einer Laterne am Fahrbahnrand erleuchtet wurde, hatte immer noch dieses leicht spöttische Grinsen. Ansonsten sagte es ihm nichts. Er kannte zwar jede Menge Leute von der Insel. Aber alle auch nicht. Ging ja auch gar nicht. Dazu war Rügen zu groß.

Schräg vor ihnen tauchte ein unwirkliches, kaltweißes Flutlichtband auf, das sich in den schwarzen Nachthimmel schwang. Die neue Brücke. Hatte jetzt auch schon ein paar Jahre auf dem Buckel. Gramzow überlegte, wann genau die eröffnet worden war. Egal. Für ihn würde das immer die neue Brücke bleiben. Er war schließlich noch mit dem alten Rügendamm groß geworden. Sie fuhren die Rampe hoch und der NDR spielte *Bridge Over Troubled Water*, eine Sixtiesnummer von Simon and Garfunkel. »When you're weary, feeling sad …« Das Flutlicht der Brücke gab Gramzow Gelegenheit, den Riesen im Rückspiegel ausführlich zu studieren. Ein paar Jahre älter als er, so um die fünfunddreißig, nicht nur zu groß, sondern auch zu schwer. Mindestens hundertzehn Kilo. Hielt sich offenbar für eine richtig große Nummer. Leinensakko, dieses spöttische Grinsen, das Duzen, überhaupt der ganze Auftritt. Irgendwas an ihm störte Gramzow gewaltig. Er beschloss, seinen Fahrgast nicht zu mögen.

Jetzt fing der auch noch an, mitzusummen. »Like a bridge over troubled water …«

Gramzow schaltete das Radio aus.

Einen Augenblick Stille, dann brummte der Riese unbeirrt weiter. »Sail on Silver Girl, sail on by. Your time has come to shine … Silver Girl«.

Gramzow atmete einmal tief durch und suchte nach seiner abgespeicherten Studentin. Für solche Situationen, ganz genau für solche. Von den dreißig Models waren nur noch vier übrig, die anderen schon verschwunden. Die Gegenüberstellung hatte sich offenbar erledigt. Sie waren frei, zu gehen. Als Erstes schwebte Gramzow ein nächtlicher Spaziergang am Strand vor, Mondlicht, Meeresrauschen, Händchenhalten, das volle Aufwärmprogramm. Er hätte natürlich eine Flasche Prosecco dabei – so was mögen Studentinnen garantiert –, um der aufgehenden Sonne zuzuprosten. Und dann fast beiläufig die Frage: »Zu dir oder zu mir?« Gramzow sah sich mit ihr für einen kurzen Moment vor der Tür seiner Einraumwohnung in Bergen. Definitiv keine gute Idee. Also zu ihr. Oder in ein Hotel? Gleich zeigen, dass man nicht knauserig ist. Und Stil hat.

Der Riese von der Rückbank grunzte. »Kannst du mal die Klimaanlage anmachen? Mir ist ganz schön warm.«

Gramzow streckte die Hand nach dem Schalter aus. Im letzten Moment fiel ihm ein, dass er den Typen ja nicht mochte. »Ist kaputt. Der Wagen geht morgen in die Werkstatt.« Der Riese musste kapieren, dass hier nicht alles nach seiner Nase läuft.

»Schiebedach?«

»Geht auch nicht. Hängt alles am selben Stromkreis.« Mit einer verstohlenen Handbewegung blockierte Gramzow die Schalter der elektrischen Fensterheber. Soll der da hinten in seinem Saft schmoren. Oder abnehmen.

Kurz vor Samtens sah Gramzow im Innenspiegel, wie der Riese sich mühsam aus seinem Leinensakko schälte. Der Taxifahrer wollte die Tour jetzt so schnell wie möglich hinter sich bringen, wäre da nicht diese Vollsperrung an der Ampel in

Teschenhagen kurz vor Bergen. Gegen 22.00 Uhr hatte dort ein Rüganer Jugendlicher mit einem tiefergelegten Etwas einem Bierlaster die Vorfahrt genommen. Dessen Auflieger samt Ladung versperrte dort immer noch die Fahrbahn. Also runter von der dreispurigen Straße B 96n, die Nebenstrecke über Garz und Putbus. Da war um diese Zeit so gut wie keiner unterwegs. Fernlicht an und lass die Karre laufen. Gramzow liebte es, nachts unterwegs zu sein. Besonders im Sommer.

In der Taxe machte sich ein süßlich-klebriger Geruch breit. Das kam von draußen: Raps. Ein knallgelbes, fast verblühtes Meer rechts und links der Straße. In der Dunkelheit nicht zu sehen, aber umso stärker zu riechen. ›Jetzt das Schiebedach‹, dachte Gramzow, ›das würde helfen.‹ Aber ging ja nun schlecht. Alles die Schuld dieses Typen. Gramzow fuhr noch schneller, um den Rapsgestank hinter sich zu lassen.

Die nächsten fünfzehn Minuten versuchte er, das Riesenbaby auf dem Rücksitz gedanklich durch seine Studentin zu ersetzen. Aber das wollte ihm nicht mehr gelingen.

Drei Kurven hinter Putbus meldete sich die schnaufende Stimme von hinten. »Geht's ein bisschen langsamer? Ich will ins Bett, nicht auf den Friedhof.«

»Genau wie ich«, murrte Gramzow und peilte den Innenrand der nächsten Rechtskurve an.

Sein Fahrgast klammerte sich an den Handgriff über der Tür.

Gramzow grinste. ›Nützt dir gar nichts, Dicker!‹ Im Fernlicht tauchte das Schild für Wildwechsel auf. Zweihundert Meter weiter eine Geschwindigkeitsbegrenzung. Gramzow ignorierte sie.

Riesenbaby, unverkennbar nervös, meldete sich erneut: »Nach der nächsten Kurve ist mir mal ein Wildschwein direkt vor meine Honda gelaufen.«

»Und? Was sagt uns das?«

»Dass du nicht heizen sollst wie ein Hirni! Und die Schilder stehen hier auch nicht zum Spaß.« Jetzt klang er schon panisch.

»Selber Hirni«, sagte Gramzow und hielt mit unverminderter Geschwindigkeit auf eine Kuppe zu. »Die Viecher richten sich nicht nach Schildern. Die sind, wo sie wollen! Überall!«

Für einen kurzen Moment wurde die Taxe oben auf der Kuppe ganz leicht, bevor sie tief einfederte und hinten mit einem Schlag aufsetzte. Der Riese wurde zusammengestaucht. Er schnaufte kurz: »Wenn du jetzt nicht sofort langsam fährst, dann … dann …«

Gramzow nahm den Fuß vom Gas und schaute über seine Schulter nach hinten: »Was ist dann?«

Das Riesenbaby schwitzte und sprach jetzt leise, während die Taxe immer langsamer wurde. »Alles in Ordnung. Fahr weiter!«

Gramzow lenkte den Wagen an den rechten Fahrbahnrand und brachte ihn zum Stillstand. Beide Hände am Lenkrad, den Blick auf die Straße vor sich gerichtet, sagte er nur ein Wort: »Raus!« Im Rückspiegel sah er, wie der Riese ihn mit seinem spöttischen Grinsen anschaute. Offenbar war es angeboren.

»Komm, lass den Scheiß! Fahr weiter!«

Gramzow wiederholte sein Kommando: »Raus aus meiner Taxe!« Dann fuhr er mit einer lässigen Handbewegung das Schiebedach zurück.

»Aber wieso denn? Das kannst du nicht machen.« Jetzt klang er definitiv weinerlich.

»Und ob. Du hast mir gedroht. Für dich ist die Fahrt hier zu Ende.«

Zuerst passierte gar nichts. Außer dass man durchs offene Schiebedach von irgendwo her eine Amsel hörte. Gramzow wunderte sich, was die mitten in der Nacht hier zu singen hatte.

Da öffnete der Riese die Tür und die Innenbeleuchtung ging an. »Du Riesenarschloch! Wir treffen uns noch!«

»Ja, gleichfalls«, sagte Gramzow, ohne sich umzudrehen. Die Tür wurde zugeschlagen. Er fuhr an, ließ die Seitenscheibe runter und reckte noch einen Stinkefinger raus. Im Spiegel sah er, wie der Riese hinter der Taxe her rannte und irgendwas rief, das wie »Halt! Meine Sachen!« klang. Gramzow beschleunigte weiter. Dann erinnerte er sich, dass der Typ am Bahnhof an seinem Kofferraum gewesen war. Die Taxe stoppte, er stieg aus und sah hinein. Eine kleine Reisetasche. Mehr nicht.

Gramzow schaute zurück. Riesenbaby war etwa hundert Meter entfernt und kam plattfüßig näher. Er stellte die Reisetasche an den Fahrbahnrand, stieg in seine Taxe und fuhr wieder an. Es rauschte in seinen Ohren. Gerade hatte er fünfundvierzig Euro in den Wind geschossen. Fünfundvierzig Euro schwarz. Aber das war es ihm wert, jeder Cent. So nicht! Nicht mit ihm!

Er war ungefähr zwei Kilometer gefahren, als ihm auffiel, dass er immer noch in Richtung Baabe unterwegs war. Falsche Richtung. Sein Bett in Bergen lag schräg hinter ihm. Gramzow überlegte: Er könnte bis Zirkow und von da aus hoch nach Bergen fahren. Aber wieso eigentlich? Das wäre ein Umweg. Er hatte doch keine Angst vor Riesenbaby. Im Gegenteil. Gramzow wendete in einer Auffahrt mit blau-gelber Toreinfahrt in Nadelitz und fuhr die Straße zurück, auf der er gekommen war. Kurze Zeit später tauchte in seinem Scheinwerferkegel eine herrenlose Reisetasche auf, die am linken Fahrbahnrand stand. Von Riesenbaby keine Spur.

ZWEI

›Ostwind‹, freute sich Fabian Radegast, ›endlich Ostwind, vier bis fünf Windstärken. Stetig und nicht zu kalt.‹ Die BALTICA schob sich auf ihre Bugwelle, kam ins Gleiten. Weiter draußen würde sich schon eine richtige Dünung aufbauen, hier im Strelasund waren es nur Katzenköppe, nette kleine Wellen, die das Schiff ab und zu hüpfen ließen. Leicht salzige Gischt traf sein Gesicht, er kniff die Augen zu schmalen Schlitzen zusammen. Der Wind zauste in seinen sommerblonden Haaren, irgendwo oben schrie eine Lachmöwe. Für Fabian Radegast konnte es keinen schöneren Morgen geben. Nirgendwo auf der Welt. Hier war sein Paradies.

Der Sund zwischen Rügen und dem Festland war wie ein Trichter. Der Wind, der übers freie Meer kam, traf auf die beiden Ufer, wurde aufgehalten, abgelenkt und dann durch die Meerenge geschickt. Eine natürliche Düse, mit halbem Wind über den Sund, immer hin und zurück.

Als Junge hatte es für ihn nichts Wichtigeres gegeben als sein Boot. Da war er an manchen Tagen sicher fünfzehn oder zwanzig Mal zwischen Altefähr und Stralsund hin und her gekreuzt. Immer wieder, hatte einfach nicht aufhören können. Anfangs war er mit seinem Vater gesegelt, dann alleine, und dann hatte er seinen Freund Ole mitgenommen. Inzwischen war Ole vielleicht sogar der bessere Segler. Sie müssten bald mal wieder ein Wettsegeln veranstalten. Fabian Radegast lächelte. Neulich hatte sein Freund die Strecke berechnet, die Fabian segelnd auf dem Strelasund zurückgelegt hatte. Zwischen dem alten Fähranleger in Altefähr und dem Stralsunder Hafen waren es grob eineinhalb Seemeilen, und Ole war daraufhin irgendwie auf eine Gesamtstrecke von etwas über dreitausend Seemeilen gekommen. Also ungefähr von Stralsund durch den Nord-Ostsee- und den Ärmelkanal, durch die Biskaya bis nach Porto. Und wieder zurück. Ole war Techniker, kannte sich mit Zahlen aus. Trotzdem hatte Radegast die Rechnung in Zweifel gezogen. Zweifeln entsprach seinem Naturell und war ihm bei seiner täglichen Arbeit oft zugutegekommen. Dann hatte er eine konservativere Gegenrechnung aufgemacht und darin allerhöchstens tausendzweihundert Seemeilen addiert. Auch nicht schlecht, immerhin noch die Distanz von Rügen nach Riga und retour.

In Lee tauchte Stralsund auf. Tiefrote Häuser und Dächer vor einem hellen Junihimmel. Radegast hätte diese Silhouette blind nachzeichnen können. Die Altstadt mit den drei mächtigen Backsteinkirchen, Sankt Jakobi, Sankt Marien und Sankt Nikolai. Morgensonne glitzerte auf den Dächern, ließ den Grünspan der Kupferhauben schimmern. Er musste blinzeln, schloss die Augen, genoss den Wind.

»Fabian! Träumst du etwa? Du sollst aufpassen, dass ich nichts falsch mache.«

Janas Stimme holte Radegast zurück. Er schaute nach hinten. Die Elfjährige saß im Heck des Flying Dutchman, ihre rechte Hand an der Ruderpinne, in der linken die belegte Großschot.

»Du machst eben alles richtig«, sagte Radegast und lächelte sie an, »sonst würde ich ja was sagen. Du kannst höchstens noch ein bisschen abfallen, dann kriegen wir mehr Fahrt.«

Jana zog die Pinne einen Tick zu sich und öffnete das Großsegel etwas weiter: »Okay. So?«

»Perfekt«, nickte Radegast. »Was ist mit meiner Fock?«

»Steht ganz gut so«, sagte Jana. »Aber sie macht mir eine Beule ins Großsegel.«

»Oha. Was können wir denn dagegen tun?«

»Manno, du kannst doch besser segeln als ich«, maulte Jana am Heck.

»Aber du hast das Kommando. Sag mir, was ich tun soll! Dicht holen?«

»Nee. Wegfieren. Und etwas weiter rein. Wir krängen nach Luv.«

Radegast befolgte die Anweisungen. Jana segelte wirklich gut. Sie musste nur lernen, sich durchzusetzen. An Bord gab es immer eine Person, die verantwortlich war und deshalb das Sagen hatte. Musste es geben, ging gar nicht anders. Und in diesem Fall war das eine Elfjährige. Radegast hatte damit kein Problem.

»Die Prüfung ist in zehn Tagen. Meinst du, ich komme durch?«

»Wehe nicht«, sagte Radegast. »Sonst blamierst du ganz Altefähr. Und die Strömung nicht abreißen lassen. Der Wind hat ein bisschen gedreht.«

Jana nickte und korrigierte das Großsegel. »Wann hast du eigentlich deinen Segelschein gemacht? In meinem Alter?«

»Ein bisschen später, so mit dreizehn.«

»Ich kriege ihn, bevor ich zwölf bin. Wetten?«

»Du bist ja auch ein Mädchen …«

Jana warf ihr von der Sonne gebleichtes Haar zurück und schaute ihn forschend an. Ihre Nase war gekräuselt, in einem Meer von Sommersprossen: »Wie meinst du das?«

›Jetzt nichts Falsches sagen‹, dachte Radegast, ›sonst gibt es eine endlose Diskussion.‹

»Naja, ihr wachst nicht nur schneller als die Jungs. Ihr lernt auch besser. Das ist wissenschaftlich belegt.«

»Weiß ich. Bei uns entwickelt sich die linke Gehirnhälfte früher als bei denen. Aber dann holen sie leider auf.«

»Beim Lernen vielleicht. Aber nicht beim Aussehen«, sagte Radegast so neutral wie möglich. »Siehst du die Jacht voraus?«

»Ja klar, bin doch nicht blind.«

»Und wer hat jetzt Vorfahrt?«

Jana überlegte, bewegte lautlos die Lippen und sagte dann: »Die haben Vorfahrt.«

Radegast nickte: »Also?«

»Klar zur Wende!«

»Ist klar!«

»Ree!«

Die Elfjährige drückte die Pinne zum Segel hin.

»Halt back die Fock!«

»Fock über!«

Radegast zog die Fock, während Jana hinten unter dem Großbaum durchtauchte. Dann setzte sie sich in Luv und holte das Großsegel auf den neuen Kurs dicht. Radegast tat dasselbe mit der Fock. ›Sie macht das wirklich sehr gut‹, dachte er, ›besser als so mancher gestandene Segler.‹

Der Skipper der kreuzenden Jacht grüßte lässig herüber, und Jana erwiderte mit einem ebenso knappen, coolen Winken. Dann drehte sie sich zu Radegast um: »Ich hab Hunger. In meinem Rucksack ist ein Schokoriegel.«

Radegast belegte das Vorsegel. Er griff nach dem Betty-Boop-Rucksack, den Jana am Mastfuß befestigt hatte, und öffnete ihn, als ein schriller Doppelton erklang, der ihm so vertraut war wie der morgendliche Wecker. Und mit fast genau so vielen negativen Empfindungen verknüpft.

Radegast nahm den Schokoriegel aus Janas Rucksack. Sie bestand darauf, dass sie teilten. Und als das passiert war, zog er doch das Smartphone aus seiner verwaschenen Chino, schaltet es ein und las die eingegangene SMS.

»Wir müssen zurück, Jana. Tut mir leid. Mein Job.«

»Wieso? Ich denke, du hast heute frei?«

»Dachte ich auch. Aber sie brauchen mich. Kann ich leider nicht ändern.«

»Und was ist mit Boje über Bord? Das klappte neulich überhaupt nicht. Und wenn ich das Manöver nicht kann, kann ich die Segelprüfung gleich vergessen.«

Radegast schaute Jana unglücklich an. Wie ein bedröppelter Hund, hätte Lis gesagt. Genauso hatte der dickliche Labrador ihres Vaters geguckt, wenn man ihn beim Brötchenklauen ertappt hatte. Und so ähnlich fühlte Fabian Radegast sich jetzt auch.

»Bis zur Prüfung segle ich noch ein paar Mal mit dir. Versprochen.«

Jana seufzte und senkte den Kopf. Dann gab sie die Kommandos zum Auffieren und brachte die BALTICA auf einen Kurs, der sie direkt zur kurzen Hafenmole von Altefähr führen würde.

Fabian Radegast war leider kein Junge mehr, der ganze Tage auf dem Meer verbringen konnte. Inzwischen gab es Wichtigeres als sein Boot. Zum Beispiel einen toten Mann.

Ein warmer Windstoß rauschte über goldgelbe Wellen und verlor sich in Richtung Horizont. Rügen im Frühsommer war gelb und grün und roch nach Raps. Fabian Radegast stieg aus dem Peugeot, nahm sein Jackett vom Rücksitz und setzte seine Sonnenbrille auf. Wohin er auch blickte, in alle vier Himmelsrichtungen erstreckte sich das Land in voller Blüte. Vor ein paar Tagen hatte die Ernte begonnen, aber die meisten Felder waren noch unberührt. Er kletterte in den Graben neben der Landstraße, der völlig ausgetrocknet war. Man hatte ihn großräumig mit Flatterband abgesperrt, drei Streifenwagen sicherten den Fundort.

Der Tod an sich machte ihm nicht mehr viel aus. Ähnliche Situationen hatte er des Öfteren erlebt. Eine plötzliche Erinnerung an Lis, wie sie sich nach ihm umdrehte, um ihn auf irgendetwas hinzuweisen. Das war natürlich nicht auf Rügen gewesen, sondern in Cuxhaven. Da hatte er fast drei Jahre in der Mordkommission gearbeitet, fast sechs Monate davon mit Lis. Er hatte die Gegend vom ersten Augenblick an gemocht, die Art der Leute da und sogar Cuxhaven. Sein Problem waren die Deiche gewesen. Und Ebbe und Flut. Für Segler eine echte Hürde. Bring mal deinen polizeilichen Dienstplan mit dem Tidenkalender überein. Immer, wenn er frei hatte, war das Meer gerade nicht da. Höchstens ein Glitzern am Horizont. Aber dann war ihm Lis begegnet, und ein neues Leben hätte beginnen sollen. Und hatte nicht mal ein halbes Jahr gedauert. Anschließend hatte er sich in die Heimat zurückversetzen lassen. Als Erster Kriminalhauptkommissar zur Kriminalpolizei Stralsund.

Eine männliche Stimme in seinem Rücken unterbrach Radegasts Gedankengang. »Könnte ein Sexualdelikt sein.«

»Könnte …«, sagte eine weibliche Stimme.

Radegast drehte sich um. Hinter ihm im Graben beugte sich seine Kollegin Annekathrin Struve zusammen mit einem uniformierten Kollegen über eine leere Kondompackung, die aussah, als hätte sie schon monatelang dort gelegen.

»Soll ich das eintüten?«, fragte der Uniformierte.

»… muss es aber nicht sein«, fuhr die Kriminalhauptkommissarin unbeirrt fort.

»Dann soll ich es nicht eintüten?«

»Doch, mach mal!«

Radegast musterte seine Stellvertreterin und staunte wie jeden Tag über die kühnen Farb- und Musterkombinationen, die sie am Morgen bei ihrer Kleiderwahl getroffen hatte. Über halbtransparenten hellgrauen Leggins mit roten Punkten trug Annekathrin ein T-Shirt in XXL. Vermutlich aus dem Kleiderschrank ihres Mannes. Schwarz-Weiß-Quergestreift, was bei ihrer Figur allerdings nicht schlecht aussah. Dazu ein giftgrüner Minirock, der unter dem Oberteil hervorblitzte.

Annekathrin hatte Radegast bemerkt und war mit einer Behändigkeit aus dem Graben geklettert, die im ziemlichen Kontrast zu ihrer etwas schleppenden Sprechweise stand. Sie gaben sich die Hand. »Hab mir gedacht, dass du gerne dabei wärst, auch wenn heute dein freier Tag ist.«

»Hast du richtig gedacht.«

Sie gingen zu einem Mähdrescher, der am Rande des Rapsfeldes abgestellt war.

»Der Landarbeiter wollte gerade zu mähen beginnen, da hat er ihn im Graben entdeckt.«

»Hast du den Mann schon vernommen?«

»Nein. Ist ziemlich unter Schock. Er sitzt da hinten im BMW, falls du ihn befragen willst.«

»Das hat ja Zeit«, sagte Radegast.

Eine Folie, unter der die Umrisse eines menschlichen Körpers zu erahnen waren, drei Meter neben dem Mähdrescher. Ein massiger Körper. Radegast ging in die Hocke, schlug die Folie zurück und betrachtete das Gesicht des Toten. Es sagte nichts, was er nicht schon wusste. Der Mann war tot. Mindestens einen Meter fünfundneunzig groß. Das Alter? Schwer zu bestimmen, dreißig bis vierzig Jahre, schätzte Radegast. Schüttere dunkle Haare, die jetzt an seinem Schädel klebten. Die sonnengebräunte Haut schien teigig und fleckig. Er sah nicht gesund aus. Und das nicht nur, weil er jetzt tot war. Radegast deckte das Gesicht der Leiche wieder zu und drehte sich zu Annekathrin Struve um. »Wissen wir schon, wer er ist?«

Annekathrin schüttelte den Kopf. »Kein Ausweis, kein Geld, kein Handy. Eine Jacke haben wir auch nicht gefunden.« Sie deutete auf eine Reisetasche, die am Mähdrescher lehnte. »Die stand am Straßenrand, knapp zwanzig Meter von hier. Ich habe reingeschaut, aber nichts Aufschlussreiches entdeckt.«

Radegast ließ den Blick vom Mähdrescher über den Graben und zurück zur Leiche wandern, prägte sich die Szenerie ein, versuchte, alle Details zu speichern, auch die, die jetzt vielleicht noch unwichtig erschienen. In der Hoffnung, sie später wieder abrufen zu können. Er hatte damit bessere Erfahrungen gemacht als mit den üblichen Tat- und Fundortfotos.

»Ist noch alles genau so, wie wir es vorgefunden haben. Fotos sind gemacht. Du kannst also loslegen, wenn du willst.«

Radegast sprang in den Graben. Er nahm gedanklich die Position des Toten ein und versuchte sich vorzustellen, was ihn dorthin gebracht hatte. Ein Unfall? Oder ein Angriff? Gab es irgendwo Anzeichen für eine Auseinandersetzung? Kampfspuren? Anzeichen äußerlicher Gewalt? Der Kommissar verließ den Graben auf der Straßenseite und ging etwa fünfzig Meter am Fahrbahnrand entlang. Seine Augen scannten den Asphalt.

Annekathrin tauchte an seiner Seite auf. »Hab ich schon gemacht. Keine Glassplitter, keine Reifenspuren, nichts.«

»Also ist er einfach so gefallen? Kopfüber in den Graben?«

»Sieht so aus.«

»Lange kann er da nicht gelegen haben. Gibt es irgendwelche Vermisstenanzeigen?«

»Aktuell nicht.«

Radegast sah, wie ein weißer Kastenwagen sich der Absperrung näherte und von den Uniformierten durchgewunken wurde. Er hielt auf Höhe des Mähdreschers, und zwei Männer stiegen aus, Mitarbeiter des Instituts für Rechtsmedizin an der Ernst-Moritz-Arndt-Universität in Greifswald. Radegast kannte sie.

»Tag allerseits, was habt ihr Schönes für uns?«, fragte Kretschmar, der ältere der beiden, die von allen nur Doc Ketchup und Doc Mayo genannt wurden. Und die stolz darauf waren.

»Männliche Leiche, noch nicht identifiziert«, Annekathrin zog die Folie weg.

»Das ist ja mal was Neues, Kollegin. Ganz was Neues.« Kretschmar nickte seinem jüngeren Partner zu, und Majewski beugte sich über den Toten. Er nahm eine erste Untersuchung vor, Kretschmar ging ihm zur Hand. Sie arbeiteten wortlos, aufeinander eingespielt, in absolutem Schweigen. Während der nächsten fünf Minuten hörte Radegast nichts als das Tschilpen irgendwelcher Vögel, einen Hund und einen Lkw in der Ferne und das Klicken des Feuerzeugs, mit dem der nicht uniformierte Kollege sich jenseits des Grabens eine Zigarette ansteckte.

Und er beobachtete Annekathrin. Sie hatte die Augen geschlossen, bewegte sich kaum merklich und memorierte offensichtlich die komplizierte Schrittfolge eines lateinamerikanischen Tanzes. Es war für ihn immer noch schwer vorstellbar, wie sich seine papageienbunte Kollegin nach Feierabend in eine Turniertänzerin verwandelte. Mit Ehrgeiz und Anspruch. Eingeschnürt in ein silbernes Paillettenkleid, schwebte sie

leichtfüßig und mit festgetackertem Lächeln über das Parkett. Annekathrin hatte Radegast einmal ihre Turnierfotos vorgelegt. Aber als er versehentlich ein Kompliment über eine ihrer geklonten Mittänzerinnen gemacht hatte, war ihre Zeigfreudigkeit erlahmt.

Der Kommissar räusperte sich. »Irgendwas Auffälliges?«

»Ich kann nichts entdecken.«

»Und der Eintritt des Todes … was denkt ihr? … So in etwa?« Es war nicht so, dass Radegast kein Verständnis für die Gerichtsmediziner hatte. Sie brauchten Zeit und Erfahrung, um zu belastbaren Ergebnissen zu kommen. Die sollten sie haben. Was er nicht leiden konnte, war, wenn sie dabei so taten, als hüteten sie das Geheimwissen der ganzen Welt.

»Ist immer schwierig, so aus der Hüfte heraus.«

»Wir nehmen ihn erst mal mit nach Greifswald. Ist besser.«

»Eine grobe Angabe reicht mir schon«, sagte Radegast. »Kommt auf zehn Minuten nicht an.«

»Na ja, ich würde mal sagen … so zwischen 0.00 und 2.00 Uhr in der Früh.«

»Aber nagelt uns nicht fest. Ist lediglich eine Schätzung.«

»Genau. Nur eine erste grobe Schätzung.«

»Besser grob als gar nichts«, sagte Annekathrin und rollte die Augen.

Radegast fragte sich nicht zum ersten Mal, was er mehr an seiner Kollegin schätzte: ihren stillen Humor, der sich erst auf den zweiten Blick zeigte, oder ihr situatives Einfühlungsvermögen.

Das Dienstgebäude der Kriminalpolizei Stralsund lag westlich der Altstadt in der Barther Straße. Fabian Radegast hatte seine Lieblingsposition eingenommen: Er stützte sich auf die Fensterbank des Besprechungszimmers und blickte auf den kargen Betonparkplatz hinter dem Haus. Hier konnte er am besten nachdenken. Was war in der letzten Nacht an der alten Bäderstrecke zwischen Putbus und Nadelitz passiert?

Radegast hörte ein Räuspern in seinem Rücken und ignorierte es. Wenn es um kollegiale Aufmerksamkeit oder Streicheleinheiten ging, sollte man ruhig deutlicher werden. Noch ein Räusperer und dann die Frage: »Chef …?«

Er drehte sich langsam um und sah, wie Joachim von Plessen mit spitzen Fingern ein zerknittertes Oberhemd in die Luft hielt, das sich in der Reisetasche des Opfers befunden hatte. »Das Beste kommt stets zum Schluss. Wie im richtigen Leben.«

Der junge Kommissar wedelte mit dem Hemd wie ein Torero mit seinem Tuch. Er war erst seit einem halben Jahr bei der Kripo Stralsund, hatte aber gleich eine völlig neue Farbe in Radegasts Team gebracht. Anfangs allerdings war es irritierend gewesen. Radegast hatte den neuen Kollegen für gekünstelt gehalten, beinahe für affig. Fast alles an ihm war ihm gegen den Strich gegangen. Das fing an mit der altmodischen Art, sich zu kleiden, und seinen steifen Umgangsformen, die immer etwas Blasiertes zu haben schienen. Und es endete bei seiner gestelzten Redeweise. Welcher Fünfundzwanzigjährige benutzte Worte wie »Adamskostüm«, »Feigherzigkeit« oder »Talmi«? Höchstens erzkonservative Typen, die mit noch konservativerem Gedankengut sympathisierten und sich mit solchem Getue in den Vordergrund spielen wollten. Oder eben jemand wie Joachim von Plessen, der auf einem halb verfallenen Jagdschloss in Thüringen aufgewachsen war. In einem reinen Frauenhaushalt. Mit vier oder fünf Tanten. Keine davon unter sechzig.

Eigentlich hätte alles gegen von Plessen sprechen müssen. Und doch hatte er sich schnell als echte Bereicherung für Radegasts Team erwiesen. Im Auftreten und von der Erscheinung her der völlige Gegensatz zu Annekathrin Struve, ergänzte er sie durch sein kriminaltechnisches Wissen. Außerdem konnte er stundenlang mit wachsender Begeisterung am Computer sitzen und recherchieren. Was Radegast oder Annekathrin Struve eher unwillig taten.

Er schüttelte das zerknitterte Oberhemd ein letztes Mal und legte es dann fast liebevoll zu den anderen Fundstücken – ein Haufen Schmutzwäsche – zu seiner Rechten.

»Das ist alles. Wie verfahren wir weiter hiermit?«

»Indem wir es erst mal alles wieder einpacken«, sagte Radegast und verkniff sich ein Lächeln. »Danke, Joachim.« Mehr Streicheleinheiten gab es vom Chef der Kripo Stralsund nicht.

Von Plessen nickte und griff nach einem Kulturbeutel, der auf dem Fußboden stand. Er verstaute ihn in einem braunen Karton, schichtete dann die verpackten Wäschestücke obendrauf. Sorgfältig, wie es ihm die Tanten beigebracht hatten. Oder sagte man in seinen Kreisen »eingebläut«?

Radegast warf einen sehnsüchtigen Blick nach draußen, und dachte an die Segelboote, die jetzt im Strelasund kreuzten, und erklärte dann: »Gepäck für vier oder fünf Tage.«

»Exakt. Daraus erhebt sich dann die Frage, ob er zu Gast auf der Insel war oder gerade von einer Reise auf dem Festland zurückgekommen war«, erwiderte von Plessen.

»Wenn er Tourist war, hätten wir wahrscheinlich eine Badehose in seinen Sachen gefunden. Ein Strandtuch, Sonnenöl oder wenigstens Sandspuren.«

»Das ist wahr. Aber was sucht man nachts auf halber Strecke zwischen Putbus und Nadelitz? Ob er auf Schusters Rappen in den nächsten Ort wollte? Vielleicht kam er ja aus ... Wie heißen die beiden Dörfchen dort? – Lonvitz oder Vilmnitz?«

»Möglich. Busse fahren nach Mitternacht nicht mehr.«

»Dann würde ich mir doch eine Droschke nehmen«, von Plessen zog den Reißverschluss der Tasche zu. Er streifte seine Plastikhandschuhe ab und warf sie in den Papierkorb. »Es sei denn, er hatte keine hinlängliche Barschaft.«

»Da wir kein Geld gefunden haben ...«

»Richtig! Ergo, entweder abgebrannt oder per pedes apostulorum aus Passion.« Der junge Kommissar zog sich die Weste glatt und blickte Radegast erwartungsvoll an.

Der zuckte mit den Schultern, stieß sich von der Fensterbank ab und verließ das Besprechungszimmer.

Dreißig Sekunden später stand er vor einem gerade verwaisten Schreibtisch, dessen penible Ordnung er immer mit einer Mischung aus Bewunderung und Ehrfurcht betrachtete. In solchen Dingen gehörten Hella Binder und er offenbar verschiedenen Gattungen an. Am rechten Rand der großen Arbeitsfläche befand sich ein kleines Foto-Triptychon.

Drei lächelnde Herren in identischen Lederrahmen, die versammelten Ex-Gatten von Hella Binder. Hella war das dienstälteste Mitglied der Stralsunder Kripo und das, was man die gute Seele des Ganzen nennt. Völlig zu recht. Die Angestellte im Ermittlungsdienst war Anfang fünfzig, dreimal geschieden, hatte die Hoffnung auf die große Liebe aber noch nicht aufgegeben. Ihre vierte Ehe, mit einem Geschäftsmann aus Amsterdam, zeichnete sich gerüchteweise schon am Horizont ab. Da aber niemand bisher Hellas Zukünftigen gesehen hatte, war der von einigen Kollegen auf der letzten Weihnachtsfeier »der fliehende Holländer« getauft worden. Radegast hatte gelacht. Und die Leute dann verwarnt: Sein Team war tabu. Und Hella ganz besonders.

So wie regelmäßig über Hellas Ehegelüste gewitzelt wurde, so bot auch Joachim von Plessen den ortsansässigen Sturköppen immer wieder Anlass zum Spott. Radegast wusste, das war von den Leuten hier weniger Boshaftigkeit als vielmehr fehlgeleitete Schüchternheit. Letztendlich hatten die Kollegen sich mit ihren Ressentiments aber ins eigene Fleisch geschnitten, denn zwischen der Angestellten im Ermittlungsdienst und dem jungen Kommissar war dadurch ein starkes Band der Solidarität entstanden. Mancher Spötter war ratzfatz gegen eine unsichtbare Wand gerannt, hatte sich sozusagen eine blutige Nase geholt und anschließend verdutzt gefragt, wie das passiert war.

»Na?«, fragte Hella Binder und tauchte mit einem Becher dampfenden Tees hinter Radegast auf. »Habt ihr was gefunden?«

»Schmutzwäsche«, sagte Radegast. «Nichts, was uns weiter bringt.«

»Soll ich eine Aufforderung um Mithilfe der Bevölkerung rausschicken?«

»Lass uns erst das Ergebnis der Obduktion abwarten! – Ist Annekathrin schon zurück?«

»Nein, sie steht im Stau. Auf der Rügenbrücke.«

»Stau? Um diese Zeit?«

Hella nickte. Ganz so, als sei es das Selbstverständlichste der Welt. Was es ganz und gar nicht war, wie alle wussten.

DREI

Bremslichter, Stop-and-go, und jetzt das: totaler Stillstand. Auf allen drei Fahrspuren! ›Was ist denn da vorne eigentlich los?‹ Reinhard Steiner setzte seine Ray-Ban Aviator auf, um in dem grellen Licht auf der Rügenbrücke besser sehen zu können. Obwohl die Brille schon etwas schäbig aussah und das linke Glas leicht verschrammt war, hing er an dem alten Stück. Viviane hatte sie ihm geschenkt, nachdem er ihr in einer Brasserie in Rochefort von seiner Leidenschaft für die Fliegerei erzählt hatte. ››Erzählt‹ ist gut‹, erinnerte sich Steiner. Er konnte damals höchstens fünfzig Worte Französisch, gerade genug, um in einem Restaurant die Speisekarte zu lesen. Mit Viviane war das aber egal gewesen. Er hatte sich ins Zeug gelegt, sämtliche Vokabeln eingesetzt. Und Hände und Füße noch dazu. Ihm war es damals wirklich wichtig gewesen, dass sie ihn verstand. Allerdings konnten Steiners französische Sätze trotzdem nicht ganz richtig gewesen sein, denn Viviane hatte ihnen entnommen, dass er als Pilot arbeiten würde. Womit sie daneben lag. Steiner hatte sagen wollen, dass er beruflich in Flugzeugen unterwegs war, ein Vielflieger, bevor es dieses Wort gab, einer dieser Männer, die geschäftlich kreuz und quer über den europäischen Himmel jetteten. Tagein, tagaus. Und hin und wieder auch mal nach Japan oder Nordamerika.

›Viviane …‹ Mit ihr war schlagartig alles anders geworden. Steiners Leben hatte sich von einer Sekunde zur nächsten total verändert. Jahrelange Gewissheiten wurden mit einem Schlag weggefegt. Viviane hatte ihn gerettet, ihm L'Art de Vivre beigebracht, die Kunst zu leben. Auch wenn ihr selbst fürs Leben nicht mehr allzu viel Zeit geblieben war. Ein Gedanke, den Steiner in den vergangenen fünfundzwanzig Jahren nur langsam zu ertragen gelernt hatte. »C'est la vie, also nimm dich zusammen«, rief er sich auch jetzt wieder zur Räson und warf einen Blick auf die junge Frau auf dem Beifahrersitz. Besitzerstolz in seinen Augen rückte er die Ray Ban zurecht. Bildschön wie ihre Mutter, bildschön wie Viviane. Steiner lächelte wie fast immer, wenn er sie ansah. »Marie-Thérèse, ich schau mal, was da vorne los ist.«

Steiners Tochter nickte: »Sag der Rallye-Leitung, wir machen eine Revolution, wenn es nicht weitergeht!«

Steiner lachte und schälte sich aus seinem silbergrauen Mercedes 300SL Coupé, Baujahr 1955. Seit vier Tagen waren sie jetzt zusammen, und sie verstanden sich immer besser. Als er Marie-Thérèse von der Rallye erzählte, hatte sie an unförmige Helme, feuerfeste Overalls und verschlammte Feldwege gedacht. Aber Steiner konnte sie schnell beruhigen. Das Einzige, was bei einer Klassiker-Rallye wie den Strelasund Classics halbwegs nach Motorsport aussah, waren seine atmungsaktiven Fahrhandschuhe aus feinem Rindsleder. Ansonsten war das Ganze eine ziemlich komische Mischung aus Angeber-Treff und Pfadfinder-Spiel. Wobei Steiner die Pfadfinder immer sympathischer gewesen waren als die Angeber. Er zog die Fahrhandschuhe aus und warf sie auf seinen Sitz. Dann schloss er die Flügeltür des Wagens, der sein ganzer Stolz war. Nur auf Marie-Thérèse war er noch stolzer. Traumautos konnten Traummenschen niemals das Wasser reichen, das war Reinhard Steiner schon vor langer Zeit klar geworden. Aber ansonsten war sein Wagen wirklich ein Prachtexemplar. Silberfarben. Im Originalzustand. Makellos. Und unerschwinglich. Jedenfalls für die, die jetzt hier auf der Rügenbrücke mit ihm im Stau standen. Der Flügeltürer war eine Ikone. Ein großkotziger Lawrence-of-Arabia-Imitator aus Abu Dhabi hatte ihm vor zwei Jahren achtzehn Millionen für den Wagen geboten. Euro, nicht etwa Dollar. Steiner hatte abgelehnt. Ohne mit der Wimper zu zucken. Wie immer. Geld hatte er genug. Das reizte ihn schon lange nicht mehr. Jedenfalls nicht so sehr, wie ein Auto zu fahren, das unbestritten als der ultimative Sportwagen des 20. Jahrhunderts galt.

Steiner reckte sich, massierte kurz sein verspanntes Genick. Er spürte die Blicke der anderen in seinem Rücken, sie alle warteten gespannt darauf, was er jetzt tun würde. Steiner beschloss so zu tun, als nehme er von den Blicken der wartenden Fahrer keine Notiz. Aber insgeheim genoss er sie. Die Aufmerksamkeit der anderen bewies ihm, dass er noch immer ein Platzhirsch war. Scheiß auf die siebzig Jahre! Er strahlte doch immer noch mehr Dominanz und Power aus als die meisten anderen Teilnehmer dieser Rallye. Und das würde auch noch ziemlich lange so bleiben. Er ging bergauf, auf den höchsten Punkt der Rückenbrücke zu. Er konnte jetzt sehen, dass sich die Fahrzeuge aus beiden Richtungen stauten, von der Insel und vom Festland. Mehrere Kilometer, mindestens zehn, grob geschätzt. Der totale Stillstand. Es würde dauern, bis sich das alles wieder aufgelöst hat.

Reinhard Steiner rückte seine goldgepunktete Fliege gerade und schob sich zwischen den Fahrzeugen bis zur Spitze der Rallyekolonne vor. Blicke für nichts und niemanden. Der erste Wagen war die Mercedes-Benz-Pagode der Lambertis. Nettes 67er Baujahr, ganz hübsch. Steiner hatte mal einen ähnlichen

Wagen gehabt. Aber heute käme es ihm nicht in den Sinn, sich mit so einem Gefährt öffentlich zu zeigen. Das wäre zu peinlich. Obwohl ihm sonst wirklich nicht viel peinlich war. Er hatte nichts gegen Leute, die sich einen Oldtimer zulegten, sich neue Bezüge für die verschlissenen Sitze häkelten und sich mit Gleichgesinnten zum Sonntagsausflug trafen. Aber mit der Liebe zu historischen Fahrzeugen, wie er sie verstand, hatte das rein gar nichts zu tun.

Auf dem Scheitelpunkt der Brücke, direkt hinter dem hellblauen Pylon, entdeckte Steiner eine Straßensperre. Leere Plastikkanister in Doppelreihe, quer über die Brücke, beide Fahrbahnen plus Seitenstreifen. Ein gutes Dutzend Männer hatte sich dahinter aufgestellt. Mit Transparenten und Schildern forderten sie den Erhalt der Stralsunder Werft, die hier nach wie vor Volkswerft genannt wurde. Also demonstrierende Werftangestellte. Steiner entdeckte Paul Lamberti, der vor dem Kühler seiner Pagode stand und nach allen Seiten diskutierte. Steiner konnte nicht hören, was Lamberti sagte, doch er wusste instinktiv, dass es verkehrt war. Erst mal zuhören, das war eine seiner Maximen. Evelyn Lamberti war im Wagen sitzen geblieben, und Steiner sah, wie sie genervt mit ihrem Smartphone hantierte. Obwohl er wusste, dass es vielleicht ungerecht war, stellte Steiner fest, dass er das Ehepaar Lamberti satt hatte. Bereits am zweiten Tag der Rallye. Überfordert, inkompetent, uninformiert. Aber so tun, als hätten sie das Organisieren erfunden.

Paul Lamberti war der Situation eindeutig nicht gewachsen. Ein schwächlicher, konturloser Feingeist. Sein schütteres Haupthaar vom Wind zerzaust. Die permanente Hilflosigkeit in Person. Grauenvoll. Steiner hatte ihn von Anfang an nicht gemocht. Und sie auch nicht. Architekt und Architektengattin. Was für Affen.

»Aber wir haben doch mit Ihrer Werft überhaupt nichts zu tun«, hörte Steiner Lamberti protestieren.

»Wissen wir ja, Meister«, sagte ein blonder Kerl im Blaumann.

»Dann können Sie uns doch auch durchlassen.«

»Nee, das geht gerade leider nicht.«

»Wir sind Touristen. Und Sie leben schließlich von uns.«

»Wir leben von unserer Werft. Und damit die nicht zugemacht wird, kommt hier heute niemand durch.«

»Aber meine Herren …«

Reinhard Steiner hatte genug gehört. Mehr als genug. Er straffte sich. Und spürte sofort wieder, dass sein Rücken Blicke anzog wie ein Magnet Eisenspäne. Das tat ihm gut. Er sah, dass sogar Evelyn Lamberti ihr Smartphone für einen Moment sinken ließ und ihn anblickte. Dann ging er auf die Reihe der Streikenden zu, die er alle um Haupteslänge überragte.

Der Blonde im Blaumann hatte offenbar beschlossen, Lamberti zu ignorieren. Er wiederholte in Steiners Richtung: »Und deshalb kommt hier niemand durch, auch Sie nicht, Meister!«

»Meine Herren«, sagte Steiner mit einer Stimme, die so laut und fest klang, dass Marie-Thérèse sie vermutlich noch in seinem SL hören konnte, »kann man unser kleines Problem nicht irgendwie lösen? Wir wollen Sie selbstverständlich in keiner Weise bei ihrem sicherlich berechtigten Protest stören, aber wir müssen auf die Insel. Wir werden drüben erwartet.«

»Da werden Sie sich noch etwas gedulden müssen!«, sagte der Blaumann.

»Das ist nicht gut«, befand Steiner. »Das gefällt mir nicht.« Dann schwieg er.

Der Blaumann schwieg jetzt auch, alle anderen sowieso.

Steiner nahm die Ray Ban ab und schaute den blonden Jungen an wie ein erzürnter Großvater. ›Gleich dreht er sich um und läuft weg‹, dachte er.

Aber da bahnte sich ein kräftiger, mittelgroßer Mann von Mitte dreißig von hinten einen Weg durch die Demonstranten. »Schwierigkeiten, Kollegen?«

»Die Herren wollen unbedingt auf die Insel.«

»Ganz zügig sogar«, erklärte Steiner.

»Unser Betriebsratsvorsitzender«, krähte der Blaumann, offenbar froh, einigermaßen gut aus der Konfrontation zu kommen. »Bitte, klären Sie es mit ihm!«

Der Betriebsratsvorsitzende ließ seinen Blick über die Oldtimer-Kolonne schweifen: »Ole Henning. Sind Sie von der Rallye? Den Strelasund Classics?«

»Mein Name ist Paul Lamberti …«, ließ sich der schwächliche Architekt vernehmen.

Aber Steiner schnitt ihm das Wort ab. »Das sind wir. Und Sie, Sie kämpfen immer noch um Ihre Werft?«

»Notfalls bis zum bitteren Ende«, entgegnete Ole Henning.

»Ist das nicht bereits gekommen?«

Der Betriebsratsvorsitzende sah Steiner aufmerksam an.

Steiner genoss die Situation: »Sagt Ihnen der Name Doktor Moosbach was? Thorsten Moosbach?«

»Der Insolvenzanwalt, der die Proteus-Werft in Wilhelmshaven abgewickelt hat?«

»Genau«, sagte Steiner und sah auf seine Breitling-Uhr. »Er müsste jetzt jeden Moment mit der Abwicklung Ihrer alten

Volkswerft beauftragt werden. Ganz offiziell. Das hat er mir gestern Abend an einer Hotelbar verraten.« Der Mann bemerkte, wie Ole Henning ihn musterte, bemüht, seine Glaubwürdigkeit einzuschätzen. Es fiel ihm leicht, dem Blick standzuhalten. Es stimmte ja, was er sagte. Die Werft wurde dicht gemacht. Beschlossene Sache. Die Werftangestellten hatten monatelang gekämpft, aber inzwischen war der Krieg entschieden. Gegen die Angestellten. Wie meistens. Wie eigentlich immer. »Sie können mir glauben!«, sagte er zu Ole Henning. »Tut mir leid für Ihre Leute.« Dann hielt er Henning seine Hand hin.

Der zögerte für einen Moment, bevor er sie drückte. Und das war dann das Zeichen, dass sie gewonnen hatten, dass Steiner gewonnen hatte. Der Rest würde automatisch laufen.

Reinhard Steiner ging zu seinem Wagen zurück, als er neben sich eine flüsternde Stimme hörte. Paul Lamberti fragte: »Woher wussten Sie das denn?«

Steiner schaute ihn nicht einmal an. »So was weiß man doch. Wussten Sie es etwa nicht?«

Der Betriebsratsvorsitzende und seine Werftkollegen begannen, die Barrikade beiseite zu räumen.

Steiner setzte sich in den Mercedes und lächelte Marie-Thérèse an. »Wenn man sich nicht um alles selbst kümmert.«

»Sei nicht so selbstgefällig, mon cher père!«

Steiner musste lachen. Von jedem anderen Menschen hätte er sich so eine Kritik verbeten. Aber bei seiner Tochter war es fast so, als hätte Viviane ihn zurechtgewiesen. Wie sie es oft getan hatte. Mit ihrem hinreißenden französischen Akzent. Damals, Anfang der 80er-Jahre, als sein Glück noch makellos war und für immer fortzubestehen schien. Einer der großen Irrtümer in seinem Leben. Er startete den 300 SL und ließ den kraftstrotzenden Sportwagen ganz behutsam anrollen. Sensibilität ist vielleicht die wichtigste Eigenschaft im Umgang mit Motorfahrzeugen. Und im Umgang mit Menschen sowieso.

Reinhard Steiner steuerte sein Mercedes Coupé über den Sandweg zum Jagdschloss Granitz. Die anderen Rallyeteilnehmer waren bereits ausgestiegen, flanierten über den Schlossplatz und betrachteten das eindrucksvolle Gebäude. Steiner suchte eine freie Stellfläche, und ein Parkplatzwächter kam angelaufen. Im gleißenden Sonnenlicht winkte er ihn auf einen Platz direkt vor dem Seitenportal.

Steiner parkte ein, während Marie-Thérèse ihm aus der Broschüre vorlas. »›Der Mittelturm wurde von Friedrich Schinkel entworfen. Das Schloss diente seinerzeit vor allem dem Aufenthalt fürstlicher Gäste während der Jagdsaison.‹«

Steiner blickte zu dem Facel Vega Excellence, der auf dem benachbarten Parkplatz stand, und grinste. »Fürstliche Gäste … Da kann unsere Truppe definitiv nicht mithalten.«

Er lehnte sich zurück und genoss das Schauspiel, das sich ihm bot: Ueli Nestler, ein kleiner untersetzter Schweizer, hatte die Fronthaube seines Fahrzeuges hochgeklappt und schaute hilflos im Motorraum herum. Seine Begleiterin Vanessa Martelli litt sichtlich unter der Hitze und fächelte sich Luft zu. Steiner schüttelte den Kopf. Vanessa Martelli … da denkt doch jeder an mediterrane Lieblichkeit und dann das da … eine vierschrötige Matrone aus dem Berner Oberland.

»Gibt er jetzt völlig den Geist auf, Ueli?«

»Nein, nein, ich schaff das schon!«

»Kauf dir doch endlich mal einen neuen Oldtimer!«

Steiner grinste. Dass Vanessa Martelli genervt war, konnte selbst ein Blinder sehen. Ob von der Hitze oder dem technischen Know-how ihres Verlobten, das war schwer zu sagen.

Marie-Thérèse gab ihrem Vater einen Klaps mit der Broschüre. »Ich weiß genau, was du denkst. Sei nicht immer so zynisch!«

»Ich doch nicht.«

»Du solltest mal deinen Blick sehen!«

Steiner biss sich auf die Unterlippe, um nicht loszulachen. Marie-Thérèse kannte ihn gut. Fast schon zu gut. Eigentlich war es ein kleines Wunder. Obwohl er sich doch genau das von ihrer gemeinsamen Reise erhofft hatte. Dass sie ihren Vater verstehen lernte. Und nachvollziehen konnte, warum er sich so verhalten hatte; sich nicht um seine Tochter gekümmert hatte. »Ich werde versuchen, mich zu ändern.«

Sie gesellten sich zu den anderen Rallyeteilnehmern. Zwei Kellnerinnen gingen durch die Reihen und boten orangefarbene Cocktails an. Steiner nahm zwei Gläser, reichte eins seiner Tochter.

Sie nahm einen kleinen Schluck.

»Und?«, fragte er.

»Sanddorn mit Lemon, würde ich sagen.«

Steiner verzichtete darauf zu trinken. Er wusste zwar, dass Sanddorn sehr gesund war, reich an Vitaminen, Mineralstoffen und Omega3-Öl, aber er mochte den Geschmack einfach nicht. Dieses säuerlich-herbe, leicht erdige Aroma, das ihn an überlagerten Baldrian erinnerte und ihm unweigerlich einen Pelz auf die Zunge legte. Einfach widerlich. Sein Blick fiel auf Maike Boysen, die mit einem schlanken Endvierziger aus dem Schlossportal trat. Eine wirklich hübsche Frau, das hatte Steiner bereits gedacht, als die Eventmanagerin ihn und seine Tochter am Samstag beim Einchecken in Heiligendamm begrüßt hatte. Der sportlich-schlanke Typ, Anfang dreißig, mit hellbraunen Haaren.

Sie klopfte kurz auf ein Mikrofon, das sie in der Hand hielt. »Liebe Oldtimerfreunde, ich darf um Ihre Aufmerksamkeit bitten! Ich möchte Ihnen gerne Herrn Walter Heisig vorstellen, den Kurdirektor von Binz, und ihm auch gleich das Wort erteilen.« Lächelnd reichte sie ihm das Mikrofon.

»Ich begrüße Sie alle herzlich auf unserer wunderschönen Insel Rügen und wünsche Ihnen einen fantastischen Aufenthalt. Damit Sie sehen, wie sehr wir Sie wertschätzen, haben wir Ihnen und Ihren traumhaften Fahrzeugen ausnahmsweise erlaubt, direkt vor unserem Schmuckstück zu parken. Normalerweise gilt auf Schloss Granitz nämlich absolutes Parkverbot. Aber als Frau Boysen mir vor einem Jahr erklärte, dass sie mit ihrer Stralsunder Eventagentur eine Oldtimer-Rallye organisieren möchte, waren ich und meine Mitarbeiter sofort Feuer und Flamme. Stimmt's?«

Die junge Frau nickte und trat dann zu Steiner und Marie-Thérèse.

»Uns war sofort klar, dass die erste Station Ihrer Rallye selbstverständlich das Jagdschloss Granitz sein muss«, setzte der Kurdirektor fort. »Diesem Kleinod pommerscher Baukunst. Oder um es mit den Worten des Dichters Karl Ernst auszudrücken: ›Aber hoch von Oben herab schaute der entzückte Himmel mit tausend Sternenaugen die schöne Granitz an.‹ Lassen Sie uns auf eine erfolgreiche Rallye anstoßen! Mit einem köstlichen Sanddorncocktail aus hiesiger Region. Selbstverständlich vollständig alkoholfrei.«

Steiner prostete Marie-Thérèse zu und wandte sich dann an Maike Boysen, doch Evelyn Lamberti schob sich dazwischen. »Das war ja wohl ein Totalreinfall mit der Demo vorhin. Wieso haben Sie uns nicht vorgewarnt?«

»Ich hatte keine Ahnung. Tut mir leid!«, erwiderte die Eventmanagerin.

»Ach ja? Und wieso hat Herr Steiner es dann gewusst?«

Maike Boysen zuckte die Achseln, sah ihn hilfesuchend an.

»War reiner Zufall«, kam Reinhard Steiner der jungen Frau zu Hilfe.

»Na gut, ist ja nicht so schlimm. Zum Glück hat mein Mann die Ruhe bewahrt.« Evelyn Lamberti hielt ihren Cocktail hoch und prostete über einige Meter hinweg Paul Lamberti zu.

Steiner grinste die Frau spöttisch an: ›Das hatte ich dann doch etwas anders in Erinnerung, gnädige Frau.‹

Paul Lamberti trat zu ihnen, stellte sich neben Marie-Thérèse. »Ist das Ihre erste Rallye, Mademoiselle Berto?«

»Wenn schon, dann Madame Berto, bitte!«, entgegnete sie. »Mademoiselle wurde vor zwei Jahren offiziell aus dem Sprachgebrauch gestrichen.«

»Wie schade …«

»Für Sie vielleicht.«

Marie-Thérèse Berto lachte und hakte sich bei Steiner ein, der den Stolz auf seine schöne und schlagfertige Tochter nicht verbarg. ›Wieso auch?‹, dachte er.

»Zum Glück bist du nicht so altmodisch, mon cher père.«

Paul Lamberti starrte Steiner und Marie-Thérèse verwirrt an.

Der 70-jährige Hüne drückte die junge Frau an sich. »Machen Sie wieder den Mund zu, Lamberti! Sie haben richtig gehört: Marie-Thérèse ist meine Tochter. Ein Kind der Liebe.«

Ueli Nestler und Vanessa Martelli kamen zu der Gruppe. Hilflos um sich blickend hielt der kleine Schweizer dabei seine ölverschmierten Hände hoch. »Gibt es irgendwo Wasser? Mein Facel Vega hat massive Startprobleme. Ganz schreckliche!«

»Glauben Sie ernsthaft, dass der Wagen die Tour überstehen wird?«, fragte Steiner.

»Aber selbstverständlich!«, erwiderte der Schweizer und funkelte Steiner böse an.

»Schön, täte mich freuen.«

»Kommen Sie, das haben wir gleich!« Paul Lamberti nahm Nestler am Arm und lotste ihn in Richtung Schlosseingang. Vanessa Martelli trottete geduldig hinterher.

»Der macht uns mit seiner Karre trotzdem noch Probleme«, lächelte Steiner die Eventmanagerin an.

Sie zuckte mit den Achseln, holte ein iPad aus ihrer Umhängetasche und schaltete es ein. »Ich darf dann alle Anwesenden erneut um Aufmerksamkeit bitten. Wir haben für den Nachmittag eine Sternfahrt angesetzt. Und zwar bilden wir vier Gruppen mit jeweils fünf Teilnehmerfahrzeugen.« Maike Boysen wischte über das Display. »Gruppe eins besteht aus Guido und Heike Maurer mit ihrem Ferrari 250 GTO Spider. Dann Philipp Toost und Mirko Hruschka mit ihrem Jaguar E Type. Sowie Jürgen und Tessa Fiedler mit ihrem Porsche 356 A Cabrio 1600 S. Außerdem sind …«

Steiner wandte sich ab und sah, wie Paul Lamberti mit Ueli Nestler und Vanessa Martelli im Schloss verschwand. »Ich wette tausend alte Franc, dass deren Klapperkiste spätestens morgen früh endgültig den Geist aufgibt. Hältst du dagegen?«

»Mon cher père, wir haben keine alten Franc mehr, wir haben nicht einmal mehr neue Franc. Wir haben seit Jahren den Euro.«

Steiner lachte lauthals. »Als wenn ich das nicht wüsste, Marie-Thérèse.«

VIER

Thorsten Gramzow trat aus seinem Wohnblock in der Störtebekerstraße, blieb aber gleich wieder stehen und blinzelte in die Sonne. Ein kleines Mädchen mit großem Schulranzen stand vor ihm und musterte seinen quietschgelben Hoody mit dem Logo der Störtebeker-Festspiele. Eindeutig misstrauisch. Schließlich drängelte sie sich an ihm vorbei und verschwand, ohne zu grüßen, im Haus. Gramzow ging zu seiner Taxe, die auf der anderen Straßenseite stand. Beim Näherkommen bemerkte er einen Zettel, der unter dem Scheibenwischer klemmte. Ein Ticket. Parken mit zwei Rädern auf dem Gehweg, 20 Euro. – ›Ja, danke auch, du dämliche Politesse. Ich bin Berufskraftfahrer. Wenn ich nachts um halb zwei nach Hause komme, haben die Penner hier alle Parkplätze besetzt. Da fährt auch keiner mehr weg vor morgens um acht. Soll ich meinen Wagen an der Kaufhalle abstellen und mir von da 'ne Taxe nehmen, oder wie? Ihr habt sie doch nicht mehr alle!‹

Gramzow zerknüllte das Knöllchen und ließ es in den Rinnstein fallen. Dann schloss er die Taxe auf und setzte sich hinters Lenkrad. Neuer Tag, neues Glück. Während er die Kellnerbörse mit dem Wechselgeld aus seiner Cargo-Hose zog und in der Türablage verstaute, klingelte sein Smartphone. Mit Mühe fummelte er es aus der anderen Hosentasche. Dann merkte er: Es war gar nicht sein Telefon. Bloß der gleiche Klingelton, der weiter schrillte. Das kam von unten hinten. Gramzow verrenkte den Hals und entdeckte hinter seinem Sitz im Fußraum das Leinensakko, das der Scheiß-Riese gestern Abend angehabt hatte. ›Stimmt, der hatte es irgendwann ausgezogen!‹ War dann später wohl vom Sitz gerutscht.

Gramzow stieg wieder aus und öffnete die hintere Tür, hob das Sakko auf und holte das Telefon heraus, das jetzt still war. Neun Anrufe in Abwesenheit. Wahrscheinlich der Typ selbst, der sein Sakko wiederhaben wollte. Auf den hatte Gramzow jetzt echt keine Lust. Er schaltete das Gerät ab und schob es zurück in die Innentasche des Sakkos. Dabei entdeckte er etwas anderes: eine Geldbörse, neonfarben. Gramzow klappte

sie auf, und ein Grinsen ging über sein Gesicht. Doch noch sein Lohn für die Fahrt nach Baabe! Er nahm einen Fünfzigeuroschein heraus. Ausgemacht waren fünfundvierzig, aber er konnte leider nicht wechseln, haha. Gramzow wollte die Geldbörse zurückstecken, da kam ihm ein Gedanke: Ohne das Riesenbaby hätte er hier garantiert noch einen legalen Parkplatz gefunden. Also ging das Ticket logischerweise auch auf ihn. Gramzow nahm einen Zwanzigeuroschein und schob ihn zusammen mit dem Fünfziger in seine Hosentasche. In der Börse waren jetzt noch achtzig Euro plus Kleingeld, eine Bahnfahrkarte und ein Personalausweis. Gramzow zog ihn heraus. Das Bild zeige das Grinsen des Riesenbabys. ›Arno Woernle, geboren am 14. Februar 1982 in Ehingen‹. Wo immer das war. Der Taxifahrer drehte die Karte um. ›Wohnhaft in der Stephanstraße, Berlin‹. Wo Berlin war, wusste er.

Während Gramzow die Börse zurück ins Sakko stopfte, klingelte das Telefon erneut. Diesmal wirklich seins. Er langte nach vorne, löste es aus der Freisprecheinrichtung und warf einen Blick auf das Display. Dann nahm er das Gespräch an. »Hallo, Onkel Klaus!« Gramzow hätte sich am liebsten auf die Zunge gebissen. Onkel Klaus – als wäre er noch ein Hosenscheißer. Aber sein Onkel hieß für ihn seit frühesten Kindertagen Onkel Klaus. Er wusste nicht, wie er ihn sonst nennen sollte. Er hätte Jördens zu ihm sagen können, wie der Rest der Leute, aber das klang auch bescheuert. Oder einfach du und jede weitere Anrede irgendwie umschiffen. Manchmal gelang Gramzow das, aber meistens wurde er auf dem falschen Fuß erwischt. Wie jetzt eben.

»Hallo, Thorsten! Bist du schon auf?«

»Na hör mal! Ich sitze seit … seit zwei Stunden auf dem Bock.«

»Gut. Kannst du in einer halben Stunde hier sein?«

Gramzow zögerte: »Das kommt darauf … Wenn mein nächster Fahrgast nach Stralsund will oder zum Beispiel nach Sellin …«

»Dann sagst du ihm, er soll sich ein anderes Taxi rufen. Ich brauche dich hier!«, unterbrach ihn Jördens.

»Ach so«, sagte Gramzow. »Okay. Und worum geht es?«

»Das erfährst du, wenn du hier bist. 30 Minuten, kann ich mich drauf verlassen?«

»Ja klar, Onkel Klaus.« Schon wieder. Gramzow verzog das Gesicht, beendete die Verbindung. Er warf Arno Woernles Sakko in den Kofferraum. Bei Gelegenheit würde er es am Bahnhof Stralsund als Fundsache abgeben. Aber jetzt musste er zu seinem Onkel.

Klaus Jördens war der Lieblingsbruder von Gramzows Mutter gewesen. Und solange sie lebte, war sie die einzige, die irgendwie mit ihm klarkam. Außer Gramzow selbst natürlich. Mit dem Rest der Familie hatte Jördens sich zerstritten. Tante Evelyn, seine Frau, hatte die Scheidung eingereicht, als Gramzow in die zweite Klasse gekommen war. Die beiden

Töchter waren sieben und elf Jahre älter als er und hatten den Kontakt zu ihrem Vater schon lange abgebrochen. So war er tatsächlich der einzige Verwandte, mit dem Jördens noch etwas zu tun hatte. Abgesehen von ein paar geschäftlichen Beziehungen, bei denen Gramzow sich manchmal fragte, wie die überhaupt zustande gekommen waren. Nüchtern betrachtet war Onkel Klaus wahrscheinlich ein ziemlich schräger Kauz. Aber der Taxifahrer mochte ihn trotzdem irgendwie. Und das beruhte wohl auf Gegenseitigkeit.

Klaus Jördens lebte in einem heruntergewohnten Einfamilienhaus in Ralswiek, in dem Gramzow zuletzt vor etwa zwei Jahren gewesen war. Und er besaß eine Kiesgrube in der Nähe von Sehlen, in der er fast immer allein zugange war. Abgesehen von Rowdy, seinem Rottweiler. Wenn Jördens mit seinem Schaufellader auf dem weitläufigen Gelände Kies zusammenschob oder mit dem Laster mal eine Baustelle belieferte, bewachte Rowdy an einer langen Eisenkette das Büro und die Halle. Äußerlich, fand Gramzow, hatte der Hund eine gewisse Ähnlichkeit mit Onkel Klaus. Beide waren schlecht gealtert und besaßen dasselbe eingefleischte Misstrauen gegen alles und jeden. Wahrscheinlich würde Rowdy deswegen früher oder später auch ein eigenes Magengeschwür bekommen. Oder er hatte es sogar schon? Gramzow überlegte, ob er dem Rottweiler vorbeugend mal eins von den Magnesiumtütchen unters Futter rühren sollte, die sich Onkel Klaus pausenlos in den Rachen kippte. Nur, misstrauisch wie der war, hatte er seine Tütchen garantiert abgezählt. Gramzow erinnerte sich, wie er mal eins der Streichholzbriefchen eingesteckt hatte, die sich sein Onkel zu Werbezwecken hatte anfertigen lassen: *Kiesgrube Jördens wünscht Ihnen ein glückliches 2008*. Auf der Rückseite standen die Adresse und Telefonnummer. 2008 war lange vorbei. Und Jördens hatte von den ursprünglich tausendfünfhundert Briefchen bestimmt noch tausendvierhundert. Wer rauchte heute überhaupt noch? Nicht mal Jördens selbst, wegen seines Magengeschwürs. Aber wehe, man nahm sich, ohne zu fragen, ein Streichholzbriefchen von seinem Schreibtisch. Da war aber die Kacke am Dampfen.

Die Landstraße, auf der Gramzow unterwegs war, führte direkt nach Süden. Sie war so schmal, dass die Kronen der Straßenbäume um diese Jahreszeit schon ein nahezu geschlossenes grünes Dach bildeten. Nur ab und an fehlte ein Baum, und dann knallte einem die Sonne dermaßen in die Augen, dass man die nächsten hundert Meter im Blindflug zurücklegte. Vorsorglich klappte er seine Sonnenblende herunter. Statistisch gesehen war Rügen der sonnenreichste Ort Deutschlands. Wollte kaum einer glauben. Stimmte aber. Er hatte das selbst mal gegoogelt.

Gramzow nahm den Fuß vom Gas. Zweihundert Meter, dann kam der Abzweig zur Kiesgrube. Er schloss vorsorglich das Schiebedach. Die Zufahrt war eine fast tausend Meter lange Staub-, Sand- und Buckelpiste. Ein paar Fuhren Splitt könnten hier Wunder wirken. Aber Splitt kam in dieser Kiesgrube nicht vor, und um welchen zu kaufen, war Onkel Klaus zu geizig. Als Gramzow behutsam die letzte Biegung der Zufahrt nahm, tauchte vor ihm Rowdy auf. Der Blick des Hundes war starr auf die Taxe gerichtet, der Rest des Tieres ein einziges freudiges Hin- und Herschlenkern, sodass die Eisenkette klimperte. Gramzow tat er immer irgendwie leid. Hunde mit Stummelschwanz müssen mit allem wackeln, was sie sonst noch haben. Er ließ die Taxe stehen und stieg aus, um Rowdy zu begrüßen.

Der Hund war inzwischen in ein orgiastisches Winseln verfallen, das erst aufhörte, als Thorsten Gramzow sich über ihn beugte und das schwere Tier knuddelte: »Rowdy, alter Junge. Ja, ich freu mich doch auch.«

Gramzow ließ zu, dass der Rottweiler seine Hände abschleckte. Er hatte nie Probleme mit Hunden gehabt und mit Rowdy schon gar nicht. Sie hatten sich vom ersten Tag an gemocht. Schleck, schleck, schleck. Als Gramzow sich wieder aufrichten wollte, fiel Rowdy ein, dass das Gesicht auch noch

dran war. Und weil sein Menschenfreund sich schon abwendete, musste Rowdy sich beeilen. Der hastige Satz, den er deswegen mit seinen strammen Hinterbeinen vollführte, war aber eine Spur zu kraftvoll. Rowdys nasse Hundeschnauze rammte die Unterseite von Gramzows Nase. Die konnte zwar einen kleinen Teil der geballten Rottweilerenergie absorbieren, leitete das meiste aber über den Nasenrücken in Richtung Gramzows Großhirn. Was dort ankam, löste einen mächtigen Halogenblitz aus, der ihn für zehn Sekunden die Augen zukneifen ließ. Die Restenergie sprang auf das Sprachzentrum über und setzte dort eine phonetisch stark aufgeladene Äußerung frei: »Verdammte Scheiße!« Ein letzter Ausläufer der Energiewelle erreichte schließlich das motorische Zentrum und stieß eine Folge von Muskelkontraktionen an, die schließlich in einen Fußtritt mündeten. Aber entweder war der Impuls schon zu schwach oder die entscheidende Kontraktion nicht zielgerichtet genug, jedenfalls verfehlte der Tritt den Hund.

Inzwischen waren die zehn Sekunden abgelaufen, und Gramzow konnte seine Augen wieder öffnen. Was er sah, war ein Rottweiler, der vor ihm saß, ihn mit starrem Blick fixierte und sich die Schnauze leckte. »Mann, Mann, Mann«, sagte

Gramzow und schüttelte den Kopf, sodass große rote Tropfen in alle Richtungen wegflogen. Das machte ihm klar: Seine Nase blutete. Er suchte mit links ein Papiertaschentuch in den Tiefen seiner Cargo-Taschen und presste den rechten Handrücken unter die Nase.

Da hörte er hinter sich die knarzige Stimme seines Onkels: »Da bist du ja endlich.«

Gramzow drehte sich um. Er war jedes Mal wieder überrascht, wenn er seinen Onkel sah. In seiner Vorstellung war Jördens zwar kein Strahlemann, aber eine durchaus respektable Person. In der Realität aber, musste Gramzow sich eingestehen, war er klein, grau und hässlich. Immer schlecht rasiert, wahrscheinlich weil er zu geizig war, öfter als viermal im Jahr eine frische Klinge zu nehmen. Und die Haare schnitt er sich neuerdings vor dem Spiegel selbst. Obwohl, dem Ergebnis nach zu urteilen, eher ohne Spiegel. Gramzow wurde klar, dass er seinen Onkel anstarrte und die Zeit für eine regelrechte Begrüßung verstrichen war. Deshalb sagte er nur: »Nasenbluten.« Die Rechte immer noch als Tropfenfang.

»Bluthochdruck«, erwiderte Onkel Klaus. »Liegt in unserer Familie.«

Statt einer Richtigstellung, mit der er seinen Freund Rowdy hätte anscheißen müssen, gab Gramzow einen grunzenden Laut von sich.

Jördens machte seinem Neffen ein Handzeichen: »Mitkommen.« Jetzt erst bemerkte Gramzow, dass sich hier seit seinem letzten Besuch Entscheidendes getan hatte. Jördens' Radlader und der Lkw parkten neben der Fahrzeughalle, und sogar der kleine Multicar-Kipper, der seit Jahren nur noch auf seinen Stahlfelgen stand, weil die Reifen schon weggerottet waren, hatte es irgendwie nach draußen geschafft. Und beim Näherkommen sah Gramzow, dass hier wirklich unglaubliche Dinge vorgegangen sein mussten: Jemand hatte die Halle durchgefegt. Bloß wer? Seinem Onkel traute Gramzow das definitiv nicht zu.

Klaus Jördens ging an der leeren Halle vorbei zum seitlichen Büroanbau. Rowdy rannte kettenrasselnd voraus. Gramzow folgte ihnen. Im Büro nahm Jördens ein schwarz-weiß-kariertes Handtuch von einem Haken neben dem Waschbecken und hielt eine Ecke unter laufendes Wasser. Dann deutete er auf einen der Küchenstühle. »Setz dich da mal hin! Kopf in den Nacken!«

»Nee«, sagte Gramzow, »lass mal! Geht schon wieder.« Er nahm seinem Onkel das Handtuch ab. Das hing vermutlich schon hier, als die letzte Rasierklinge gewechselt wurde. Beziehungsweise die vorletzte. Gramzow wischte sich vor dem Spiegel mit einer Ecke des Handtuchs die Blutspuren unter der Nase weg. Dann hängte es über die Stuhllehne und drehte sich zu seinem Onkel um: »Also, was liegt an? Willst du die Kiesgrube verkaufen?«

Jördens schaute ihn an, während er ein Magnesiumtütchen aufriss und es sich dann mit zurückgelegtem Kopf zuführte. Wie ein Schwertschlucker. »Wie kommst du denn darauf?«

»Na ja. Die Halle ist leer und gefegt, du baggerst nicht in der Grube rum, sondern sitzt hier mit deinem Bier …«

Jördens nahm eine leere Bierflasche vom Tisch und stellte sie zu den anderen unter die Spüle. »Die ist von gestern Abend.« Er stieß hörbar auf, schnaubte und schüttelte den Kopf: »Verkaufen … So ein Quatsch!«

Hinter Jördens' Rücken zog der Rottweiler das Handtuch von der Stuhllehne, legte sich auf seine Hundedecke unter dem Schreibtisch und begann das Tuch genussvoll durchzukauen.

»Okay«, sagte Gramzow, »was wolltest du dann von mir?«

»Ich habe jemanden, der dich und dein Taxi für ein paar Fahrten braucht. Morgen oder übermorgen.«

»Was für Fahrten? Wie viele? Wohin?«

»Weiß ich nicht.«

»Und wer ist dieser Jemand?«

»Den kennst du nicht.«

Gramzow schüttelte den Kopf und bemühte sich, seinem Lachen einen lässigen Ton zu geben. »Und alles wahrscheinlich für lau, was? Hör mal, Onkel Klaus, Leute rumzufahren, ist mein Beruf. Davon lebe ich. Und deswegen mache ich grundsätzlich keine Gefälligkeitstouren. Dich fahre ich überall hin. Umsonst, das weißt du. Aber dein Kumpel soll mich anrufen und mir ein vernünftiges Angebot machen.«

Jördens zuckte mit den Schultern. Von draußen hörte man eine Autohupe. Rowdy sprang auf und flog mit lautem Gebell aus dem Büro, die Kette hinter sich herziehend. Das durchgekaute schwarz-weiß-karierte Handtuch hatte er fallengelassen. Jördens hob es auf und hängte es wieder neben das Waschbecken. Inzwischen straffte sich die Eisenkette mit einem Ruck, gab ein metallisches Twäng von sich, und das Gebell draußen versiegte für einen Moment.

Jördens drehte sich zu Gramzow um: »Dein Taxi steht mitten im Weg.«

Gramzow folgte Jördens aus dem Büro. Hinter der Taxe stand ein schwarzer Vito Neunsitzer, mit dunkelgetönten Seitenscheiben, Münchener Autokennzeichen, unverkennbar ein Mietfahrzeug. Der Rottweiler war inzwischen wieder zu Atem gekommen und bellte.

Jördens brüllte ihn an: »Rowdy, aus! Das ist doch Koeppen.«

»Koeppen?«, fragte Gramzow.

»Dein Auftraggeber.«

Während Jördens seinen Hund zurückzog, setzte Gramzow sich in die Taxe und fuhr sie auf die Seite. Der Typ im Vito würdigte ihn kaum eines Blickes. Er zog vorbei und fuhr den Kleinbus direkt in die Halle. ›Mister Koeppen Obercool‹, dachte Gramzow.

Als er in die Halle kam, inspizierte Koeppen gerade den frisch gefegten Boden. Ein drahtiger Typ, glattrasiert, sehr schlank und humorlos, offenes weißes Hemd unter einem gut sitzenden Anzug. Er war mit Jördens in der hinteren Ecke an der Wartungsgrube stehen geblieben. Während Gramzow langsam auf die beiden zuging, drehte Koeppen sich zu ihm um und begann ihn mit seinen harten grauen Augen zu mustern. Selbst als Gramzow vor ihm stand, zeigte Koeppen keine Regung, sodass es schließlich an Gramzow war, das Schweigen zu brechen: »Ich bin der Taxifahrer.«

Weiter Schweigen und Mustern.

»Ich habe ihm schon gesagt, dass er sich heute und morgen für uns freihalten soll«, half Jördens aus.

›Moment‹, dachte Gramzow, ›du hast gesagt, dass jemand ein oder zwei Touren für mich hat.‹ Aber er blieb stumm. Sollte dieser Koeppen erst mal mit ein paar Infos rüberkommen.

Doch Koeppen schwieg und musterte Gramzow weiter. Dann zog er ein schwarzes Zigarillo aus der Innentasche seines Sakkos, schob es sich zwischen die blendend weißen Zähne und tastete seine Taschen nach einem Feuerzeug ab. Klaus Jördens kam ihm zuvor, hielt ihm eins seiner Werbe-Streichholzbriefchen hin. Koeppen zündete das Zigarillo an, ließ das abgebrannte Streichholz auf den frisch gefegten Boden fallen und wandte seinen Blick von Gramzow ab. »Gut«, sagte Koeppen. »Einverstanden. Pennt er auch hier?«

›Offenbar will dieser Arsch nur mit Onkel Klaus reden‹, dachte Gramzow.

»Nein«, sagte Jördens, »er wohnt in Bergen. Ist aber nicht weit.«

»Hier?« setzte Gramzow mit einem schiefen Grinsen nach. »Das würde gerade noch fehlen.«

Koeppen schenkte ihm wieder seinen eisgrauen Blick. »Dann fahren Sie jetzt am besten nach Hause und halten sich zur Verfügung.« Er drehte sich schon wieder weg.

In Gramzow stieg Empörung hoch. Erst heißt es zwei Fahrten, dann wird aus morgen *oder* übermorgen morgen *und* übermorgen, und in Nullkommanix sind es drei volle Tage. »Eine Sekunde«, sagte Gramzow, »da wäre noch eine Kleinigkeit zu klären.«

Koeppen schaute kurz über die Schulter, und Gramzow fühlte sich gleich etwas unbehaglich. Aber da musste er jetzt durch. Er räusperte sich: »Die Frage der Finanzen. Die sollten wir vorab klären! Wenn ich mich zu Ihrer Verfügung halten soll, dann kann ich keine anderen Aufträge annehmen. Und um diese Jahreszeit gibt es öfter mal Leute, die mich kurzfristig für eine komplette Inselrundfahrt buchen, mit Kap Arkona, Kreidefelsen und so.«

»Seit wann?«, fragte Jördens, ehrlich überrascht.

Gramzow ignorierte das und ging hinter Koeppen und Jördens her, die beide schon dabei waren, die Halle zu verlassen. »Fakt ist, ich verdiene nichts, aber meine Unkosten laufen weiter. Diesel, Steuer, Versicherungen …«

Koeppen blieb abrupt stehen, ließ Gramzow fast auflaufen: »Sie haben da Blut. An der Nase.«

»Liegt in der Familie. Halb so wild«, sagte Jördens und stiefelte unbeirrt weiter.

Gramzow presste den Handrücken wieder unter die Nase. Er schmeckte Rost und griff in die Hosentasche. Wo waren diese Scheiß-Tempos? Seine Finger waren jetzt klebrig. Dann sah er, dass Koeppen in eine Tasche seines Designeranzugs griff. Der hatte bestimmt nur Stofftaschentücher. Aber scheißegal, nicht Gramzows Problem.

Koeppens Hand kam aber mit einem Geldscheinbündel wieder zum Vorschein, das von einer Klammer aus Edelstahl zusammengehalten wurde. Flink wie ein Hütchenspieler blätterte Koeppen mehrere Scheine auf und faltete sie einmal zusammen. »Sechshundert, pauschal.«

Das Fragezeichen, das für Gramzows Gefühl eigentlich hinter diesen Angebots-Satz gehört hätte, war absolut unhörbar. Was so viel heißen sollte wie: Take it or leave it! Friss oder stirb! Aber sechshundert waren schon okay. Und zusammen mit den siebzig vom Riesenbaby … Gramzow nickte Koeppen zu und wollte mit der Linken nach dem Geld greifen, die Rechte immer noch unter seiner Nase.

Aber Koeppen zog das Geld mit einem fiesen Grinsen zurück. »Erst Hände waschen!« Er schob die Scheine in die Kapuze von Gramzows quietschgelbem Störtebeker-Hoody und folgte Jördens aus der Halle.

Waren das wirklich sechshundert Euro? Oder hatte der Typ ihn gelinkt? Gramzow fühlte sich hilflos, hosenscheißermäßig. Wenn er jetzt nachschaute, waren die Scheine blutig oder der neue Hoody versaut. Wahrscheinlich beides. Und was könnte er überhaupt machen? Hinter dem Typen her rennen und sagen: »Herr Koeppen, Sie haben sich verzählt?« …

Killer-Witz. Auf halbem Weg zu seiner Taxe war Gramzow nicht mal mehr sicher, dass Koeppen wirklich das Wort sechshundert gesagt hatte. Vielleicht hatte Gramzow nur gehört, was er hören wollte. Und Koeppen hatte in Wirklichkeit bloß zweihundert gesagt.

Neben der Taxe lag Rowdy im Dreck und schlief. Gramzow ging an seinen Kofferraum und holte die Rolle Toilettenpapier heraus. Für alle Fälle immer eine im Wagen. Dann setzte er sich hinter das Steuer und begann, das angetrocknete Blut von seinen Fingern und Handrücken zu wischen.
Anschließend kümmerte er sich um seine Nase. Als er sie berührte, gab es wieder einen Halogenblitz. Schwächer diesmal, zum Glück. Im Innenspiegel sah der Nasenrücken leicht schief aus. Und das Blut kam wieder. Gramzow schob sich vorsichtig zwei selbstgedrehte Toilettenpapier-Stöpsel in die Nasenlöcher. Nicht schön, aber effektiv.

Endlich konnte Gramzow in seine Kapuze greifen und die Scheine herausziehen. Er faltete sie auseinander, zählte und kam tatsächlich auf sechshundert Euro. Der Taxifahrer grinste zufrieden und plötzlich fiel ihm seine Studentin wieder ein. ›Hotelzimmer‹, dachte er. ›Auf jeden Fall ein Hotelzimmer. Und kein Prosecco. Sondern Champagner.‹

FÜNF

Als das gelbe Ortsschild von Altefähr vor ihm auftauchte, fühlte Fabian Radegast sich sofort leichter und ruhiger. Hier war sein Zuhause. Er ließ den Peugeot über die rumplige Bergener Straße rollen und fuhr die Seitenscheibe runter. Er wohnte an der Biegung der Sundstraße. Doch in der Mitte des

Dorfes, wo er in die Bahnhofsstraße hätte abbiegen müssen, fuhr er weiter geradeaus zum Hafen. Fast jeden Abend machte er den anderthalbminütigen Umweg, als müsse er sich schnell noch versichern, dass während des Tages keins der Häuser von Altefähr abhandengekommen war. War das schon eine der Macken, die der Beruf eines Polizisten angeblich mit sich brachte? Radegast lächelte. Solange es nicht schlimmer kam …, damit konnte man notfalls leben.

Radegast parkte am Hafen und stieg aus. Auch jetzt wie üblich erst noch ein paar Schritte bis zum Steg. Die BALTICA lag auf ihrem Slipwagen und hatte Gesellschaft von einem Entenpärchen, das in der Abendsonne döste. Radegast schaute über das Wasser zur anderen Seite des Sunds und dachte wieder an den Toten von der Landstraße. Der hatte ihn die ganze Heimfahrt beschäftigt. Es gab keine sichtbaren Verletzungen, aber sprach nicht trotzdem alles für einen Raubüberfall mit Todesfolge? Man hatte beim Opfer zwar eine Reisetasche gefunden, aber weder ein Jackett noch eine Jacke. Kein Kleingeld in den Hosentaschen, kein Portemonnaie, keinen Ausweis, vermutlich fehlte auch sein Mobiltelefon. Zuerst hatte Radegast vermutet, der Mann wäre anderswo zu Tode gekommen und jemand hätte versucht, die Leiche im Straßengraben zu entsorgen. Aber die Spurensicherung hatte sich inzwischen festgelegt: der Fundort war der Tatort. Wenn es denn eine Tat gab.

Sie hatten keinen Hinweis auf eine körperliche Auseinandersetzung gefunden. Keine offensichtlichen Abwehrspuren an den Händen des Toten, keine Prellungen oder Hämatome. Es gab auch keine Schleif- oder Kampfspuren am Straßenrand. Nichts, was für eine tätliche Auseinandersetzung sprach. Aber hätte ein großer, kräftiger Mann wie der Tote sich nicht gewehrt? Sein Leben verteidigt? Und wie war er nachts auf der verlassenen Landstraße seinem Widersacher begegnet? War er mit dem Täter zusammen unterwegs gewesen? Oder hatte dieser ihn in eine Falle gelockt?

Radegast drehte sich um. Es gelang ihm nicht, sich ein Bild von den Ereignissen zu machen, das eine Antwort auf alle diese Fragen liefern konnte. Und das nagte an ihm. Natürlich wusste er, dass die Ermittlungen in den seltensten Fällen den Wunschvorstellungen des verantwortlichen Kommissars folgten. Jede Untersuchung hatte ihren individuellen Rhythmus, ihre eigene, unvorhersehbare Dynamik. Die Zeit konnte völlig aus den Fugen geraten, sie konnte stillstehen oder plötzlich davongaloppieren. Das ließ sich nie voraussagen. Oft hatten sie tagelang keine brauchbaren Spuren gefunden, aber dann ging alles blitzschnell. Und die Tat war innerhalb einer Stunde weitestgehend geklärt.

Radegast ging zum Wagen zurück, stieg ein und fuhr nach Hause. Dort angekommen nahm er eine Kiste Mineralwasser aus dem Kofferraum und trug sie zur Tür der ehemaligen Bootsremise, die er vor gut vier Jahren gekauft hatte. Die Renovierung des lange verwaisten Gebäudes hatte Radegast erst im letzten Herbst abgeschlossen. Nach vier Jahren Blut, Schweiß und Tränen. Naja, Tränen eher selten. Die körperliche Betätigung nach Feierabend hatte ihm gut getan. Und Spaß gemacht. Ole war ihm oft zur Hand gegangen. Nicht nur praktisch, auch mit seinen Ideen, Vorschlägen und seinem Wissen. Der Freund wohnte drei Häuser weiter mit seiner Familie.

Er schloss die Tür auf und trat in den großen Wohnraum, der von der frühen Abendsonne durchflutet wurde. Dies alles würde Lis auch gefallen, hatte er immer wieder gedacht. Um sich im nächsten Augenblick zu sagen: Wenn Lis noch bei ihm wäre, wäre er mit ziemlicher Sicherheit immer noch an der Nordsee. Und ihre Tochter wäre gerade in die erste Klasse gekommen und würde ihm mit ihrer fröhlichen Kinderstimme ein Lied vorsingen, das sie in der Schule gelernt hatte.

In seinen Gedanken war es jedenfalls immer eine Tochter. Obwohl der Embryo zu klein gewesen war, um das Geschlecht zu bestimmen. Oder der Pathologe sich die Mühe nicht machen wollte. Hatte Lis gewusst, dass sie schwanger war? Und hätte es ihm an einem der nächsten Abende erzählen wollen? Radegast hatte sich lange mit dieser Frage herumgequält. Eine sichere Antwort gab es nicht. Aber inzwischen war er überzeugt, dass Lis eine so wichtige Sache nicht hätte für sich behalten können. Wenn sie sich über etwas freute, dann strahlte sie von innen heraus und steckte alle anderen mit ihrer Freude an.

»Fabian, da bist du ja endlich!«

Er drehte sich um.

Jana stand in der offenen Tür. »Papa will dich sprechen.«

»Sag ihm, ich komm gleich rüber!« Radegast ging zur Tür und griff nach der Mineralwasserkiste.

»Du sollst aber nicht gleich kommen, sondern sofort«, sagte Jana.

»So dringend? Was will unser Bürgermeister denn von mir?«

»Sag ich nicht«, entgegnete Jana. »Sonst weißt du's ja schon. Und die Kiste kannst du später reinbringen. Hier klaut keiner. Wissen doch alle, dass du bei den Bullen bist.«

Radegast verkniff sich eine Erwiderung. Er ließ die Kiste stehen, zog die Tür zu und folgte Jana zu ihrem Elternhaus.

Ole war am Telefon, als Radegast durch die Tür mit dem Emailleschild *Bürgermeisterei* trat. Er winkte ihn zu sich, schaffte mit links etwas Platz auf seinem Schreibtisch und schob Radegast dann drei Blätter hin, die er aus einer Schublade genommen hatte. Schwarzweiße Blätter aus dem betagten Tintenstrahldrucker der Bürgermeisterei von Altefähr. Ole telefonierte offenbar weiter, obwohl Radegast das später nicht hätte beeiden können. Seine Aufmerksamkeit war völlig von den drei Blättern gefesselt.

Ole hatte sein Telefonat beendet und Radegast mit einem zufriedenen Lächeln angeschaut. »Keine original Colin Archer. Aber ich finde, das ist ein ganz ordentlicher Nachbau.«

Radegast hörte ihn nicht. Sein Blick hatte sich in den Details eines blassen Fotoausdrucks verfangen.

Seinem Freund Ole dauerte das plötzlich alles zu lange. »Ab nächste Woche steht sie offiziell zum Verkauf. Es sei denn, wir schlagen vorher zu. Der Eigner verlangt achtzigtausend.«

Ganz allmählich sickerte in Radegasts Bewusstsein, was er da in den Händen hielt: sein Traumschiff, ihr gemeinsames Traumschiff. Nach dem Abitur hatten Ole und er in Fredrikstad eine Colin Archer gechartert und waren mit ihr durch die norwegischen Fjorde bis nach Stavanger gesegelt. Und hatten sich sofort in das Schiff verliebt. Klassisch schöner Rumpf, äußerste Robustheit, hervorragende Segeleigenschaften. Selbst bei acht Windstärken, auflandig, hatte sie sich fantastisch gehalten, in jeder Situation so reagiert, wie sie es wollten. Für Ole und ihn war die Colin Archer von da an das absolute Maß der Dinge, an dem sich alle anderen Boote messen lassen mussten. Und das keines jemals erreicht hatte. Leider waren Colin-Archer-Schiffe schon damals unerschwinglich.

»Achtzigtausend Euro«, wiederholte Ole halblaut.

Als Radegast endlich den Kopf hob, saß Ole hinter dem altmodischen Gründerzeitschreibtisch, auf dem sich die Unterlagen türmten und strahlte ihn an. Stolz wie Oskar, stolz wie Norgay und Hillary bei der Erstbesteigung des Mount Everest, stolz wie Georges Beauchamp nach der Erfindung der E-Gitarre.

»Wo kommt das her?«, fragte Radegast schließlich.

»E-Mail, siehst du doch.«

Radegast schaute Ole ins Gesicht. Sein Blick reichte aus, ihn weiterreden zu lassen.

»Ein Kollege aus Dänemark hat es mir geschickt. Er sollte das Schiff bewerten, bevor es angeboten wird.«

»Und?«

»Er meint, die Substanz ist ausgezeichnet. Ein paar Schönheitsreparaturen, aber bei achtzigtausend wäre das immer noch ein Schnäppchen.«

»Allerdings«, nickte Radegast. »Wenn es denn dabei bleibt.«

»Tut es. Wenn wir dem Eigner die Summe zahlen, wird das Schiff gar nicht erst ins Netz gestellt. Und eigentlich sollten wir das stemmen können.«

»Jetzt mal langsam«, sagte Radegast. »Bis wann müssen wir uns denn entscheiden?«

Jana, die den Kopf in das Büro steckte, unterbrach die Antwort ihres Vaters. »Mama fragt, ob du mitessen willst, Fabian.«

»Klar, will er«, kam ihm Ole zuvor. »Und wir haben was zu feiern.«

»Super«, schon war die Elfjährige wieder verschwunden.

»Feiern? Ist das nicht etwas zu früh?«

Ole wischte seinen Einwand mit einer Handbewegung weg. »Selbst wenn wir noch ein bisschen Arbeit investieren müssten …«

»Solange es nur Arbeit ist, kein Problem«, sagte Radegast. »Wo liegt das Schiff denn jetzt?«

»Im Hafen von Vordingborg. Bei gutem Wind hätten wir sie in sechs bis sieben Stunden hier.«

Radegast stand auf und blickte über den Sund auf die Dächer von Stralsund.

Ole trat neben ihn und knuffte ihn in die Seite: »Hey, Alter, was ist los mit dir? So eine Chance kriegen wir nie wieder. Hast du plötzlich kalte Füße?«

»Quatsch«, sagte Radegast. »Du hast ja recht. Wir fahren nach Vordingborg und sehen sie uns wenigstens mal an. Unverbindlich.« Jetzt wurde ihm plötzlich bewusst, wie lange sie beide von so einer Gelegenheit geträumt hatten. Er hielt seinem Freund die Hand hin. »Wir werden das Ding schon schaukeln.«

Ole schlug mit einem breiten Lachen und der geballten Kraft eines Werftarbeiters ein: »Worauf du dich verlassen kannst!«

Die Kirschen hingen direkt über ihm, zum Greifen nah, an schwer gebeugten Ästen. Fabian Radegast saß im Besucherstuhl, der sich von den anderen Holzstühlen nur dadurch unterschied, dass er mit einem dicken marineblauen Sitzkissen ausgestattet war. Er hatte die Beine ausgestreckt, trank Störtebeker aus der Flasche und sah Ole zu, der den verwitterten Buchenholztisch deckte. Der Garten hinter dem Bürgermeisterhaus war über Jahrzehnte gewachsen und liebevoll gepflegt, mit wunderschönen alten Obstbäumen. Bei ihm hinterm Haus war es noch ziemlich kahl, er hatte die abschüssige Fläche zwischen dem Haus und dem Steg erst vor zwei Jahren begrünt. Ursprünglich war sie gepflastert gewesen. Noch sah es bei ihm so ähnlich aus wie im Garten einer Neubausiedlung. Er würde sich noch ein paar Jahre gedulden müssen.

Jana kam mit einem Tablett, auf dem Getränke und ein Korb mit Graubrot standen, aus dem Haus. Laura, Oles Frau, folgte ihr mit einem großen Topf. Laura Henning arbeitete als Hebamme. Auf dem Rückweg von einer werdenden Mutter in Stralsund war sie dort in der Fischhalle am Hafen vorbeigekommen und hatte für ihre berühmte Fischsuppe eingekauft. Dorsch, Wittling, Hornhecht und Scholle, fangfrisch aus der Ostsee. Und dazu ein paar Meeresfrüchte, die nur in wärmeren Gewässern vorkamen.

Sie setzten sich und begannen zu essen.

Mit dem ersten Löffel fühlte Radegast sich zurückversetzt in seinen Sommerurlaub mit Ole, Laura und Jana im Bouches-du-Rhône. Wie lange war das her? Vier Jahre? Da hatte er in einem unscheinbaren Restaurant diese fantastische Bouillabaisse entdeckt. Und die anderen überzeugt, sie auch zu probieren. Von da an bis zum letzten Tag ihres

Urlaubs waren sie immer wieder gekommen. Aber inzwischen, stellte Radegast jetzt fest, gelang Laura ihre Stralsunder Fischsuppe mindestens genauso perfekt. Wenn nicht besser.

Während sie nach einem Stück Brot griff, blickte Laura Radegast plötzlich an: »Und ihr beide wollt jetzt also ein Segelboot kaufen?«

Ole schaute in seinen Teller und löffelte unbeirrt weiter. Offenbar wollte er ihm die Rolle des Wortführers überlassen.

»Das ist nicht einfach ein Segelboot. Das ist ein Colin-Archer-Nachbau«, erklärte Radegast. Er war froh, dass Ole mit Laura immerhin schon darüber gesprochen hatte. »Und eine einmalige Gelegenheit.«

»Dazu unglaublich günstig«, schaltete Ole sich jetzt doch noch ein. »Wenn alles so stimmt, wie sie sagen.«

»Unglaublich günstig heißt für euch jetzt was?«

Radegast kannte Laura inzwischen so gut, dass er die unterschwellige Ironie in ihrer Stimme wahrnahm.

»Achtzigtausend«, sagte Ole. »Das kriegen wir gebacken.«

Radegast nickte bestätigend und schwieg.

»Solange du deinen Job hast«, sagte Laura. »Aber was ist, wenn sie die Werft wirklich dicht machen?«

»Machen sie nicht. Heute hat sich der Insolvenzverwalter vorgestellt. Er will alle Arbeitsplätze retten.«

»Will er vielleicht wirklich. Aber ist das auch realistisch?«

Ole zuckte mit den Achseln. »Werden wir dann sehen. Ist jedenfalls ein erfahrener Mann.«

»Außerdem bin ich ja auch noch da«, sagte Radegast.

»Und ich«, sagte Jana. »Ich habe fast zweihundert Euro. Und in den Ferien jobbe ich im Supermarkt.«

»Da kann ja überhaupt nichts mehr schiefgehen«, lächelte Laura. «Dann solltet ihr zuschlagen. Manche Träume muss man einfach wahr werden lassen.«

»Dann darfst du die Route für unseren Jungferntörn bestimmen«, sagte Radegast zu Laura.

Ole zwinkerte Jana zu. »Und du wirst unsere erste Skipperin.«

»Die erste Skipperin ohne Segelschein.«

»Ach was«, sagte Ole. »Den schaffst du doch mit links.«

»Wie willst du das wissen? Du lässt mich doch ständig hängen. Und Fabian auch.«

Die beiden Männer wechselten einen Blick.

»Noch ist es hell«, sagte Laura zu Ole. »Eine Stunde könntet ihr noch raus.«

Ole schüttelte den Kopf. »Ich habe noch einen Haufen Papierkram in der Bürgermeisterei zu erledigen«, er hielt Laura seinen leeren Teller hin. »Außerdem ist deine Fischsuppe ein Gedicht. Ach, eine ganze Gedichtsammlung voller wundervoller Reime, die alle nur auf meine Hüften zielen.«

Jana und Laura schauten sich an und lachten dann gleichzeitig laut los.

»Na, dann komm«, sagte Fabian Radegast zu Jana, schob schweren Herzens seinen Teller zurück und verzichtete auf einen Nachschlag. Ungern und nur der christlichen Seefahrt zuliebe stand er auf.

SECHS

Sie waren drei Stunden am Ostseestrand gewandert, von der Binzer Seebrücke bis in Höhe der Feuersteinfelder. Und natürlich zurück. Steiner hatte es nicht nur genossen, nein, er war tief bewegt. Immer wieder hatte er das Gefühl, als würde er mit Viviane an der Küste von Sainte-Marie-de-Ré entlanglaufen, ihrem Lieblingsstrand am Atlantik. Nach und nach hatte er Marie-Thérèse von ihrer Mutter erzählt. Hatte ihr Dinge gestanden, die Steiner vor ihr noch keinem Menschen gesagt hatte.

Er war der Mutter von Marie-Thérèse 1983 begegnet, auf der Fernstraße von Angoulême nach Rochefort. Sie stand am Straßenrand neben ihrem defekten Wagen, einem bildschönen weißen Renault Floride, der perfekt zu ihr passte, als sei er extra für sie entworfen worden. Viviane Bertau, blond, kurzhaarig, strahlend, rebellisch. Steiner hatte das Fahrzeug repariert und mit einer Selbstverständlichkeit, die wohl nur ein französisches Mädchen aus allerbestem Hause besaß, eroberte sie ihn im Sturm. Es war ihr gleich, dass es in Frankfurt schon eine Madame Steiner gab. Viviane konnte teilen, hatte Verständnis für seine Lage.

Ihm fiel das nicht so leicht. Nach drei Monaten aufreibendem Doppellebens hatte er kurz davor gestanden, für Vivianne alles aufzugeben: seine Ehefrau Anni, die Firma, den Frankfurter Freundeskreis. Aber die Vernunft hatte gesiegt. Besser gesagt, Viviannes Pragmatismus. Sie war dagegen, dass er den endgültigen Schritt tat. Dafür sei später noch Zeit. Rochefort wurde jetzt zu seinem Zufluchtsort, den er so oft wie möglich aufsuchte. Natürlich gab es Gerede in seiner Spedition, natürlich entgingen Anni die Veränderungen nicht. Aber in einer Mischung aus Diskretion und sanftem Druck brachte Steiner die Gerüchte zum Verstummen.

Während sie am Strand entlangwanderten, hatte Marie-Thérèse die meiste Zeit still zugehört, nur hin- und wieder eine Frage gestellt. Als sie den Strand verließen und auf den Binzer Hof zugingen, gab sie ihm einen Wangenkuss. »Danke, dass du so offen zu mir warst, mon cher père.«

Steiner drückte sie an sich. »Danke, dass du zugehört hast.« Er blieb vor der Einfahrt zur Hotelgarage stehen. »Geh schon vor. Ich will noch mal schnell nach dem Wagen sehen.«

Marie-Thérèse nickte und er sah ihr nach, wie sie leichtfüßig die Treppen zum Hotel Vier Jahreszeiten hochging. Der prachtvolle, weißstrahlende Bau, ein *Meisterwerk der Bäderarchitektur*, wie es in der Broschüre der Rallyeleitung stand, war mit seiner vornehmen, ganz dem Historismus verpflichteten Architektur, das passende Ambiente für seine wunderschöne Tochter. Wie so oft in den vergangenen Tagen bedauerte Steiner es zutiefst, dass er nach Viviannes Tod nicht um Marie-Thérèse gekämpft hatte. Da er und seine Geliebte es nie für nötig befunden hatten, die Vaterschaft offiziell eintragen zu lassen, hatten ihm Viviannes Eltern bei der Beerdigung emotionslos mitgeteilt, dass sie ihre Enkeltochter selbst großziehen und an ihn keine Unterhaltsansprüche stellen würden. Sein Kontakt mit dem Kind sei auch nicht erwünscht. Zu einem anderen Zeitpunkt hätte er gegen diese Entscheidungen gekämpft. Mit allen Mitteln, die ihm zu Verfügung standen, erlaubten und unerlaubten. Aber nach Viviannes Tod war er nicht mehr er selbst gewesen. Steiner schob die Gedanken beiseite, gab sich einen Ruck und betrat die Tiefgarage.

Sein 300SL stand am Ende der Garage, die Plätze links und rechts waren freigehalten worden, so wie er es verlangt hatte. Dadurch konnte er die Flügeltüren des Mercedes öffnen, ohne eine Schramme zu riskieren. Ein Mann von Mitte fünfzig stand neben dem Coupé, spähte durch die Scheiben ins Wageninnere. Er trug einen dunkelblauen Arbeitsoverall und ein Basecap mit dem Aufdruck *Hotel Vier Jahreszeiten*. Offensichtlich der Garagenwächter. Steiner sah ihm an, dass er von dem Oldtimer gebannt war, wie ein kleiner Junge am Tag der Einschulung von seinen vielen Mitschülern. Der Mann holte ein Smartphone aus seiner Brusttasche und fotografierte sein Schmuckstück aus verschiedenen Positionen.

»Gefällt er Ihnen?«

Der Parkwächter ließ das Smartphone sinken, warf Steiner einen abschätzenden Blick zu. »Das ist Ihrer, oder?«

»Ja. Fotografieren Sie ruhig! Stört mich nicht.«

Der Mann machte weitere Fotos. »Sie haben da ja wirklich ein Prachtstück. Ist an dem noch alles original?«

»Klar. Genauso ist er 1955 vom Band gelaufen. Ist ein echtes Matching-Numbers-Fahrzeug.«

Der Parkwächter sah ihn verständnislos an, verstaute das Smartphone wieder.

»Das sind Oldtimer, die noch mit demselben Motor und Getriebe ausgestattet sind, wie am Tag ihrer Erstauslieferung«, erklärte Steiner. »Die Nummern des Motors und des Getriebes stimmen mit der Karosserie-Nummer überein. Es sind also einwandfrei die Originalteile.«

»Verstehe! Dadurch ist so ein Wagen wahrscheinlich wertvoller.«

»Ganz erheblich sogar. Viele Fahrzeuge werden von ihren Besitzern zu Tode restauriert. Auf Teufel komm raus. Die Halter denken, dass sie dadurch den Wert steigern. Dem ist aber nicht so. Von meinem Mercedes existieren höchstens noch zehn originalbelassene Exemplare in einem vergleichbaren Topzustand. Und zwar weltweit.«

»Dann sollte ich meinen Renault Mégane vielleicht mal mit anderen Augen betrachten«, grinste der Parkwächter. »Der ist von 2001 und auch noch im Originalzustand.«

»Da muss ich Sie leider enttäuschen«, lächelte Steiner. »Bei einem normalen Auto hat das keinen wertsteigernden Einfluss. Es hängt vor allem von der Stückzahl ab. Je geringer die ist, desto höher der Sammlerwert. Von dem Flügeltürer hier wurden insgesamt gerade mal tausendvierhundert Stück hergestellt. Fast achtzig Prozent gingen als Export in die Vereinigten Staaten. Da können Sie sich ausrechnen, wie viele Exemplare überlebt haben.«

Der Parkwächter deutete auf die anderen Rallyefahrzeuge, die in der Tiefgarage parkten. »Sind das alles Matching-Numbers-Autos?«

»Ein paar davon. Die meisten sind aber restaurierte Modelle. Sehen Sie den Ferrari 250 GTO neben der Einfahrt? Auch so ein totalsaniertes Fahrzeug. Wenn der im Top-Originalzustand wäre, könnte man für ihn fünfzehn bis neunzehn Millionen Euro erzielen. Aber so, wie er jetzt dasteht, bringt er nur Peanuts.«

Der Parkwächter war beeindruckt, verschob sein Basecap von vorn nach hinten und dann wieder zurück. »Hätte ich jetzt nicht gedacht. Sieht doch echt toll aus. Dann ist ihr Mercedes vermutlich der wertvollste Wagen hier?«

»Ganz genau. Und deswegen haben Sie bitte ein besonderes Auge auf ihn!« Steiner zog einen Zwanzigeuroschein aus seinem Jackett und steckte ihn in die Brusttasche des Parkwächters.

Der grinste erfreut. »Mach ich doch glatt!«

SIEBEN

Radegast war eine Dreiviertelstunde mit Jana gesegelt. Der Wind stand gut und sie hatten in schneller Abfolge alle Manöver geübt, die verlangt wurden. Jana war fit, sie brauchte sich wegen ihrer Segelscheinprüfung keine Sorgen zu machen.

Anschließend hatte er geduscht und jetzt stand er vor dem Regal in seinem Wohnzimmer. Er zog erst einen dicken Bildband aus der unteren Reihe und angelte dann von oben ein englisches Standardwerk über Colin Archer und die Schiffe, die er konstruiert hatte, herunter. Radegast nahm die beiden Bücher mit an seinen großen Küchentisch, von dem aus er den schönsten Blick auf den Sund hatte.

Die Lage seines Hauses war einmalig, die Aussicht, die Nähe zu Ole und die Ruhe des Dorfes. Das Erdgeschoss der Remise hatte er komplett mit neuen Böden ausgestattet. Früher hatten die Fischer von Altefähr hier ihre offenen Boote gelagert und repariert. Die vier Holztore auf der Vorder- und Rückseite hatte er durch Glasfronten ersetzt. Jetzt war alles lichtdurchflutet. Zu ebener Erde befanden sich sein Wohnbereich, die Küche und das Bad, im Obergeschoss das Schlaf- und zwei Gästezimmer sowie ein Büro. Alles sehr großzügig, roter Backstein und helles Holz.

Wie war das alles herunterkommen gewesen, als er es sich zum ersten Mal angesehen hatte. Der äußere Zustand der Remise hatte ziemlich genau seinem inneren entsprochen, wusste Radegast heute. Damals hätte er so etwas nicht einmal denken können. Aber er hatte wohl instinktiv gespürt, dass die Renovierung ihm helfen würde. Mit jedem neuen Fußbodenbalken, den er einpasste, hatte er seinem eigenen Leben zu etwas mehr Stabilität verholfen. Schritt um Schritt, wie jemand, der noch einmal ganz von vorne anfangen muss. Die Renovierungsarbeiten würden ihm helfen, Lis zu vergessen, hatten einige Freunde und Kollegen ihn ermuntert. Radegast wusste es besser. Er würde sie niemals vergessen. Und die Erkenntnis, dass sie tot war und für immer tot bleiben würde, war die einschneidendste Erfahrung seines Lebens geworden. ›Ich habe Lis geliebt. Und ich habe sie verloren.‹ *Verloren* – als wenn er sie irgendwo wiederfinden könnte.

An der Wand in seinem Rücken hing ein Foto von Lis. Das einzige. Alle anderen hatte er im Schreibtisch verstaut. Aber dieses hatte er aufgehängt. Ihr offenes Gesicht in dem Moment eines Lächelns, von dem Radegast bis heute nicht mit Bestimmtheit sagen konnte, ob es ungetrübte Freude oder eine nachsichtige Kritik ausdrückte.

Als er sich ein Bier aus dem Kühlschrank holte und zu Lis hochschaute, war er sicher, dass sie sich mit ihm freute. Radegast setzte sich an den Küchentisch und vertiefte sich in die Bücher. Colin Archer war ein norwegischer Jacht- und Schiffskonstrukteur, der 1832 als Sohn schottischer Einwanderer geboren worden war. Nach einem mehrjährigen Aufenthalt in Australien, wo er als Farmer gearbeitet hatte, war er 1861 nach Norwegen zurückgekehrt. Archer hatte sich auf die Konstruktion von Seglern verlegt und schnell den Ruf eines genialen Bootsbauers erworben. Im Laufe seines Lebens hatte er über vierhundert Schiffe entworfen: Rettungskreuzer, Küstensegler, Jachten, alle möglichen Bootstypen. Colin Archers Schiffe wurden zum Inbegriff von Seetüchtigkeit und Sicherheit in Verbindung mit Schnelligkeit und Eleganz. Und waren es bis heute. In dem zweiten Buch fand Radegast schließlich das, was er gesucht hatte: Colin Archers Originalriss, auf dessen Grundlage die Jacht aus Dänemark nachgebaut worden war. Ein Solvaertyp von 1908, ursprünglich als Rettungskutter entworfen. Radegast verglich die Schiffspläne aus dem Buch mit dem Computerausdruck, den Ole ihm mitgegeben hatte. Der Nachbau war 1973 fertiggestellt worden, doch die Maße waren identisch. Länge über Deck 15,27 Meter, Breite 4,93 Meter. Abweichend vom Original verfügte es über einen kleinen Volvo-Schiffsdiesel, ein Zwölf-Volt-Bordnetz und eine Selbststeueranlage. Und mehr brauchte man nicht. Dies war das Schiff, von dem sie immer geträumt hatten. Ein Boot, mit dem Ole und er die ganze Welt umsegeln könnten. Da war sie. Ihre Colin Archer.

ACHT

›Marie-Thérèse‹, dachte Steiner, als es an der Tür klopfte. Er öffnete und seine Tochter betrat das Hotelzimmer.

»Noch nicht fertig?«

»Doch gleich, sofort.« Steiner knöpfte sein Smokinghemd zu und ging zu einem Wandspiegel.

Während er einen Kummerbund anlegte, sah Marie-Thérèse sich um. Draußen dämmerte es bereits und man konnte die Ostsee hören, deren Brandungswellen laut an den Strand schlugen.

»Marie-Thérèse, bringst du mir bitte mal meine schwarze Fliege, sie ist in der großen Reisetasche!«

Steiner sah im Spiegel, wie seine Tochter zur Gepäckbank trat und die abgewetzte Ledertasche öffnete, die er sich auf seiner ersten Lateinamerikareise in Montevideo gekauft hatte. Sie nahm die Fliege heraus und stutzte. Dann holte sie das Kurzhalfter aus der Reisetasche, in dem eine Pistole steckte. »Was willst du mit dem Revolver?«

»Das ist kein Revolver, das ist eine Pistole.«

»Und wofür brauchst du sie?«

»Nur zu meinem Schutz. Gibst du mir bitte die Fliege …!«

Marie-Thérèse reichte sie ihm und Steiner band sie um. Dabei erzählte er seiner Tochter, warum er die Waffe immer mit sich führte. Auf jeder Reise. Und war diese auch noch so kurz. Er war 1944 in Frankfurt geboren worden, als Peter Reinhard Steiner. Die Eltern hatten ein Gasthaus am Rande der zerbombten Altstadt und *der kleine Peter*, wie er damals noch hieß, spielte zwischen Theke und Kneipentür. »Steiners Eck« wurde in den frühen 50er-Jahren zur In-Kneipe der in Frankfurt stationierten GIs. Ein Glücksfall für den Schulbub Peter. Von den Amis lernte er nicht nur fließendes Englisch, sondern, noch wichtiger, er lernte, sich zu behaupten, mit Worten und Fäusten. Die GIs brachten ihm Jiu Jitsu bei. Von Natur aus eher schmächtig, wurde der Junge zu einem gefürchteten Schulhof-Kämpfer. Bei einem Streit verletzte er dann allerdings einen Schüler aus einer der höheren Klassen so schwer, dass der auf einem Auge erblindete. Steiners Vater gelang es, den Jugendarrest abzuwenden, aber sein Sohn musste die Oberschule verlassen. Wegen »exzessiver Verrohung«, wie es im Abgangszeugnis hieß.

Mit seinem Wechsel auf eine Mittelschule in Frankfurt erfand sich der Junge neu. Er legte den Vornamen Peter ab und stellte das Prügeln ein. Von nun an hieß er Reinhard Steiner. Kurz darauf entdeckte er die Aussagekraft der Fliege. In einer Zeit, als die Mehrzahl der volljährigen Männer nicht ohne Hut und Krawatte aus dem Haus ging, war die Fliege, ein kleines, unübersehbares Signal des Nonkonformismus. Besonders wenn sie von einem sechzehnjährigen Schüler getragen wurde: Ich bin anders – das war von nun an Steiners Überzeugung. *Anders* hieß für ihn immer auch *besser*.

Er trat eine Lehre bei der Spedition Hecht in Bad Vilbel an. Ausschlaggebend dafür war, dass Kurt Hecht versprochen hatte, seinem Lehrling sämtliche Führerscheine zu finanzieren. Steiner bestand die Führerschein- und Kaufmannsprüfungen mit links und entwickelte sich schnell zur rechten Hand des Chefs. Routenplanung, Disposition und Frachtraten – bald gab es kein Gebiet, auf dem jemand mit Steiner konkurrieren konnte.

Kurt Hecht registrierte es anfangs mit väterlichem Stolz. Aber als Steiner seine Chefsekretärin Anni eroberte, wurde Hecht bewusst, dass sein »Ersatzsohn« dabei war, ihm die Zügel des Unternehmens zu entwinden. Steiner und Anni heirateten im Mai 1964 und etablierten schnell eine heimliche Hausmacht im Unternehmen Hecht. Gemeinsam konnten sie vieles bewirken und alles verhindern. Mit Annis Rückendeckung erweiterte Steiner das Angebot der Spedition um »Spezial- und Grenztransporte«. Die Grenzen, die überschritten wurden, waren nicht zuletzt auch die der Legalität. Kriminelle Geschäfte machte Steiner allerdings nur ungern, er dehnte lieber Ermessensspielräume aus.

Anni konnte Kurt Hecht mit sanftem Druck überreden, ihren Mann zum Prokuristen zu machen. Das war Steiners erster Fuß in der Tür. Der zweite folgte wenig später, als er seinen Chef dazu brachte, die Kunden eines bedeutenden Konkurrenten durch Dumpingpreise abzuwerben. Ein unerhörter Vorgang, ein offener Wirtschaftskrieg, der allen Gesetzen der Branche und des Marktes widersprach. Aber das anfängliche Kopfschütteln wich echter Bewunderung, als Steiner dem angeschlagenen Konkurrenten eine Fusion anbot. Verhandlungen begannen und entwickelten sich zu einer erbitterten Pokerpartie, bei der am Ende die Existenz beider Firmen und 527 Arbeitsplätze auf dem Spiel standen.

In dieser Situation bekam Kurt Hecht kalte Füße. Er zauderte, suchte heimlich Rat bei Freunden und Bankleuten. Als hätte er nur auf dieses Zeichen der Schwäche gewartet, ging Steiner in die Offensive. Am Ende einer einzigen Nacht waren die Verhältnisse entschieden, die beiden Speditionen zusammengeschlossen, nominell unter der Führung von Kurt Hecht, de facto aber unter Steiners Kontrolle. Zwei Tage darauf nahm sich der Leiter der fusionierten Spedition das Leben.

Steiner war geschockt, es gab aus seiner Sicht keinen Grund für solch eine Tat. Wenigstens keinen, zu dem er beigetragen hatte. Sein Fusionsangebot war kaufmännisch gesehen überaus fair. Steiner war drauf und dran, aus der Spedition auszuscheiden, doch Anni und Kurt Hecht verhinderten es. Aber

der Freitod hatte Hecht seinerseits klargemacht, dass dies nicht mehr seine Welt war. Er trat von allen Funktionen in der Firma zurück, nahm einen Platz ein, den Steiner schon lange für ihn vorgesehen hatte. Gegen eine großzügig bemessene Leibrente überschrieb er die Spedition an seinen Prokuristen.

Kurz darauf wurde Steiner nachts auf offener Straße angegriffen. Der Bruder des toten Spediteurs verletzte ihn schwer, mit mehreren Messerstichen, die einen längeren Klinikaufenthalt nach sich zogen. Kaum aus dem Krankenhaus entlassen, beantragte Steiner einen Waffenschein und besorgte sich eine Pistole, die er aber noch nie benutzt hatte, wie er Marie-Thérèse versicherte. »Aber ich habe mich im Lauf der Jahre an meinen Schutzengel gewöhnt. Ich weiß gar nicht, wie es ohne ihn wäre.«

»Würdest du dich schutzlos fühlen?«

»Eher verloren. Wie ein Regenwurm in der brennenden Hitze des Midi.«

»Regenwurm? Das macht für mich zwar keinen Sinn, mon cher père, aber du bist wenigstens ehrlich.«

Steiner lächelte sie dankbar an. Dann nahm er ein écrufarbenes Dinnerjacket aus dem Schrank und schlüpfte hinein. »Und? Wie sehe ich aus?«

»Blendend«, sie legte seine Pistole in die Reisetasche zurück. »Aber nur, wenn die hier bleibt. Sonst tippt jeder sofort auf einen sizilianischen Don, der seine einzige Tochter zur Verlobungsfeier führt.«

Steiner lachte. Mein Fleisch und Blut!

Ein Kellner geleitete Reinhard Steiner und seine Tochter zu einem Zweiertisch, den er sich frühzeitig hatte reservieren lassen. Er legte absolut keinen Wert darauf, den Abend inmitten seiner »Rallyekameraden« zu verbringen. Rallyekameraden? War das überhaupt die richtige Bezeichnung für diese Ansammlung autonärrischer Menschen? Egal, ein Tisch am Rande des Geschehens war bei dieser merkwürdigen Truppe eindeutig besser. Steiner hatte weder Lust, dass man ihm zu vorgerückter Stunde das Du aufdrängte, noch wollte er sich bei irgendwelchen laienhaften Betrachtungen zum aktuellen Börsengeschehen langweilen.

Die Terrasse des Hotels Vier Jahreszeiten war für eine Sommerparty dekoriert. Ein üppiges Dessertbüfett verbreitete mediterranes Flair, das Personal trug verwegene Kopfbedeckungen aus Stroh mit bunten Hutbändern, Papierlaternen verbreiteten eine nostalgische Stimmung. Alles erinnerte Steiner an seine erste Auslandsreise Ende der 50er-Jahre. An die Blumenriviera. Tempo fa, Signore Steiner. Er nickte den Lambertis und dem Ehepaar Raspe zu, die am Nebentisch saßen, und nahm mit Marie-Thérèse Platz.

Maike Boysen kam auf die Terrasse und bat um Aufmerksamkeit. Sie lächelte in die Runde und schaute dann auf ihr iPad. »Der Start unserer morgigen Rundfahrt ist natürlich hier in Binz. Wir haben die zu absolvierende Strecke von insgesamt hundertfünf Kilometern in vier Etappen eingeteilt, die Sie zu einem unterschiedlichen Zeitpunkt absolvieren werden. Je nach der Teilnehmergruppe, in der Sie sich mit ihrem Fahrzeug befinden. Welcher Gruppe sie angehören, erfahren Sie morgen beim Frühstück.« Maike Boysen schaute erneut auf das Display. »Ab der vorvorletzten Etappe werden dann alle Teilnehmer im Reißverschlussverfahren zusammengeführt. Anschließend steuern wir gemeinsam unser Tagesziel an, den Golfplatz am Schloss Ranzow im Nordosten Rügens. Wo Sie wie immer Ihr Gepäck auf den Zimmern erwarten wird. Und jetzt wünsche ich Ihnen allen einen angenehmen Abend. Falls jemand noch eine Frage hat, sprechen Sie mich einfach an.«

Die Anwesenden klatschten Beifall.

Steiner beugte sich zu seiner Tochter und senkte die Stimme. »Hauptsache, wir sind nicht in einer Gruppe mit diesen Schweizer Clowns. Deren Karre steht das nie durch. Und ich hasse Zwangsaufenthalte an irgendwelchen einsamen Landstraßen. Egal, wie schön die Gegend da ist.«

»Wären dir die Raspes lieber, mon cher père?«, flüsterte Marie-Thérèse.

Steiner blickte zu dem Kellner, der an den Nachbartisch trat, um nachzuschenken. Patrick Raspe, ein kahlköpfiger Mittsechziger schob ihm sein Glas hin. »Aber bitte nicht dieses Ekelgesöff.«

»Pardon, der Herr?«

»Gießen Sie mir bloß nicht diesen bescheuerten Energy-Drink ein. Der hängt mir allmählich zum Hals raus.«

»Patrick, bitte …«, halbherzig versuchte Angelika Raspe ihren Mann zu bremsen.

»Ist doch wahr«, Raspe drehte sich in Steiners Richtung. »Oder mögen Sie die Brühe etwa?«

»Nicht so mein Fall, aber sie soll ja verborgene Energien freisetzen«, erwiderte Steiner.

»Wer an so einen Quatsch glaubt …«

»Also unterhaltsam ist der Mann«, murmelte Steiner halblaut, während er die Hand seiner Tochter tätschelte. »Das musst du zugeben.«

Marie-Thérèse lachte.

Evelyn Lamberti sah ihren Mann auffordernd an. Als er nicht reagierte, räusperte sie sich. Endlich verstand er und griff nach der Dose »Liquid Swiss Power«, die vor ihm stand. Paul Lamberti betrachtete sie mit kennerischer Miene – ganz wie der Sommelier eines Fünf-Sterne-Hotels –, las die aufgedruckten Inhaltsangaben und goss sich demonstrativ das Glas voll.

»Sie müssen es ja nicht trinken, Herr Raspe, es ist lediglich ein Angebot.« Lamberti nahm einen Schluck und stellte das Glas mit einem genießerischen Blick ab. »Mir schmeckt es jedenfalls ausgezeichnet.«

»Wenn Herr Nestler mich dafür bezahlen täte, würde ich die Lauge auch von morgens bis abends bechern«, kicherte Angelika Raspe und ihr Mann lachte laut.

Steiner musste an sich halten, um nicht in das Gelächter mit einzustimmen. Stattdessen zwinkerte er Marie-Thérèse mit einem Auge zu. »Die Raspes akzeptiere ich. Die beiden dürfen morgen mit uns fahren. Ach was, sie müssen mitfahren!«

Paul Lamberti nahm mit Bittermiene einen weiteren Schluck. Voller Todesverachtung kippte er die Flüssigkeit herunter.

Evelyn Lamberti zog die Brauen hoch, sah Raspe missbilligend an. »Wir sind heilfroh, dass sich Ueli Nestler entschlossen hat, uns als Hauptsponsor der Rallye zu unterstützen. Immerhin ist er einer der bedeutendsten Schweizer Getränkehersteller.«

»Den Typ will ich morgen nicht dabei haben, diesen Nestler. Noch ein Schweizer auf keinen Fall. Sonst steig ich aus«, nuschelte Steiner leise über sein Glas hinweg. »Wir machen doch kein Schweizer Bergrennen.«

Evelyn Lamberti erhöhte ihre Stimme, sodass alle Anwesenden sie hören konnten. »Ohne Herrn Nestlers Engagement würden wir heute Abend nicht hier sitzen. Wenigstens nicht in einer so wundervollen Atmosphäre. Sie können sich wahrscheinlich vorstellen, was eine Rallye kostet. Und deshalb … Herr Nestler, ich darf Sie bitten …!«

An einem der hinteren Tische erhob sich Ueli Nestler. Er straffte sich, rückte die Dolce & Gabbana-Krawatte zurecht und warf seiner Begleiterin einen selbstsicheren Blick zu.

Doch ehe er das Wort ergreifen konnte, kam ihm Patrick Raspe zuvor. Der Oldtimerfahrer sprang auf, stieß sein Glas Sprizz um und krähte los. Grinsend wie ein Honigkuchenpferd, nicht mal seine Frau Angelika konnte ihn zurückhalten. »Was heißt hier vorstellen, was eine Rallye kostet? Und ob ich das kann. Ich habe Ihnen die Teilnahmegebühr nämlich höchstpersönlich überwiesen, Frau Lamberti! Ich kann auf eine ganze Latte von Rallyes zurückblicken. Preislich spielt Ihre Veranstaltung eindeutig in der Oberliga. Und zwar ohne Not, ohne Not.«

»Mein Mann meint es nicht so, Frau Lamberti«, sagte Angelika Raspe, die ebenfalls kurz vor einem Lachausbruch stand.

»Er provoziert manchmal gern. Zum Beispiel mich. Ständig eigentlich.« Dann konnte auch Frau Raspe nicht mehr an sich halten und lachte laut.

Paul Lamberti schaute verzweifelt um sich, nach irgendwelchen Freunden. Sein Blick traf Reinhard Steiner. »Herr Steiner, bitte …! Finden Sie, dass wir die Teilnehmer übervorteilen?«

»In welchem Sinn?«

»Die Unterstellung, die Herr Raspe gerade geäußert hat.«

»Das war doch eher als harmloser Scherz gemeint, denke ich.«

»Harmlos? Scherz?«

»Außerdem … Seien wir ehrlich: Wer von uns provoziert hin und wieder nicht auch mal ganz gern?«

»Sie etwa auch, Madame Berto?«, fragte Paul Lamberti Marie-Thérèse.

»Nein, das überlasse ich lieber meinem Vater. Der ist darin viel besser als ich.«

»Du tust mir mal wieder völlig unrecht, mein Engel«, grinste Steiner.

»Ich weiß, mon cher père.«

Das Lachen schwoll erneut an. Nur Evelyn und Paul Lamberti lächelten säuerlich, schienen nach einer passenden Erwiderung zu suchen. Doch eine Gruppe Kellner kam auf die Terrasse, begannen die Vorspeisen zu servieren und zogen so alles Interesse auf sich.

NEUN

Er lag auf dem Bauch, die Zehen aufgestellt, die Hände in Brusthöhe auf dem Boden. Tief ausatmend ging er in die Kobra, den Kopf weit im Nacken, dann, beim Einatmen, hob er das Gesäß, bis seine Beine durchgestreckt waren. Der fünfte Tibeter. Radegast wiederholte die Übung dreimal, in einem gleich-

bleibenden Rhythmus: ein- und wieder ausatmen, Anspannung, Entspannung. Er spürte den Fluss der Energie, fühlte sich eins mit der Welt.

Der Polizist hatte in die Ausgleichsposition gewechselt, als sein Smartphone ihm den Eingang einer E-Mail signalisierte. Er absolvierte die Übung ruhig und vollständig, bevor er sich schließlich mit einer fließenden Drehbewegung hochschraubte, ging zum Tisch und nahm das Gerät in die Hand. Joachim von Plessen hatte ihm das Obduktionsergebnis der Greifswalder Universitätsklinik weitergeleitet. Die Autopsie im Institut für Rechtsmedizin hatte ergeben, dass der unbekannte Tote an Herzversagen gestorben war. ›Hat vermutlich kein Yoga gemacht‹, dachte Radegast.

Während er seine Matte zusammenrollte, fiel ihm ein, wie Ole bei der Erwähnung der Fünf Tibeter zunächst vermutet hatte, Radegast wolle sich einem asiatischen Geheimbund anschließen. Als sechster Mann der Fünf-Tibeter-Triade. Ausgerechnet ein Kriminalkommissar. Er lächelte. Sein Freund stand den fernöstlichen Übungen nach wie vor skeptisch gegenüber. Genau wie der fernöstlichen Küche. Radegast war pragmatischer. Etwas Frühsport tat ihm gut. Und die Fünf Tibeter taten ihm besonders gut. Gelernt hatte er sie von Anne, einer hübschen, vielseitig interessierten Buchhändlerin, die er kurz nach seiner Ankunft in Cuxhaven kennengelernt hatte. Sie hatten sich gut verstanden, aber zu einer andauernden Beziehung war es nicht gekommen. Und ein halbes Jahr später hatte er Lis getroffen. Annes Fünf Tibetern war Radegast aber treu geblieben.

Der Kommissar hatte geduscht, in Ruhe gefrühstückt und sich nebenher auf seinem Laptop über den aktuellen Zustand der Welt informiert. Nichts, was zu besonderer Besorgnis Anlass gab, nur der ganz normale, alltägliche Wahnsinn.

Entsprechend entspannt betrat er das Kommissariat. Radegast klopfte an Hella Binders Bürotür, die wie meistens weit offen stand. »Morgen, Hella!«

»Morgen! Du, gerade ist eine Vermisstenanzeige reingekommen. Ein Sigmar Kropp aus Baabe vermisst einen Angestellten.«

»Seit wann?«

»Er hätte gestern früh um 9.00 Uhr seine Schicht antreten sollen. Hat er aber nicht.«

Hella griff blind in den Stapel der Heftmappen auf ihrem Tisch, zog eine heraus, klappte sie auf und blätterte mit flinken Fingern die Seiten durch. Fand aber nicht, was sie suchte. Sie seufzte, schüttelte den Kopf und blätterte noch einmal. Radegast sah ihr geduldig zu, so was kam sonst nie vor. Hella fand immer sofort, wonach sie suchte. Jetzt zeigten sich erste Spuren von Hektik auf ihrem Gesicht.

Sie fing an, die Papiere einzeln aus der Mappe zu nehmen und neben sich zu legen, als Radegast sie unterbrach. »Stopp mal!«

Hella schaute ihn verwirrt an.

Der Kommissar nahm ihre rechte Hand, hob sie etwas an und griff dann lächelnd nach einem Post-it-Zettel, der an der Unterseite ihres Pulloverärmels hängen geblieben war. »Arno Woernle, ja?«

«Na so was«, sagte Hella. »Ja, genau. Der ist ungefähr so alt wie unser Toter. Und die Telefonnummer da gehört zu diesem Herrn Kropp. Beziehungsweise seinem Strandkorbverleih.«

»Danke! Ich ruf ihn an. Hast du schon …?«

»Natürlich, hab ich schon längst«, unterbrach Hella Binder ihn mit einem breiten Lächeln. »Müsste eigentlich jeden Moment …«

Eine E-Mail-Benachrichtigung poppte auf ihrem Bildschirm auf und Binder öffnete sie. »Sind richtig fix die Jungs vom Bürgeramt.«

Der Kommissar überflog den E-Mail-Anhang, der das Personendatenblatt von Arno Woernle enthielt: *Geboren am: 14. Februar 1982. Geboren in: 91725 Ehingen. Geschieden. Konfessionell nicht gebunden. Derzeitige Adresse: Stephanstraße 48, 10559 Berlin.* Darunter sein Foto. Es war vier Jahre alt und zeigte einen deutlich schlankeren Mann mit vollem Haupthaar. Radegast war dennoch sicher. Er hatte schon Dutzende von Passfotos abgeglichen, viele von erheblich schlechterer Qualität als dieses. Trotzdem hatte er bislang noch nie danebengelegen. »Das ist der Tote«, sagte er. »Definitiv! Sind Annekathrin und Joachim schon da?«

»Die wurden vor zwanzig Minuten in die Franken-Siedlung gerufen, da hat es letzte Nacht mehrere Kellereinbrüche gegeben. Nichts Weltbewegendes, vermutlich nur Vandalismus.«

»Dann werde ich mich also mal um Herrn Woernle kümmern.«

Zwei Minuten später saß Fabian Radegast an seinem Schreibtisch und griff nach dem Telefonhörer. Es war nie angenehm, Menschen über den Tod eines Angehörigen zu informieren. Aber es gehörte zur Arbeit eines Kriminalbeamten. Kurz nach seiner Übernahme in das Beamtenverhältnis hatte er gemeinsam mit anderen Kollegen in Schwerin eine Schulung absolviert, in der sie unter Anleitung eines Psychologen unterschiedliche Situationen durchspielen mussten. Der Experte hatte ihnen Textbausteine an die Hand gegeben, die sie je nach Bedarf verwenden sollten, und er hatte auch geraten, in besonderen Fällen, wenn zum Beispiel ein Kind verunglückt war, einen Geistlichen oder einen Psychologen mit hinzuzuziehen. Inzwischen wusste Radegast, dass jeder Fall ein besonderer war. Und seit man ihm damals die Nachricht überbracht hatte, dass Lis tatsächlich tot war, dass sie sich mit ihrer Dienstwaffe erschossen hatte, wusste er auch, dass Textbausteine für die Hinterbliebenen keine Hilfe waren.

Nach dem vierten Klingeln meldete sich eine Männerstimme. »Kropp.«

»Radegast, Kriminalpolizei Stralsund. Herr Kropp, ich muss Ihnen leider sagen, dass ihr Mitarbeiter Arno Woernle verstorben ist.«

Lange Pause. Der Kommissar hörte nichts als das stoßhafte Atmen seines Gesprächspartners. Dann kam die Stimme zurück. »Ich hab's gewusst. Ich habe es doch sofort gewusst. Wie ist er gestorben? Und wann?«

»In der vorletzten Nacht. Alles Weitere ist noch Gegenstand unserer Untersuchungen.«

»Mein Gott«, sagte Kropp.

»Wann hatten Sie denn das letzte Mal Kontakt mit ihm?«

»Sonntagnacht. Zwanzig vor zwölf, viertel vor zwölf. Da hat er mich angerufen. Aus dem Zug. Er hatte Verspätung. Ich sollte ihn in Stralsund abholen.«

»Das haben Sie aber nicht getan?!«

»Nein. Das war ja auch nicht ausgemacht gewesen. Eigentlich wollte er auch früher kommen. Jedenfalls war ich schon ausgezogen. Und hatte was getrunken. Ich habe ihm gesagt,

er soll sich ein Taxi nehmen.«

Radegast überlegte kurz, den Strandkorbverleiher direkt auf sein Verhältnis zu dem Toten anzusprechen, schob es dann jedoch noch auf. Es schien ihm aufschlussreicher, wenn Kropp selber darauf zu sprechen kam. »Können Sie mir etwas über Woernles persönliche Verhältnisse sagen? Nach unseren Unterlagen wohnte er in Berlin.«

»Das stimmt. Da hat er eine sehr günstige Einraumwohnung, die wollte er nicht aufgeben. Aber eigentlich hat er hier in Baabe gewohnt. Über der Scheune mit meinen Strandkörben.«

»Lebte Herr Woernle allein? Oder mit jemandem zusammen?«

»Allein. Seit zwei Jahren. Arno hatte mal eine polnische Freundin, Krystyna, ein Zimmermädchen, sehr nett. Aber die ist zurück nach Posen. Danach niemanden mehr. Das hätte ich gewusst.«

»Und sonst? Irgendwelche Verwandten?«

»Hier nicht. Arno war ja zu einer Familienfeier bei seinem Onkel. Goldene Hochzeit. In der Nähe von Ansbach.«

»Wie sah es mit Freunden aus?«

»Ich war sein Freund. Wenn man die ganze Saison durcharbeitet, und das sieben Tage die Woche, kann man nicht noch groß Freundschaften pflegen. Wir haben ein-, zweimal die Woche ein Bier zusammen getrunken und über dies und das geredet.«

»Können Sie mir sagen, ob Herr Woernle gesundheitliche Probleme hatte? Nahm er beispielsweise regelmäßig Medikamente ein?«

»Ja. Gegen seine Herzinsuffizienz. Aber das hatte er gut im Griff. Und die Arbeit bei mir war ja auch nicht so anstrengend. Mensch, wäre ich doch zum Bahnhof gefahren, verdammte Scheiße …«

»Sie sagten, er hätte Sie aus dem Zug angerufen. Er hatte also ein Handy.«

»Natürlich. Und ich habe seit gestern Morgen hundertmal versucht, ihn zu erreichen.«

Die Glocke von Sankt Marien schlug Punkt elf als Radegast den großen Platz vor der Kirche überquerte. Heute war Wochenmarkt und er nahm sich vor, auf dem Rückweg etwas Obst und Gemüse mitzunehmen. Und frische Eier. Während er sich einen Weg durch die Marktbesucher bahnte, fiel ihm ein, wie er sich das erste Mal mit einem Mädchen getroffen hatte. Hier, auf dem Neuen Markt. Als sechzehnjähriger Oberschüler, unerfahren, unglaublich nervös und mit feuchten Händen. Sie hieß Sina, war fünfzehn Jahre alt und genauso aufgeregt wie er. Bei ihrer dritten Verabredung war es zu diesem ersten Kuss gekommen. Unbeholfen und unsicher. Aber trotzdem toll. So großartig, dass er sich immer noch an das Gefühl erinnerte. Was Sina jetzt wohl machte? Sie würde bestimmt verheiratet sein, Kinder haben. Sina war ein wirklich nettes Mädchen gewesen.

Radegast verließ die Altstadt und ging über den Tribseer Damm zum Bahnhof. Vor dem Hauptportal warteten drei Taxen. Die Fahrer standen zusammen und redeten über das letzte Spiel des FC Pommern Greifswald gegen den FC Strausberg. Wieder nur ein Null zu Null. Der Aufstieg in die Regionalliga war zwar rechnerisch noch möglich, aber …

Der Kommissar klopfte zur Begrüßung auf das Autodach der ersten Taxe. »Moin zusammen!« Er kannte alle drei vom Sehen. Entweder war er mal mit ihnen gefahren oder sie waren einer Zeugenvorladung ins Präsidium gefolgt. Und sie wussten, wer er war. Daher kam der Kommissar sofort zur Sache. Wer von ihnen war in der Nacht von Sonntag auf Montag unterwegs gewesen, genauer, wer hatte zwischen 23.30 und 1.00 Uhr hier am Bahnhof gestanden.

Einer der Taxifahrer hatte das ganze Wochenende freigehabt. Der andere hatte schon mittags Schluss gemacht und war zum Spiel nach Greifswald gefahren. Aber Nummer drei hatte um 19.00 Uhr angefangen und war im Laufe der Nacht auch zweimal hier am Bahnhof gewesen. Radegast zeigt dem Mann das Foto von Arno Woernle.

Der Taxifahrer schaute das Bild stirnrunzelnd an, schüttelte dann den Kopf.

»Das ist ein älteres Foto, inzwischen hat er bestimmt fünfundzwanzig Kilo mehr drauf.«

Der Fahrer schaute sich das Foto erneut an. »Eher vierzig«, sagte er. »Und kaum noch Haare auf dem Kopf.«

»Also haben Sie ihn gefahren?«

»Nee«, sagte der Mann.

»Ich hab den bloß gesehen. Der kam an meine Taxe. Wollte nach Rügen. War mir aber zu weit. Um die Zeit kriegst du ja nie 'ne Tour zurück.« Der Taxifahrer schwieg, holte ein Taschentuch hervor, nahm seine Brille ab und begann, sie umständlich zu wischen.

Radegast kannte solche Übersprunghandlungen. Manche seiner Landsleute waren es einfach nicht gewohnt, mehr als vier Sätze am Stück hervorzubringen. Einerseits hatte er Verständnis, andererseits wollte er hier nicht ewig stehen. »Und dann?«, fragte Radegast.

»Dann habe ich ihn zu Gramzow geschickt, der wollte sowieso Feierabend machen.«

»Gramzow?«

»Aus Bergen? So ein Kurzer, dünne Haare und hat meistens 'nen Kapuzenpulli an.«

»Und der hat ihn gefahren?«

Der Fahrer nickte nachdenklich.

»Thorsten«, sprang einer der anderen ein. »Thorsten Gramzow. Ist 'ne ulkige Nummer, aber ganz okay so weit.«

»Ulkig? Inwiefern?«

Der angesprochene Fahrer hatte plötzlich einen verschmitzten Gesichtsausdruck. »Ein bisschen was müssen Sie schon selbst rausfinden, Herr Kommissar.« Er drehte sich feixend zu seinen Kollegen um. »Der Mann ist doch schlau.«

»Stimmt«, sagte Radegast. »Sonst würde ich ja auch Taxi fahren.«

Die drei Fahrer schauten ihn ratlos an.

Er deutete einen Gruß an, drehte sich um und ging. Bevor bei denen der Groschen gefallen war, würde er vermutlich längst wieder an seinem Schreibtisch sitzen.

ZEHN

Als Gramzow sich die Sonnenbrille aufsetzte, fuhr wieder ein stechender Schmerz durch sein Nasenbein. Ansonsten fühlte er sich aber prächtig und gondelte gemächlich hinter dem schwarzen Vito her. Gestern Abend hatte er seine Taxe durch die Waschanlage gefahren und den Innenraum gesaugt, dann war er bei der Pizzeria vorbeigefahren, hatte sich eine Quattro Stagioni mitgenommen und sie zu Hause vor der Glotze verspeist. Dann war er endlich mal früh ins Bett gekommen. Jetzt fiel ihm ein, dass er vor dem Einschlafen nicht mal an seine Studentin gedacht hatte. Obwohl er sich das fest vorgenommen hatte.

Am Morgen hatte ihn Koeppens Anruf geweckt. Treffpunkt um 11.30 Uhr am Netto. Gerhart-Hauptmann-Ring in Sassnitz. Gramzow war zeitig losgefahren, aber als er auf dem Parkplatz ankam, war der Vito schon da gewesen. Koeppen hatte neben dem Wagen gestanden, ein Zigarillo geraucht und aufs Meer geschaut. Gramzow war zu ihm gegangen, hatte sich neben ihn gestellt und auch aufs Meer geschaut. Obwohl es da wenig zu sehen gab. Eigentlich nichts. Ein paar Segler, die Ausflugsdampfer, die von Sassnitz aus zu den Kreidefelsen fuhren, einer dieser Gasröhren-Frachter, der gerade den Hafen von Mukran verlassen hatte und die ganze schöne Aussicht kaputt machte. Koeppen hatte einfach nur dagestanden und geschaut.

Nach zehn Minuten stillen Wartens hatte Gramzow sich schließlich geräuspert, um das Schweigen zu brechen. »Und? Wann geht's weiter?«

Koeppen hatte ihn aus seinen strahlgrauen Augen angeschaut, als würde er in dem Moment erst mitkriegen, dass Gramzow neben ihm stand. Und als wäre ihm das körperlich unangenehm, war er etwas zurückgewichen. »Wenn ich es sage.« Koeppen hatte sein Zigarillo weggeworfen und war zum Vito gegangen.

Gramzow wollte ebenfalls in sein Taxi steigen, als Koeppen ihn anblaffte. »Hey! Habe ich was gesagt?«

Darauf gab es keine Antwort, die nicht hosenscheißermäßig geklungen hätte. Also hatte Gramzow geschwiegen und die Pfefferminzdrops aus seinem Wagen geholt. Zur Rechtfertigung. Als er zu Koeppen zurückgekommen war, hatte der einen Feldstecher in der Hand. Da war es Gramzow plötzlich klar geworden: Dieser Typ hatte eindeutig was Militärisches. Jedenfalls stellte Gramzow sich das Militär so vor. Er selbst war drum rum gekommen. Meniskusschaden.

Gramzow hatte überlegt, ob er Koeppen einen Pfefferminzdrops anbieten sollte, aber der hatte mit dem Feldstecher aufs Meer geschaut. Sah aus irgendeinem Grund diesem hässlichen Frachter hinterher. Dann hatte Koeppen das Glas abgesetzt. »Wir fahren nach Mukran. Sie bleiben hinter mir!«

Koeppen hatte sich umgedreht und war zu seinem Bus gegangen. Gramzow hatte noch mal aufs Meer geschaut und gesehen, wie hinter dem Transportschiff der schneeweiße Bug eines anderen Schiffes zum Vorschein gekommen war – die Schweden-Fähre mit Kurs auf Mukran.

Jetzt fuhren sie also Kolonne in den Fährhafen. Aha … die Schweden-Fähre, das nagelneue Schiff, war gerade erst in Dienst gestellt worden. Das hatte Gramzow gestern im Radio gehört. Bestimmt noch zwanzig Minuten, bis die König

Carl Gustaf angelegt haben würde. Und bis die ersten Leute vom Schiff kamen, würden es mindestens dreißig Minuten sein. Zeit genug also. Er schob sich ein Drops in den Mund und wusste gleich: keine gute Idee. Beißender Pfefferminzgeschmack zog vom Rachen in die Nase und verwandelte sie inwendig in rohes Fleisch. Ihm kamen die Tränen und er spuckte den Drops aus dem Fenster.

Die Schweden-Fähre … Sie würden also jemanden abholen, der ohne Auto kam. Mehr als drei Personen vermutlich, andernfalls hätte die Taxe allein gereicht. Gramzow grinste, langsam setzte sich das Puzzle zusammen. Auch ohne, dass Koeppen ihm was verriet. ›Also haben wir vier oder mehr Leute aus Schweden.‹ In Gramzows Kopfkino marschierten fünf blonde Schwedinnen auf, braungebrannt, – ›halt, nein, bloß vier blonde, eine hatte kurze braune Haare – große Rucksäcke mit Schwedenfahne drauf. Stopp, lieber Rollkoffer. Aber das waren keine Touristinnen. Sondern …?‹ Gramzow überlegte: Was war überhaupt mit Onkel Klaus? Der musste ja auch noch irgendwie ins Puzzle passen. Und seine sauber gefegte Halle. Plötzlich hatte Gramzow die Lösung: Porno. Koeppen hatte die Halle gemietet, um einen Porno zu drehen. Mit jungen Schwedinnen. Und nicht bloß in der Halle, sondern auch unten in der Kiesgrube. Sand und Schlamm auf brauner Mädchenhaut, das kam richtig gut. Gramzow lächelte in sich hinein. Dieser Auftrag wurde ja immer besser. Klar, deswegen wollte Koeppen auch sofort wissen, ob Gramzow auf der Kiesgrube übernachtet. Der hatte Angst um seine Porno-Queens, dass die am Ende was mit Gramzow anfangen würden. Dann der Schatten eines Zweifels: Vielleicht holte Koeppen seine männlichen Darsteller auch aus Schweden? Und wenn. Erstens gab es in den meisten

Pornos mehr Frauen als Männer. Und vor der Kamera würde Gramzow sowieso niemals …, nicht dass er nicht könnte, aber das entsprach nicht seiner Vorstellung. Und wenn Koeppen hinter ihm stand, schon gar nicht. Aber was die Mädchen nach Feierabend machten, ging Koeppen ja nichts an.

Der Vito bog auf das Gelände des Fährhafens Mukran ein, Gramzows Taxe dicht hinter ihm. Koeppen schien sich auszukennen, fuhr zielgerichtet zum Anleger 1, an dem die Fährschiffe aus Skandinavien ankamen. Er hielt neben dem großen Flachbau, in dem die Passagiere abgefertigt wurden, die der riesige Glasfinger ausspuckte, nachdem er sie aus den Schiffen gesaugt hatte.

Gramzow malte sich aus, wie er die jungen Schwedinnen in Empfang nahm: ›Willkommen in der Bundesrepublik Deutschland, ihr schwedischen Porno-Queens.‹

Koeppen stand an Gramzows Taxe und riss ihn aus seinem Traum. »Sie warten hier, bis ich zurück bin!«

»Jawohl!« Gramzow überlegte, ob er noch ein »Zu Befehl!« anhängen sollte, ließ es dann aber sein. Während Koeppen in der Abfertigungshalle verschwand, schaute Gramzow sich um. Ganz schön Betrieb. Wahrscheinlich eine Menge Feriengäste, die heute nichts Besseres vorhatten, als sich die nagelneue Fähre aus der Nähe zu betrachten. Die Crux seines Berufslebens: ›Ich arbeite, wenn ihr Nasen Urlaub macht.‹

Nach einer gefühlten halben Stunde kam Koeppen wieder aus dem Flachbau, im Gespräch mit zwei jungen Männern. Weitere Typen folgten, die sich alle um Koeppen versammelten. In Gramzows Kopf zerplatzte die schöne, bunte Seifenblase, hinterließ das Gefühl bitterer Enttäuschung und nur diesen einen Gedanken: ›Schwulen-Porno.‹

Gramzow sah, wie sich einer der Schweden aus der Gruppe löste und zurück zur Abfertigungshalle lief. Dort stand ein schwankender Typ und redete mit hochrotem Kopf auf einen Angestellten der Hafengesellschaft ein. Dann umarmte er den uniformierten Mann und küsste ihn ins Gesicht. Er hätte wahrscheinlich weitergeküsst, wenn der andere ihn nicht weggezogen hätte.

Gramzow sah, wie der Betrunkene anschließend versuchte, auch Koeppen zu umarmen. Der schlug ihm mit der flachen Hand ins Gesicht und stieß ihn weg. Aber der hochrote Schwede ließ sich davon nicht beirren. Entweder kannte er Koeppen sehr gut oder er war sehr betrunken. Er lachte ihm jedenfalls ins Gesicht, fing an zu singen und machte dazu ein paar Tanzschritte. »Mamma mia, here I go again. My my, how can I resist you?«

Koeppen stoppte ihn mit zwei Sätzen auf Schwedisch, die Gramzow nicht verstand, deren Sinn ihm aber trotzdem völlig klar war: »Das ist meine letzte Warnung. Sieh dich vor!« Der hilfsbereite Schwede zog den Betrunkenen weg.

Koeppen teilte die Gruppe auf. Gramzow zählte insgesamt zehn Männer. Der Betrunkene, sein Helfer und ein etwa fünfundzwanzigjähriger Glatzkopf fuhren in der Taxe mit. Der Rest stieg zu Koeppen in den Bus. Abfahrt wie gehabt, der Vito vorneweg, Gramzows Taxe dahinter.

Der Betrunkene hatte sich auf den Beifahrersitz fallen lassen und dann fröhlich in den Sicherheitsgurt verstrickt. Gramzow musste anhalten, um den Gurt klarzukriegen und den Schweden anzuschnallen. Der quiekte dabei wie ein lustiges Ferkel und behauptete in einem schwedisch-deutschen Kauderwelsch, dass Gramzow ihn kitzeln würde. Selbst als die Taxe schon wieder rollte, quiekte er weiter vor sich hin. Doch dann hörte er auf, schaute Gramzow ernst an und hatte plötzlich eine überraschend nüchterne Stimme. »Entschuldige, mein Freund! Ich bin Gösta. Aus Malmö. Gösta Lindblad. Und ich bin ein bisschen betrunken.«

»Schon okay. Ich bin Thorsten.«

Gösta Lindblad drehte sich zu den Schweden auf der Rückbank um und sagte etwas, das Gramzow nicht verstand. Lindblad wollte sich wegwerfen vor Lachen, aber die beiden anderen Männer blieben ernst, geradezu verbissen. Lindblad kicherte und legte dann Gramzow die Hand auf den Arm. »Sag mir, Thomas, kennst du Abba?«

»Thorsten«, verbesserte Gramzow. »Klar, Abba kennt jeder.«

»Und du magst Abba auch?«

»Ein paar Sachen sind nicht schlecht.«

Lindblad strahlte ihn an. »Sag mir, was du magst. Ich singe es für dich.« Ohne Gramzows Antwort abzuwarten, fing Gösta an, sich mit ziemlicher Lautstärke durch die Greatest Hits von Abba durchzuarbeiten. Er hatte eine erstaunlich gute Stimme und eine noch bessere Laune, die ansteckend wirkte. Nach fünf Minuten hatte er Gramzow zum Mitsingen gebracht und ihr Duett von »Chiquitita«, bei dem Gösta die zweite Stimme übernahm, brachte selbst die beiden Spaßbremsen auf der Rückbank zum Lachen.

Plötzlich legte der betrunkene Schwede seine schwitzende Hand auf Gramzows Oberschenkel. »Thomas, du bist mein Freund.«

»Natürlich«, sagte Gramzow, unsicher, wie er Lindblads Hand von seinem Oberschenkel kriegen sollte, ohne seinen neuen Freund zu brüskieren.

»Mein Freund, ich muss pissen. Halt an!«

Gramzow überlegte. Sie waren nur noch ein paar Kilometer von der Kiesgrube entfernt, höchstens zehn, zwölf Minuten. »Wir sind gleich am Ziel. Noch fünf Minuten. Da gibt es eine richtig schöne Toilette. Okay?«

»Okay. Aber fünf Minuten sind zu viel«, sagte Gösta. »Ich muss pissen. Jetzt!«

»Ich beeile mich«, versprach Gramzow, »und du singst solange noch was.«

Aber Lindblad sang nicht. Er hatte am Straßenrand etwas entdeckt. »Stopp! Da. Toilette.«

»Nein, das ist keine Toilette«, sagte Gramzow. »Das ist ein Trafohäuschen. Da ist Strom drin.«

»Egal. Ich muss pissen. Sofort!«

Gramzow lenkte an den Fahrbahnrand und brachte die Taxe zum Stehen. Er lief um den Wagen herum und half Lindblad beim Aussteigen. Der bedankte sich mit einem Kuss.

»Komm mit, mein Freund. Darfst mich nicht allein lassen!«

Gramzow sah aus den Augenwinkeln, dass der Vito ebenfalls angehalten hatte und zu seiner Taxe zurücksetzte. Während er Lindblad stützte und sie mit unsicheren Schritten über den Grünstreifen marschierten, hatte der Schwede die Melodie von Abbas »Waterloo« aus seinem Gedächtnis hervorgekramt und seiner aktuellen Situation angepasst. »Pissen gehn, finally we must all pissen gehn.« Ein zweiter Vers fiel weder ihm noch Gramzow ein und so wiederholte sich die Schleife, bis sie hinter dem Trafohäuschen außer Sichtweite der Straße waren.

Lindblad lehnte sich an die gemauerte Wand, hatte aber Schwierigkeiten mit seinem Reißverschluss. »Du musst meine Hose aufmachen, Thomas! Du bist mein Freund.«

Gramzow wurde blitzartig klar, was als nächstes käme. Er schüttelte den Kopf und wich einen Schritt zurück. Dabei stieß er fast mit Koeppen zusammen, der hinter ihm aus dem Nichts auftauchte.

»Verdammte Scheiße! Was wird das hier?«

»Er muss mal«, sagte Gramzow. »Er hat zu viel getrunken.«

Gösta Lindblad, der weiterhin in seiner »Waterloo«-Schleife hing, hatte inzwischen seinen Reißverschluss aufbekommen. Er drehte sich stolz und strahlend um, wie das Manneken Piss. Gramzow sah das Unheil kommen und sprang zurück. Koeppen sah es nicht. Gösta Lindblad pinkelte Koeppen über dessen Hosenbeine und Schuhe. Gramzow wusste, dass er jetzt besser nicht lachen sollte. Aber Gösta Lindblad lachte und zog seinen Reißverschluss wieder hoch. Plötzlich hatte Koeppen eine Pistole in der Hand.

Das alkoholumnebelte Lachen des Betrunkenen verrutschte zu einem ängstlichen Grinsen. Göstas Blick, der von Koeppen weg zu Gramzow schwenkte, schwankte zwischen Unglauben und Weinerlichkeit.

›Jetzt hat er es hoffentlich kapiert‹, dachte Gramzow und wendete sich ab. Als Koeppen abdrückte. Gramzow hörte nur ein scharfes Plopp. Die Waffe hatte einen Schalldämpfer. Gösta Lindblad flog rückwärts gegen die Wand des Trafohäuschens, sackte in sich zusammen, als habe jemand einen Stöpsel gezogen, kippte dann seitlich ins Gras und blieb reglos liegen.

In Gramzows Ohren rauschte es, er hatte das Gefühl, ohnmächtig zu werden.

Koeppen schaute ihn mit seinem stahlgrauen Blick an. »Los jetzt! Wir fahren weiter!«

»Und was wird mit Gösta?«, fragte Gramzow und bemerkte, dass seine Stimme zitterte.

»Wer ist Gösta?«, sagte Koeppen. »Ich kenne keinen Gösta. Und Sie auch nicht!«

Gramzow stieg wieder in seine Taxe. Mit zitternden Fingern drehte er den Zündschlüssel. Er fuhr an und folgte dem Vito. Dabei bemerkte er, wie ihm die Tränen hochstiegen. Tränen der Wut auf Koeppen und Tränen der Trauer um Gösta. Das war ein netter Typ. Und alles völlig sinnlos und bekloppt. Aber was hätte er machen sollen? Gramzow kullerte eine Träne aus dem Auge. Er wischte sie weg, schniefte und schaute verbissen geradeaus. ›Völlig sinnlos und bekloppt.‹

Einer der Schweden meldete sich von der Rückbank. »Hey, da ist Blut. Du bist ganz voller Blut. Was ist passiert?«

Gramzow sah an sich herab und spürte, wie noch eine Träne fiel. Nur war es keine Träne, sondern ein Tropfen von seiner Nase. »Nichts ist passiert, bloß Nasenbluten«, sagte Gramzow. »Liegt in der Familie. Ich hätte nicht singen sollen.«

»Verstehe«, entgegnete der Schwede. »Mach dir nichts draus! Ich konnte Abba noch nie leiden.«

ELF

›Klar, war ja zu erwarten gewesen‹, dachte Reinhard Steiner. Natürlich war er ausgerechnet in der Gruppe mit diesen Schweizer Bruchpiloten gelandet. Die Karre der beiden hatte mal wieder Startprobleme. Wie alle zwei, drei Stunden seit Rallyebeginn. Mit schönster Schweizer Regelmäßigkeit.

Ueli Nestler stand mit Paul Lamberti vor der offenen Motorhaube seines Facel Vega und sie besprachen, was zu tun sei. Beide waren natürlich völlig aufgeschmissen, während ihre Frauen in der Mercedes-Benz-Pagode der Lambertis saßen und Sanddornsecco tranken. ›Sanddornsecco!‹ Steiner schüttelte es. Eine sagenhafte Novität, die man Vanessa Martelli in einer Binzer Weinhandlung aufgeschwatzt hatte.

Marie-Thérèse hatte sich plötzlich bei ihm eingehängt und ihn weggelotst. Sie wollte den Circus sehen. Nicht den Zirkus, den die beiden Hobby-Motoristen hier gerade veranstalteten, sondern den Putbuser Circus. Und der war nicht nur wirklich beeindruckend, sondern, wie sich herausstellte, auch das Thema der heutigen Tagesaufgabe. Seine Tochter drückte ihm das Klemmbrett mit dem Multiple-Choice-Fragebogen in die Hand, während sie zwischen den weißen Gebäuden herumlief, um die geforderten Informationen zusammenzutragen. Genauso wenig, wie er seinerzeit der Mutter von Marie-Thérèse bei ihren philosophischen Abschweifungen widerstanden hatte, konnte er sich jetzt gegen die kunsthistorischen Exkurse seiner Tochter behaupten: Fürst Wilhelm Malte I. zu Putbus hatte den Rondellplatz ab 1828 anlegen und mit fünfzehn klassizistischen Häusern umbauen lassen, ganz ähnlich einer Zirkusarena. Das Vorbild dafür war der »Circus« im englischen Bath gewesen. Den inneren Ring des Platzes bildete ein streng gegliederter Park, in dessen Mittelpunkt ein Obelisk aufragte. Von ihm gingen sternenförmig acht Wege ab.

Steiner folgte geduldig den Ausführungen seiner Tochter, kreuzte die entsprechenden Lösungen im Fragebogen an, hörte zu, nickte hin und wieder verständig und war rundum glücklich.

Als sie nach vierzig Minuten zurück zu den Rallyefahrzeugen kamen, war die Situation unverändert. Ueli Nestler hantierte mit einem Schraubenschlüssel an seinem Facel Vega herum, Paul Lamberti guckte kritisch zu und die Frauen überlegten, ob sie noch eine weitere Flasche Sanddornsecco öffnen sollten.

Steiner stellte sich auf eine noch längere und frustrierende Wartezeit ein, doch da kam Maike Boysen vorgefahren. Sie hatte schlechte Nachrichten. Der nachmittägliche Umzug ins Schloss Ranzow könne nicht stattfinden, da ein Bagger die Hauptstromleitung zerstört habe. Das ganze Hotel sei jetzt ohne Elektrizität. Es werde mindestens bis zum nächsten Mittag dauern, ehe der Schaden behoben sei.

»Er läuft wieder«, Ueli Nestler kam angerannt, über das ganze Gesicht strahlend. »Von mir aus können wir los.«

»Geht nicht«, Vanessa Martelli stieg aus dem Mercedes und informierte ihren Lebensgefährten über die neueste Entwicklung.

»Die Rundfahrt wird natürlich wie geplant fortgesetzt«, erklärte Maike Boysen. »Nur die sechste Etappe entfällt. Stattdessen bitte ich Sie, zurück nach Binz zu fahren und eine weitere Nacht im Vier Jahreszeiten zu nächtigen.«

Evelyn Lamberti winkte ihren Mann zu sich und flüsterte ihm etwas ins Ohr.

Paul Lamberti setzte eine bedrückte Miene auf und wandte sich an Maike Boysen. »Meine Frau fühlt sich nicht wohl und möchte gerne ins Hotel gebracht werden. Sie hat sich gestern Abend wohl etwas … etwas erkältet. Ich bringe sie schnell hin und werde mich bei der vierten oder fünften Etappe wieder meiner Gruppe anschließen.«

»Natürlich, tun Sie das.«

Paul Lamberti stieg in den Wagen und fuhr mit seiner Frau
davon.

Steiner sah ihnen nach. ›Schießbudenfiguren. Alle beide. Aber nicht aus dem charakterlosen Fußvolk, sondern aus der blasierten Königsklasse.‹

Steiner legte seiner Tochter den Arm um die Schulter und führte sie zu seinem Mercedes. »Kannst du mir mal erklären, wie man sich bei fünfundzwanzig Grad eine Erkältung holen kann, Marie-Thérèse?«

»Vielleicht hat sie zu viel von dem Sanddornsecco getrunken.«

»Das wird es sein«, Steiner grinste und setzte seine Ray-Ban-Brille auf. »Frau Lamberti muss sich wohl erst noch an Rügens Besonderheiten gewöhnen. Wie so mancher in unserer Runde.«

»Wie wir alle. Nur du nicht, mon cher père!«

Steiner warf seiner Tochter einen überraschten Blick zu. Konnte es sein, dass Marie-Thérèse anfing, ihn auf den Arm zu nehmen? Das wäre zu schön!

ZWÖLF

Gramzow stand vor dem Spiegel in Jördens Büro und pulte vorsichtig Toilettenpapier-Stöpsel aus seinen Nasenlöchern. Dann versuchte er, mit Rowdys schwarz-weißem Lieblingshandtuch die Blutflecken aus dem gelben Störtebeker-Hoody zu entfernen. Hoffnungslos. Gramzow hob den Blick, musterte sich selbst im Spiegel. Aber er sah wieder nur die ängstlichen Augen von Gösta Lindblad. Als hätte der in dem Moment schon genau gewusst, dass Koeppen schießen würde. Im Unterschied zu Gramzow, der konnte es immer noch nicht glauben. Gramzow atmete mehrmals tief durch, dann beugte er sich über das Becken und schaufelte beidhändig eiskaltes Wasser in sein Gesicht. Als er wieder hochkam, sah er im Spiegel den Kopf seines Onkels neben sich.

»Wie ausgekotzt, wenn du mich fragst.« Jördens hielt ihm eine Trainingsjacke hin. »So kannst du nicht rumlaufen. Mach den Reißverschluss zu, dann sieht man das Blut nicht.«

Gramzow nahm die Jacke, die durchdringend nach nassem Hund stank, und faltete sie auseinander. Sie war wohl einmal weiß gewesen. Jetzt ging sie gerade noch als grau durch. Dunkelgrau. Auf der linken Brust prangte in Rot und Blau das Wappen einer Kogge, auf dem Rücken der Schriftzug *Hansa Rostock*. Gramzow konnte sich nicht erinnern, dass Onkel Klaus sich irgendwann mal für Fußball interessiert hatte. Er streifte die Jacke über und zog den Reißverschluss hoch.

»Na also. Wie Wurst in Pelle. Komm, fass mal mit an!«, sein Onkel wuchtete einen Kasten Mineralwasser auf die Schreibtischplatte. »Nach drüben. Für die Schweden.«

Gramzow griff zu, aber sein Onkel nahm schnell zwei Flaschen aus dem Zwölferkasten. »Sechs, acht, zehn.«

Gramzow zog eine weitere Flasche aus dem Kasten und hielt sie seinem Onkel hin. »Neun. Sind nur neun Schweden.«

»Hat einer die Fähre verpasst?«

»Nein. Den hat dein Freund Koeppen erschossen.«

Für einen Moment guckte Jördens wie sein Hund Rowdy, wenn er scheißen will, aber nicht kann. Dann grinste er und schüttelte den Kopf. »Thorsten, du sollst deinen alten Onkel
nicht verarschen!«

Gramzow machte mit der Mineralwasserkiste einen Schritt über Rowdy hinweg, der an seiner Kette in der Tür zur Halle lag und schnarchte.

An der linken Querseite der Halle waren zwei Bierzeltgarnituren aufgebaut, auf denen die Schweden saßen und einer Ansage von Koeppen lauschten. Natürlich auf Schwedisch, sodass Gramzow nicht verstand, worum es ging. Aber er sah, dass die Adressaten mehr oder weniger zustimmend nickten. Der Taxifahrer wartete, bis Koeppen fertig war, dann stellte er vor jeden der Schweden eine Flasche Mineralwasser. Er war fast rum, als er hinter sich eine kehlige Stimme hörte.

»Hej, Hansa.«

Gramzow brauchte einen Augenblick, bis er kapierte, dass er gemeint war, beziehungsweise seine Hansa-Rostock-Trainingsjacke. Er drehte sich zu einem blassen Typen um, der ihn misstrauisch ansah.

»Was hast du mit Gösta gemacht? Wo ist er?«

»Gösta?«

Jetzt waren alle Augen auf Gramzow gerichtet, nur die beiden Schweden, die hinten in seiner Taxe gesessen hatten, schauten zu Boden.

»Ja, also«, stammelte Gramzow, »der ist … der war …« Wieder tauchte Göstas Blick wie aus dem Nichts vor ihm auf. Gramzow musste die Augen schließen und hörte sich »Ausnüchterung« sagen. Dann fiel ihm Koeppen auf Schwedisch ins Wort, mit etwas, das nicht nach einer Erklärung klang, sondern nach einem Anschiss.

Gramzow öffnete wieder die Augen. Sogar Rowdy war wach geworden, kam strampelnd auf die Beine, schaute Koeppen ängstlich und mit hochgezogenen Brauen an.

Koeppen machte Gramzow ein Zeichen, ihm nach draußen zu folgen. In der Tür kam ihnen Jördens entgegen. »Ich habe den Männern gesagt, sie sollen sich ausruhen. Keiner verlässt die Halle.«

Schon wieder dieser militärische Tonfall. Und Onkel Klaus nickte auch noch beifällig, während Koeppen Gramzow ein Zeichen gab, mitzukommen. Der folgte widerwillig.

Koeppen lotste ihn an die Seite der Halle, baute sich dicht vor ihm auf. Erst jetzt bemerkte Gramzow, dass sie beide gleich groß waren. Er hätte geschworen, der andere sei mindestens einen halben Kopf größer.

Koeppen starrte Gramzow ins Gesicht. Mit eiskaltem Blick. »Sie kennen keinen Gösta Lindblad! Sie haben nie von ihm gehört! Ist das klar? Haben Sie das verstanden?«

»Ja, natürlich.«

Koeppen drehte sich wortlos um und verschwand.

Gramzow hatte Koeppen vom ersten Moment an nicht leiden können. Jetzt hasste er ihn. Aber er hatte auch Angst vor ihm. Er ging zu Rowdy, der inzwischen an dem alten, räderlosen Multicar-Kipper lag, setzte sich auf das Trittbrett und begann den Hund zu streicheln. »Was für eine Scheiße! Sei froh, dass du ein Hund bist, Rowdy!« Der Rottweiler wälzte sich auf den Rücken und genoss die Zuwendung. Gramzow fröstelte es trotz der Trainingsjacke. Die Sonne war weg, der Wind schob von Südwesten her dicke schwarzgraue Wolken über die Insel. Ihm fiel ein, wie wunderbar dieser Tag begonnen hatte: Sonnenschein, braungebrannte Porno-Queens, Abbas Greatest Hits. Alles vorbei. Alles Scheiße. Aber was sollte Gösta erst sagen, wenn er noch was sagen könnte? »I have a dream, a fantasy, to help me through, reality.«

Plötzlich riss es Rowdy unter Gramzows kraulenden Händen weg, er schoss mit Gebell um die Ecke der Halle herum in Richtung Zufahrt, bis er mit dem metallischen Twäng seiner Kette gebremst und für mindestens 30 Sekunden mundtot gemacht wurde. Gramzow stand auf.

Ein dunkelgrüner Mercedes Zweisitzer rollte vor die Halle, Aachener Kennzeichen mit H-Zusatz für »Historisches Fahrzeug«, offenes Verdeck, jede Menge Chrom. Ein Mann Mitte fünfzig stieg aus. Er trug eine Sonnenbrille, ein weißes Hemd, eine zum Wagen passende, petrolgrüne Cordhose und braune Lederschuhe, alles richtig, richtig teuer. Während er um den Wagen herumging, knöpfte er seine wildledernen Fahrhandschuhe auf. Dann öffnete er die Beifahrertür und reichte einer großgewachsenen Blondine im hellgrauen Hosenanzug die Hand. Der Betonfrisur nach zu urteilen, die sie über ihrer schwarzen Sonnenbrille trug, musste auch sie deutlich über fünfzig sein. Solche Ladies wurden nämlich schon seit Jahrzehnten nicht mehr hergestellt. Wieso hatten sich diese Touristen mit ihrer Karre ausgerechnet auf Onkel Klaus' Buckelpiste verirrt? Gramzow setzte sich in Bewegung, jederzeit bereit, sie mit seiner Taxe ans Ziel ihrer Wünsche zu lotsen.

Koeppen trat mit Onkel Klaus aus dem Büro und sie gingen zu dem Mercedes-Pärchen. Händeschütteln, großes Getuschel. Als Gramzow näher kam, unterbrach der Cordhosentyp, schaute ihn misstrauisch an.

Koeppen blickte über die Schulter. »Schon okay. Das ist der Taxifahrer.«

»Mein Neffe«, ergänzte Jördens.

»Hallo«, sagte Gramzow und trat näher, doch niemand nahm von ihm Notiz.

»Ich habe daraufhin gesagt, dass meine Gattin sich unwohl fühlt und ich sie ins Hotel bringen müsste«, nahm Mister Cordhose den Gesprächsfaden wieder auf. »›Erkältung.‹ Mir fiel in dem Moment nichts Besseres ein. ›Migräne‹ hätte es vermutlich auch getan. Nachher soll ich wieder zu den anderen stoßen. Wir haben also nicht viel Zeit.«

Die Betonfrisur mischte sich ein. »Deshalb sollten wir zur Sache kommen. Also: Der Ablauf der Rallye wurde geändert. Wir werden heute Nacht nicht in Ranzow übernachten, sondern noch mal in Binz …«

»… und da stehen die Fahrzeuge in der Tiefgarage«, fügte ihr Mann hinzu.

Einen Moment herrschte Schweigen, dann schlug Koeppen vor, die Sache abzublasen.

Die Frau funkelte ihn an, ihre Betonfrisur zitterte. »Ausgeschlossen, Herr Koeppen! Sie werden das durchziehen. Wir sind bei unseren Partnern im Wort.« Sie reichte Koeppen einen Zettel – alle notwendigen Angaben.

Dann drehte sie sich auf dem Absatz um und ging zum Mercedes Cabrio. Der Gatte eilte ihr nach, half ihr in das Fahrzeug und sie fuhren schnurrend davon. Gramzow konnte den verchromten Schriftzug auf der Heckklappe lesen: *280 SL Automatic.* »Geiler Wagen.«

Koeppen ließ einen verächtlichen Laut hören. »Die Pagode? So eine gibt's in Hamburg an jeder Ecke. Egal. Haben Sie alles mitbekommen?«

»Ich?«, sagte Gramzow. »Ich wusste nicht ...«

»Okay. Noch mal für die ganz Dummen: Wir werden heute Nacht einige historische Fahrzeuge aus der Garage des Vier Jahreszeiten holen und hierher bringen. Eigentlich war das ja der Part unserer schwedischen Freunde, aber weil durch Ihre Dämlichkeit einer ausgefallen ist, übernehmen Sie dessen Job.«

In Gramzow begann es zu brodeln. Jetzt sollte er schuld sein an Göstas Tod? Koeppen starrte ihn an wie eine Viper, wartete nur darauf, dass er etwas Falsches sagen würde. Der Taxifahrer beschloss, die Dinge vorerst nicht weiter zu komplizieren. »Klar ... klar kann ich das. Überhaupt kein Ding. Ich bin Berufskraftfahrer.«

»Okay«, sagte Koeppen. »Setzen Sie sich rein zu den Schweden! Ich melde mich, wenn's was zu tun gibt.«

»Also eigentlich ...«, sagte Gramzow, noch völlig unschlüssig, wie er den Satz beenden sollte.

Onkel Klaus kam ihm rechtzeitig zu Hilfe. »Der Junge soll nach Hause fahren. Sich aufs Ohr legen. Ich rufe ihn dann an.«

»Hat er keinen Wecker?«, fragte Koeppen.

»Doch«, sagte Gramzow, »habe ich. Auf meinem Handy.«

»Kann ich das mal sehen?«

Gramzow kramte das Smartphone umständlich aus der tiefen Tasche seiner Cargo-Hose und reichte es Koeppen. Der nahm es mit geübten Fingern blitzschnell auseinander, entfernte die SIM-Karte und gab Koeppen die Einzelteile des Geräts zurück. Die SIM-Karte verschwand in seiner Anzugtasche. »Keine Telefonate! Aus Securitygründen. Die Karte bekommen Sie zurück, wenn alles vorbei ist.«

Gramzow nickte und drehte sich zu seiner Taxe um.

»Sekunde!«, hielt Koeppen ihn zurück. »23.50 Uhr. Hier! Und ziehen Sie sich vernünftige Klamotten an.«

»Ja, ja«, sagte Gramzow. Vor seinem Bauch machte er einen Stinkefinger, den außer Rowdy allerdings niemand sehen konnte.

Eine Stunde später beugte sich Gramzow über das Waschbecken in seiner Wohnung und versuchte, das Blut aus dem Störtebeker-Hoody zu waschen. Ohne sichtbaren Erfolg. Er kippte großzügig Waschpulver nach und ließ noch heißeres Wasser nachlaufen. Der Hoody verschwand unter einem Schaumgebirge, von dem wie in Zeitlupe zwei schillernde Seifenblasen aufstiegen. ›Erst mal gründlich einweichen‹, beschloss Gramzow. Er holte den Wecker, den er vorhin beim Vietnamesen am Markt gekauft hatte, aus der Küche und stellte ihn auf fünfzehn Minuten. ›Besser mal ausprobieren, damit es heute Abend keine böse Überraschung gibt.‹ Gramzow fröstelte es immer noch und er beschloss, unter die Dusche zu gehen. Als das heiße Wasser auf seine Kopfhaut prasselte, schloss er die Augen. Und plötzlich fiel ihm ein Bild von früher wieder ein. Wenn er sich selbst umbringen würde, dann unter der heißen Dusche mit einer Pistole. Kopfschuss. Als er fünfzehn oder sechzehn war, hatte er öfter mal an Selbstmord gedacht. Ohne Grund. Er hatte es dann ja auch nicht gemacht. Aber der Gedanke schien ihm jetzt immer noch ganz vernünftig. Irgendwie eine saubere Lösung, so aus dem Leben zu gehen. ›Waterloo, finally facing my Waterloo.‹ Würde allerdings schon daran scheitern, dass er keine Pistole hatte. Nicht mal jemanden kannte, der eine hatte. Koeppen … Koeppen hatte eine Pistole. Und er hatte sie auch benutzt. Er hatte Gösta erschossen, weil der pinkeln musste. Aber Gösta hatte nicht Koeppen, sondern Gramzow fassungslos angeschaut. Fassungslos, dass er einfach zusieht, wie sein Freund erschossen wird. Obwohl Gramzow es nicht wollte, lief die ganze Szene noch einmal vor ihm ab. Und plötzlich sah er, was ihm vorher entgangen war: Koeppens Blick. Der hatte so was schon getan. Und nicht nur einmal. Koeppen hatte den Blick eines Killers. Er war ein Killer! Selbst unter dem heißen Wasser lief Gramzow ein eisiger Schauer über den Rücken. Er stellte die Dusche ab und griff nach dem großen Handtuch. Jetzt sah er Gösta zusammengesunken im Gras liegen. Nur weil er pinkeln musste. Völlig sinnlos. Gramzow schloss die Augen und versuchte, an seine Studentin zu denken. Um Göstas Bild endlich loszuwerden. Aber die Studentin konnte ihm auch nicht helfen. Immer wieder drängte Göstas fröhliches Ferkelgesicht nach vorne. Die Türklingel erlöste Gramzow. Er ging mit einem Handtuch um den Hüften in den Flur und nahm den Hörer der Türsprechanlage. »Ja bitte?« Die Leitung war tot.

Als er aufhängte, hörte er hinter sich ein Klopfen an der Tür und eine Männerstimme. »Herr Gramzow?«

»Ja?«, Gramzow ließ es wie eine Frage klingeln. Er machte einen Schritt auf die Tür zu, als ihm einfiel, dass er fast nackt war. »Eine Sekunde. Sofort …«, sagte er in Richtung Wohnungstür. »Ich muss nur …« Gramzow ging zurück ins Bad. Vor dem beschlagenen Spiegel fuhr er sich durch die zerzausten Haare. Während er das große Frotteetuch über seiner Hüfte fester zusammenzuknoten versuchte, überlegte er, wer das sein könnte. Die Stimme kam ihm nicht bekannt vor. Vielleicht ein Nachbar, der sich über irgendwas beschweren wollte. Oder etwas borgen. Oder Rotes Kreuz, Bibel-Leute, Lebensversicherer. Gramzow angelte seine Flipflops und paddelte auf ihnen zur Tür. Jetzt fröstelte es ihn wieder. Den Typen, der vor seiner Wohnungstür stand, hatte Gramzow noch nie gesehen. Soweit er sich erinnern konnte. Obwohl, etwas an ihm kam ihm bekannt vor. Vielleicht hatte er ihn mal gefahren.

Der andere schaute ihn freundlich an. »Thorsten Gramzow?«

Gramzow nickte.

»Hauptkommissar Radegast. Kripo Stralsund. Tut mir leid, wenn ich Sie störe. Darf ich reinkommen?«

»Ja«, Gramzow trat einen Schritt zurück. »Sicher. Ich war gerade unter der Dusche.« In seinen Ohren begann es wieder zu rauschen. ›Kripo? Was will der von mir? Ich habe nichts gemacht. Ich hätte nicht mal was machen können.‹

Gramzow sah zu, wie Radegast an ihm vorbeiging und einen routiniert-sichernden Blick durch die offene Tür in die Küche warf. Dann drehte er sich zum Wohnzimmer um. »Sie sind allein?«

»Ja. Worum geht's denn?« – ›Koeppen‹, schoss es Gramzow durch den Kopf. Hatte Koeppen ihn gelinkt?

»Wir haben an der Landstraße zwischen Putbus und Nadelitz einen Toten gefunden. Lebend wurde er zuletzt gesehen, als er in Ihr Taxi einstieg.«

»Verstehe«, sagte Gramzow mechanisch. »Na ja. Ich habe eine Menge Fahrgäste. Ich kann mich nicht an jeden einzelnen erinnern.« Das Rauschen schwoll weiter an, bis es sich in einen schrillen Klingelton verwandelte. ›Koeppen, das Arschloch, ich hab's gewusst. Von Anfang an. Aber damit kommt er nicht durch. Ich sage, dass er es war. Aussage gegen Aussage. Er hat ja keine Zeugen. Oder? – Die Schweden. Die tanzen alle nach seiner Pfeife. … Alle bis auf Gösta.‹ Gramzow sah, dass Radegast sich zur Badezimmertür umdrehte.

»Wollen Sie das Ding nicht erst mal abstellen? Und ziehen Sie sich bitte auch etwas an.«

Gramzow nickte. Und erkannte plötzlich, dass das Klingeln in seinen Ohren von seinem neuen Vietnamesen-Wecker kam. Er verschwand im Bad, schloss die Tür hinter sich, griff mit zittrigen Fingern nach dem Wecker. Der fiel ins Waschbecken, verschwand unter dem zusammenfallenden Schaumgebirge. Sofort war Stille. Endlich. Immerhin. Gramzow hob seine Sachen vom Boden auf und zog sich an. Er würde alles abstreiten. ›Gösta … wie? Ich kenne keinen Gösta.‹ Also eine Gegenüberstellung. Er sah sich selbst in einer Reihe von sechs oder sieben Typen, die er nicht kannte. Gegenüber einer schwarzgetönten Scheibe. Man würde ihn natürlich zappeln lassen. Aber letztlich könnte man ihm nichts beweisen. Es würde auf Indizien rauslaufen. Und die Pistole hatte er ja nicht angefasst. Sondern Koeppen. Dessen Fingerabdrücke waren auf der Waffe. Oder hatte der Handschuhe getragen? Gramzow konnte es plötzlich nicht mit Sicherheit sagen. Aber egal. Wenn Koeppen Krieg wollte, dann konnte er Krieg haben.

Mit einem Socken in der Hand stand Gramzow vor seinem Spiegel und schüttelte den Kopf. ›Alles Blödsinn.‹ Koeppen hatte doch selbst zu viel zu verlieren. Später würde der wahrscheinlich versuchen, ihm die Sache mit Gösta anzuhängen. Aber im Augenblick brauchte er ihn. ›Bloß, wer dann?‹, fragte sich Gramzow. Und wusste im selben Moment die Antwort: Klaus Jördens. Es kam kein anderer infrage. Gramzow zog den zweiten Socken an, richtete sich auf und musterte sein Spiegelbild mit Entschlossenheit. »Okay, Onkel Klaus. Ab jetzt kenne ich keine Verwandten mehr.«

DREIZEHN

Es roch nach Junkfood und abgestandener Luft. Während Gramzow im Bad war, überlegte Radegast, ob er irgendwo ein Fenster aufmachen könnte. Er fand aber keins, das zugänglich war, ohne dass er erst die Fensterbank hätte abräumen müssen. Nicht, dass das ein Problem gewesen wäre.

Wohlmeinend konnte man Gramzows Unterkunft eine typische Junggesellenwohnung nennen. Allerdings mit Tendenzen zum Messi-Bunker. Eine Kolonie von Staubmäusen hatte schon vor langer Zeit das Kommando übernommen und sich strategisch geschickt unter Schränken und in den Ecken positioniert. Auf den Tag wartend, an dem sie hier endgültig die Macht übernehmen würden. Es gab keine Bilder, Bücher oder andere persönlichen Gegenstände, die Auskunft über etwaige Interessen des Bewohners gaben. Außer den beiden älteren Konzertplakaten über einer durchgesessenen Couch: Britney Spears und Rammstein. Ein Fernseher fehlte.

Das Fenster im Schlafzimmer war mit einer dunkelbraunen Decke zugehängt. Als regelmäßiger Nachtarbeiter musste Gramzow wohl irgendwie dafür sorgen, dass er bei Tage ein Auge zubekam. Auf dem Boden neben dem Bett ein Stapel Porno-DVDs, an der Wand ein großer Flachbildschirm. Das einzige Stück in der Wohnung, das einen gewissen Wert hatte. Auch hier kein Hinweis auf Gramzows Interessen. Abgesehen von den Pornos.

Radegast verließ das Schlafzimmer und inspizierte die Küche. Ein schmaler Schlauch und noch verdreckter als die anderen Räume. Schmutziges Geschirr stapelte sich in der Spüle, in einer Obstschale vergammelten drei fleckige Bananen und eine einsame Birne. An der Wand hing ein Kalender der Kiesgrube Jördens aus Sehlen. Er zeigte den Monat November, von vor vier Jahren. In der Ecke ein leeres Katzenklo und ein umgekippter Kratzbaum. Von einer Katze war nichts zu sehen.

Als der Kommissar ins Wohnzimmer zurückkam, zog Gramzow sich gerade einen verwaschenen Kapuzenpulli über den Kopf. Darunter eine ausgebeulte Cargojeans, über deren Bund sich vier oder fünf Speckröllchen schoben. Sport gehörte offenkundig auch nicht zu Gramzows Hobbys.

Gramzow ordnete mit einer Hand seine fusselige Frisur und bedachte Radegast mit einem Grinsen, das entweder Unsicherheit oder Aufmüpfigkeit signalisierte. Der Kommissar hatte inzwischen gelernt, auf solche Zeichen nicht zu viel zu geben. Meistens waren sie einfach Ausdruck eines allgemeinen Unbehagens, wenn man es mit den Vertretern des Staates zu tun bekam.

Radegast zog Arno Woernles Bild aus der Tasche und hielt es Gramzow hin. »Kennen Sie diesen Mann? War der Ihr Fahrgast?«

Der Taxifahrer betrachtete das Bild ausführlich. Radegast sah, dass es hinter dessen Stirn arbeitete. Die Frist, in der ein einfaches »Nein« noch gereicht hätte, verstrich. Damit war es für Radegast klar, dass Gramzow dem Mann begegnet war.

Und die Bestätigung kam zeitversetzt. »Ich glaube, den habe ich Sonntagnacht gefahren.« Radegast hatte den merkwürdigen Eindruck, dass in Gramzows Aussage ein Unterton von Erleichterung mitschwang.

»Und wohin ging es?«

»Na hierher.«

»Sie haben ihn nach Bergen gefahren?«

»Nein, nicht nach Bergen. Nach Rügen, meine ich.«

»Die Insel ist groß. Wohin genau?«

»Ich sollte ihn bis … warten Sie … Er wollte nach …« Der Taxifahrer schwieg und versuchte, sich zu erinnern. Oder tat wenigstens so.

Bis es dem Kommissar zu lange dauerte. Er hielt ihm das Foto noch einmal dicht vor das Gesicht. »Kommen Sie, wohin wollte er gefahren werden? Daran werden Sie sich nach zwei Tagen ja noch erinnern können.«

»Natürlich, klar. Ich glaube, er wollte nordöstlich. Richtung Binz. Oder Sellin. Jedenfalls …«

»Sie fahren Taxi nach Kompass?«

»Nein, nein, ich war nur müde, kann mich nicht so genau erinnern. Aber die Richtung stimmt. Wirklich.«

»Und wo ist dieser Fahrgast dann ausgestiegen?«

»In Putbus. An der Tankstelle beim Kleinbahnhof.«

»Mitten in der Nacht? Warum?«

»Wie warum?«

»Was wollte er an der Tankstelle? Wurde er erwartet?«

»Weiß ich doch nicht.«

»Sie setzen also Ihre Fahrgäste nachts mitten in der Pampa raus?«

»Putbus ist doch keine Pampa.«

»Gut, und weiter?«

Gramzow schaute ihn ratlos an.

›Sauerstoffmangel‹, dachte Radegast. ›Vielleicht alles nur eine Folge der schlechten Luft. Aber jetzt nicht locker lassen.‹ – »Worüber haben Sie sich denn mit Herrn Woernle unterhalten? Hat er während der Fahrt mit seinem Handy telefoniert? Wie hoch war der Fahrpreis? Hat er Ihnen ein Trinkgeld gegeben? Warteten da Leute an der Tankstelle auf ihn, als er ausgestiegen ist? – Wenn Sie von sich aus nicht reden, werde ich noch eine Million Fragen stellen, Herr Gramzow. Hier oder in meinem Büro in Stralsund. Das liegt bei Ihnen.«

Der Taxifahrer schaute den Kommissar an. Völlig perplex. Wie ein beleidigtes Backenhörnchen mit Verdauungsproblemen. »Ich mach doch, was Sie sagen. Ich bin ja bereit, zu kooperieren.«

»Toll. Dann mal los!«

Das Backenhörnchen musste erst mal schlucken. Und sich den Bauch über der Cargohose kratzen. »Das war eine ganz normale Fahrt. Der Mann ist am Bahnhof eingestiegen und wir sind in Richtung Sellin gefahren, beziehungsweise nach Binz. Unterwegs haben wir kein Wort miteinander geredet. Ich war müde und der Typ auch.«

»Und weiter?«

»Plötzlich ist er aufgeschreckt und hat verlangt, dass ich anhalte und ihn rauslasse. Mitten im Wald. Das habe ich aber abgelehnt. Stattdessen bin ich mit ihm bis nach Putbus gefahren. Zu der Tanke.«

»Dafür gibt es irgendwelche Zeugen?«

Gramzow zuckte mit den Achseln. »Weiß nicht. Möglich.«

»Und was haben Sie anschließend gemacht?«

»Ich bin auf direktem Weg nach Hause gefahren.«

»Hierher?«

Der Taxifahrer nickte.

Radegast musterte Gramzows Gesicht, das einen trotzigen Ausdruck angenommen hatte. Seine Aussage konnte stimmen.

Der Polizist sah keine offenkundigen Widersprüche. Trotzdem blieb ein merkwürdiger Eindruck. Irgendetwas fühlte sich wie Lüge an.

Die Tankstelle am Putbuser Kleinbahnhof gehörte nicht zu einer der großen Mineralölketten, war daher immer ein paar Cent billiger als die Konkurrenz am anderen Ortsende. Radegast hatte selbst schon ein paar Mal dort getankt, ohne dass er sich jetzt an den Kassierer erinnern konnte.

Er betrat den engen Verkaufsraum und sah sich um. Eine Frau von Ende zwanzig lehnte neben der Kasse und las. Als Radegast vor ihr stand, schaute sie auf, schenkte ihm ein Lächeln, das man wohl verheißungsvoll nennen musste, und legte das aufgeschlagene Buch zur Seite. Ein englisches Buch: *Diving into the Wreck: Poems*. Radegast war sicher, dass er diese Frau noch nie gesehen hatte. Weder hier noch anderswo. Er hätte sich erinnert. Sie sah nämlich ausgesprochen interessant aus, hohe Wangenknochen, olivfarbener Teint, tiefschwarze Haare, volle Lippen. ›Nicht von hier‹, dachte Radegast. Er tippte auf irgendwo rund ums Mittelmeer.

»Nun? Was kann ich für dich tun?«

Radegast verblüffte das Timbre ihrer Stimme: tief und norddeutsch. Das machte sie noch interessanter. Trotzdem zauberte er einen möglichst gleichgültigen Ausdruck auf sein Gesicht und hielt ihr seinen Dienstausweis hin. »Radegast. Ich bin von der Kripo in Stralsund. Guten Tag!«

»Na, denn mal los! Ich höre.«

›Irgendwas Irritierendes geht von dieser Frau aus‹, dachte Radegast. Konnte aber nicht sagen, was es war. »Hatten Sie zufällig in der Nacht von Sonntag auf Montag Dienst?«

»Nein. Da war ich im Bett.«

»Sagt Ihnen der Name Gramzow etwas?«

»Thorsten?« Sie ließ ein kehliges Lachen hören und schüttelte den Kopf. »Er hat mal wieder Scheiße gebaut. Deswegen kommen Sie bei mir hier angedackelt?«

»Ich überprüfe eine Zeugenaussage. Herr Gramzow soll an dieser Tankstelle in den ersten Stunden des Montags einen Fahrgast abgesetzt haben. Wissen Sie, wer da Dienst hatte?«

»Maik, der Sohn vom Chef. Der ist aber gestern nach Bodrum geflogen. Zum SunSplash-Antalya. Ist ein Festival für House und so. Kommt wahrscheinlich erst am Wochenende wieder.«

»Das ist Pech. Aber in welcher Beziehung stehen sie zu Herrn Gramzow?«

»Beziehung?« Wieder das tiefe Lachen. »In gar keiner. Jedes Mal, wenn er hier tankt, versucht er mich anzugraben. Und ich haue ihm auf die Pfoten.«

Radegast nickte. Fürs Erste waren alle seine Fragen beantwortet. Außer der, was diese Frau so faszinierend machte. »Seit wann kennen Sie Herrn Gramzow denn?«

»Schon immer. Er ist mit mir zur Schule gegangen. Dieselbe Klasse, gleicher Jahrgang. Bis ich mit meinen Eltern nach Wolfsburg gezogen bin. Wir haben sogar in derselben Fußballmannschaft gespielt. Aber da war er auch kein Bringer.«

Jetzt war Radegast ehrlich verblüfft: »Sie spielen Fußball?«

Die junge Frau klappte den Gedichtband zu und beugte sich über die Kassentheke, sodass der Kommissar gezwungen war, einen tiefen Blick in den Ausschnitt ihrer Sommerbluse zu werfen. Ob er wollte oder nicht.

»Jetzt nicht mehr. Aber ich war Rechtsaußen in der C-, D- und E-Jugend des FSV Garz. Damals hieß ich Volker. Jetzt bin ich Viola.« Sie schenkte Radegast ihr schönstes Lächeln.

Er hoffte, ihm gelang es, halbwegs hinreißend zurückzulächeln. »Ich bin überzeugt, dass Sie ein ganz hervorragender Rechtsaußen waren.«

»Der beste, Herr Kommissar!«

Draußen an den Zapfsäulen stand ein Lieferwagen, dessen Fahrer jetzt zum Bezahlen kam. Aber Radegast wusste nun ja fast alles, was es zu wissen gab. »Eine Frage noch: Haben Sie die Handynummer von diesem Maik?«

»Nein, aber ich kann Ihnen die Festplatte mit dem Überwachungsfilm geben. Ich habe vorhin eine neue angeschlossen. Wenn Thorsten hier war, dann ist er da auch drauf. Die Kamera erfasst die gesamte Anlage.«

»Das wäre natürlich noch besser.«

Die junge Frau verschwand in einem angrenzenden Büro und kam kurz darauf mit einer Festplatte zurück. Inzwischen wartete der Lieferwagenfahrer in Radegasts Rücken. »Aber dafür müssen Sie mir auch einen Gefallen tun. Bestellen Sie Gramzow mal ins Polizeipräsidium und machen ihm klar, dass er mich in Ruhe lassen soll. Ich glaube, es reicht, wenn ihn drei bis vier muskelbepackte Jungs in Ihrem Polizeiverlies mal so richtig in die Mangel nehmen.«

»Tja«, sagte Radegast zögernd, »das ist jetzt nicht mein Ressort, aber …«

»Just kidding!« Viola schlug Radegast spielerisch mit dem Gedichtband auf den Oberarm. »Mit der Schmeißfliege werde ich schon alleine fertig. Trotzdem nett, dass Sie mir helfen wollen. Und komm doch mal zum Tanken vorbei!«

»Mach ich mal«, sagte Radegast. »Danke für die Festplatte.« Er trat beiseite und sah, dass Viola dem Lieferwagenfahrer bereits das gleiche verheißungsvolle Lächeln schenkte.

Der Fischbrötchenstand lag am Ende des Flotthafens, auf halbem Weg zwischen der Werft und dem Revier der Kollegen von der Wasserschutzpolizei, und war schon immer einer ihrer mittäglichen Treffpunkte gewesen. Radegast war spät dran. Er überquerte den freien Platz mit großen Schritten. Nachdem er die Festplatte von der Tankstelle zur Auswertung an von Plessen übergeben hatte, war er anschließend noch bei der Sparkasse gewesen.

Der Stand hatte sich in den letzten Jahren von einem Geheimtipp fast zu einer Stralsunder Institution entwickelt. Nach Oles Ansicht hatten die Sachen trotz des schlichten Ambientes fast schon Gourmetqualität. Der Werbespruch *Fangfrisch vom Kutter, ganz wie bei Mutter*, könnte da nicht mehr ganz mithalten, fand Ole, obwohl Radegast ihn immer noch voll und ganz unterschrieben hätte. »Unsere Currywürste heißen Fischbrötchen, sind aber gesünder und leckerer«, hatte sein Freund als Alternative vorgeschlagen. Aber das war nach Ansicht aller anderen etwas zu lang. Und als auch Stralsund seit zwei Jahren Anfang Mai den Weltfischbrötchentag feierte, musste man sich um die Akzeptanz der Fischbrötchen ohnehin keine Gedanken mehr machen. Ein großer evolutionärer Schritt, hatte Ole damals befunden. Für Stralsund, für Rügen und für die Menschheit.

Ole stand schon an der Bude und sprach mit der Verkäuferin. Vielleicht war ihm ein neuer Werbespruch eingefallen.

Sie lächelte Radegast über Oles Schulter hinweg an. »Na? Auch ein Brötchen?«

»Sicher«, sagte Radegast und merkte, wie ihm das Wasser im Mund zusammenlief.

Ole drehte sich zu ihm um. »Ich hab Matjes«, sagte er. »Kann ich nur empfehlen.«

»Oder lieber Aal?«, wollte die Verkäuferin wissen.

»Ich glaube, ich nehme heute mal Krabben.«

Ole Henning reichte Fabian Radegast ein Mineralwasser, mit dem sie sich zuprosteten. »Ich habe uns also in Vordingborg angekündigt«, sagte Ole. »Wenn wir hier gegen sieben wegkommen, könnten wir zwischen elf und zwölf da sein.«

Radegast zögerte. Er war noch nicht dazu gekommen, den dienstfreien Tag außer der Reihe zu beantragen. Aber er war der Chef. Außerdem schob er einen Berg geleisteter Überstunden vor sich her, der inzwischen höher sein dürfte als die Kreidefelsen. »Wenn du das sagst, dann machen wir das so«, nickte er schließlich.

»Vergiss deine Anzahlung nicht!«

»Gut, dass du das sagst.« Radegast zog einen Umschlag aus seiner Brusttasche und reichte ihn Ole. »Ich war eben bei der Bank.«

»Und was soll ich jetzt damit?«

»Einstecken und drauf aufpassen! Ich fühl mich unwohl mit Zweieinhalbtausend in der Jacke.«

Ole lachte und zog ebenfalls einen Briefumschlag aus seiner Brusttasche. »Du machst mir Spaß. Ich laufe jetzt mit fünftausend rum.«

»Wenn ihr das nicht wollt, immer her damit«, ließ sich die Verkäuferin von der anderen Seite der Theke hören.

Im selben Augenblick schrillte Radegasts Smartphone. Er nahm das Gespräch entgegen und hörte kurz zu. »Okay, ich hol dich in fünf Minuten ab.« Der Kommissar legte das Krabbenbrötchen, von dem er einmal abgebissen hatte, auf die Theke. »Du musst allein nach Dänemark, Ole. Gerade wurde noch ein Toter gefunden.«

Annekathrin Struve hatte Radegast am Flotthafen aufgelesen. Jetzt fuhr sie mit der erlaubten Höchstgeschwindigkeit Richtung Norden. Der Tote war neben einem Transformatorenhäuschen gefunden worden, an der B96 zwischen Ralswiek und dem Nonnensee. Es handelte sich um eine männliche Leiche, etwa dreißig bis vierzig Jahre alt. Und er war vermutlich per Kopfschuss getötet worden. Mehr wusste Radegasts Kollegin auch noch nicht.

Aber im Fall des toten Strandkorbverleihers hatte sie Neuigkeiten. Entgegen seiner Behauptung war Thorsten Gramzow in der Nacht von Sonntag auf Montag nicht an der Tankstelle Samtens gewesen. Joachim von Plessen hatte sich die Aufzeichnungen auf der Festplatte mehrmals angesehen. »Dieser Taxifahrer hat also definitiv gelogen«, fasste Annekathrin das Ergebnis zusammen. Heute glänzte sie durch die Kombination einer rosafarbenen geschlitzten Caprihose mit einer schwarzen Jeansjacke, deren Strassapplikationen auf die frühen 90er-Jahre schließen ließen. Das Ganze wurde gekrönt von einem zwei Meter langen Chiffonschal in Koralle, den sie sich mehrfach um den Hals gelegt hatte. Radegast musste an eine rosafarbene Würgeschlange denken. Aber er verscheuchte das Bild. »Hast du irgendeine Ahnung, warum?«, fragte Struve. Und als Radegast nicht gleich antwortete, setzte sie nach: »Warum belügt der Gramzow uns?«

›Weil er dumm ist‹, dachte Radegast. Aber er behielt das unsachliche Urteil für sich. Stattdessen schilderte er der Kollegin seine Eindrücke während der Befragung. Wie Gramzow anfangs sehr nervös, fast schon panisch gewesen war. Dass er sich aber zunehmend gefangen hatte. Woernles Foto hatte ihn jedenfalls völlig kalt gelassen.

»Hhm«, sagte Annekathrin, »normalerweise ist es doch andersrum. Erst ruhig und dann nervös.«

»Dass Herr Gramzow normal ist, habe ich nie behauptet«, sagte Radegast. Und als Annekathrin zu ihm rüber schaute, hängte er an den Satz noch ein halb entschuldigendes Grinsen an. »Vielleicht haben wir ja was über ihn gespeichert.«

Annekathrin Struve nickte, griff zur Innentasche ihrer Jeansjacke und zog zwei zusammengefaltete Blätter heraus, Computerausdrucke, wie Radegast sah. »Das meiste weißt du wahrscheinlich schon.«

Radegast ging die Angaben halblaut durch: »Thorsten Gramzow, siebenundzwanzig Jahre alt, ledig, geboren in Bergen, wohnhaft Bergen, Störtebekerstraße. Zehnte Klasse, Mittlere Reife, danach zwei abgebrochene Berufsausbildungen. Eine als Mechatroniker, die andere als Krankenpfleger.«

»Also doch ganz normal.«

»Danach war er arbeitslos, ist jetzt seit drei Jahren selbstständiger Taxifahrer. Keine Vorstrafen, mehrere kleinere Verkehrsdelikte. Zwei Anzeigen wegen Fundunterschlagung. Beide eingestellt. Das war's.«

Als Radegast die Beifahrertür öffnete, schlug ihm süßlich-klebriger Rapsgeruch entgegen. In der Luft schwirrten Milliarden von lästig-kleinen, schwarzen Schwebfliegen. Ansonsten war alles wie am Vortag am Fundort der ersten Leiche, das rot-weiße Flatterband, mit dem die Kollegen den Bereich abgesperrt hatten, die beiden Streifenwagen am Straßenrand. Annekathrin Struve war ebenfalls ausgestiegen und versuchte, sich mit dem Ende ihrer rosafarbenen Würgeschlange gegen die Insekten zu wehren. Nachdem sie ihren Fotokoffer aus dem Wagen genommen hatte, gingen sie auf das Transformatorenhäuschen neben der Fahrbahn zu, an dessen Ecke ein Hüne in Uniform auf sie wartete. Der Mann wirkte derangiert, die Jacke offen, die blaue Mütze in der Hand, die graumelierten Haare klebten an seinem Schä-

del. »Scheiße, Leute, das war eine Hinrichtung«, empfing er Struve und Radegast.

»Kennt ihr euch?«, fragte Annekathrin, ohne auf die Begrüßung einzugehen.

»Malte Kopmann. Der neue Leiter des Polizeireviers in Bergen.«

»Wir haben neulich mal telefoniert«, sagte Radegast und gab Kopmann die Hand. Mit der anderen wedelte er Schwebfliegen weg.

Kopmann nickte nur. Er zog ein großes weißes Tuch aus der Tasche und tupfte sich den Schweiß von der Stirn. Einem plötzlichen Würgereiz gehorchend, brachte er es dann vor seinen Mund.

»Na, na«, sagte Annekathrin. »Geht's denn noch?«

Kopmann atmete einmal tief durch: »Seht es euch selbst an! Wir haben nichts angerührt.«

Radegast drehte sich um. Das Trafohäuschen war ein fünf Meter hoher Turm aus Backstein, mit einer Eisentür auf der Straßenseite. Es stand auf einem etwa drei Meter breiten Grünstreifen mit wildwuchernden Sträucher, dahinter begannen die Rapsfelder.

»Das Ding ist übrigens stillgelegt«, hörte er Kopmann in seinem Rücken. »Strom gibt's hier keinen mehr.«

Radegast zog sich Füßlinge und Handschuhe über, die Struve ihm aus ihrem Köfferchen reichte. Dann ging er zur Rückseite der Trafostation.

Der Tote lag am Fuß des Mauerwerks auf der rechten Körperseite, sein rechtes Bein war ausgestreckt, das linke halb untergeschlagen, die Arme leicht angewinkelt, als hätte er beim Joggen gerade noch mal Gas gegeben. Ein mittelgroßer Mann, untersetzt, etwa dreißig Jahre alt. Seine erstaunlich blauen Augen waren tot und starrten zum Himmel. Er hatte ein kleines schwarzes Einschussloch in der Stirn, etwa drei Zentimeter oberhalb der Nasenwurzel. Das hintere obere Viertel seines Schädels fehlte. Blut- und Gewebereste klebten im Mauerwerk und markierten die Stelle, an der der Mann gestanden hatte, als ihn das Projektil getroffen hatte. Das würde hier höchstwahrscheinlich auch noch irgendwo herumliegen. Reichlich Arbeit für die Spurensicherung.

Struve tauchte mit ihrer Kamera neben Radegast auf und machte Fotos.

Er trat zwei Schritte zurück und prägte sich Einzelheiten ein.

»Kopmann hat recht«, sagte Annekathrin, während sie durch den Sucher auf das Gesicht des Toten schaute, »das sieht aus wie eine Hinrichtung. Hat er noch weitere Schussverletzungen?«

»Wozu? Der Schuss hat ausgereicht.«

Struve ließ die Kamera sinken und richtete sich wieder auf. »Ein Schuss, ein Treffer. Das heißt, der Schütze ist Profi.«

»Möglicherweise«, gab Radegast zu. »Aber was sucht der hier auf Rügen?«

»Vielleicht interessiert er sich für Fledermäuse«, sagte Struve und zeigte Radegast ein paar flache Kästen, die unter dem vorstehenden Dach angebracht waren, sowie ein Schild, das der Naturschutzbund am Trafohäuschen angebracht hatte. »Der Killer, der die Fledermäuse liebte.« Struve zog die Nase kraus.

Radegast holte einen Kugelschreiber aus seiner Brusttasche und klappte die Jacke des Toten auf. In der Innentasche steckte ein Portemonnaie. Er zog es vorsichtig heraus. Neben ein paar schwedischen Kronen-Scheinen und einigen Münzen fand

der Kommissar zwei EC-Karten, eine Menge Kundenkarten diverser Firmen und einen Personalausweis. Er zog ihn mit spitzen Fingern heraus: »Gösta Lindblad, geboren am 3. Mai 1976 in Malmö.«

»Ein Schwede.«

»Ein toter Schwede. Wartest du hier auf die Spurensicherung? Ich fahre ins Präsidium und nehme Kontakt mit Malmö auf.«

»Geht klar!«

Der Kommissar warf noch einen Blick auf den Toten und ging dann durch eine dichte Wolke von Schwebfliegen zurück zum Wagen. Schweden, Killer und Fledermäuse – wohl eher nicht.

Als er aus Cuxhaven wieder nach Stralsund zurückgekommen war, hatte Radegast das Fort- und Weiterbildungsprogramm entdeckt, das von der Landespolizeidirektion für Beamte in dienst- und wohnortnaher Anbindung ins Leben gerufen worden war. Einerseits, um nach der Sache mit Lis seinen Kopf zu beschäftigen, andererseits im Hinblick auf vergangene und zukünftige Ostsee-Segeltörns, hatte er in Schwerin mehrere Kurzlehrgänge für die nordischen Sprachen besucht. Beim Finnischen hatte er nach dem ersten Wochenende kapituliert, aber in Norwegisch und Dänisch hatte er erfolgreich die Grundkurse absolviert und in Schwedisch sogar die Module I, II und III belegt. Nicht ohne Zufriedenheit konnte er seine Kenntnisse jetzt anwenden.

Als er bei der Polismyndigheten i Skåne in Malmö einen Gesprächspartner gefunden hatte, der in dieser Angelegenheit zuständig war, stellte sich heraus, dass sein Gegenüber ebenfalls einige Sprachlehrgänge absolviert hatte. Natürlich auch für Deutsch. So entwickelte sich ein schwedisch-deutsches Hin und Her, wobei jeder der beiden Gelegenheit bekam, seine Kenntnisse an den Mann zu bringen. Radegast erklärte dem schwedischen Kollegen die Umstände seines aktuellen Falls. Dann ließ er sich dessen E-Mail-Adresse buchstabieren, um ihm alle Angaben noch einmal zu schicken. Der Schwede notierte sich vorab den Namen *Gösta Lindblad*‹ und versprach, innerhalb der nächsten vierundzwanzig Stunden zurückzurufen.

»Många tack för din insats, Per-Olof.«

»Keine Ursache, Fabian.«

VIERZEHN

Der silberne 300 SL schüttelte sich im Leerlauf. Widerwillig, für so etwas war der Wagen nicht gemacht. Reinhard Steiner hinter dem Lenkrad schwitzte und wartete ungeduldig, dass es weiterging. Er schwitzte so sehr, dass seine Ray Ban von innen beschlug. Er setzte sie ab und warf sie nach kurzem Hin und

Her wütend auf den Beifahrersitz. ›Unvorstellbar‹, dachte er. Hier saß er in einem Auto, für das er mehr bezahlt hatte, als normale Leute für ihr Eigenheim ausgeben, und dieser Wagen verfügte nicht mal über ein Handschuhfach. Von Türablagen, wie sie heute jeder Kleinwagen hat, ganz zu schweigen. Zudem ließen sich die Seitenscheiben, abgesehen von zwei winzigen Ausstellfenstern, nicht öffnen. Eine Klimaautomatik gab es natürlich auch nicht. Dafür heizte der Dreiliter-Sechszylinder das enge Cockpit des Superleichtbau-Coupés mit seiner Abwärme auf. Reinhard Steiner schwitzte wie ein Schwein.

Hundert Meter weiter, in einer dichten Menschentraube am Straßenrand leuchtete das sonnenblumengelbe Kleid von Marie-Thérèse. Steiner spürte Vaterstolz, der ihm die Kehle eng machte. Seine Tochter hatte erklärt, sie hätte für heute genug im Auto gesessen und wollte lieber ein paar Fotos vom Corso der historischen Fahrzeuge machen. Inzwischen hatte sich alles, was in Binz noch laufen, krauchen oder eine Kamera halten konnte, zu beiden Seiten der Schillerstraße versammelt. Und da standen sie nun.

Dafür, dass es nicht voranging und Steiner jetzt das Gefühl hatte, buchstäblich zu kochen, waren aber nicht die Zuschauer verantwortlich, sondern eine dilettantische Rallyeleitung. Diese Frau Boysen hatte von nichts eine Ahnung, machte so was offenbar zum ersten Mal. Aber Lamberti hätte es besser wissen können. Hätte es besser wissen müssen! Allein die Idee, die Fahrzeuge der Reihe nach am Rondell vor der Seebrücke präsentieren zu wollen, war ausgemachter Blödsinn. Entschieden zu wenig Platz.

Vor Steiners Motorhaube flammten plötzlich die monströsen Rückleuchten des Facel Vega auf, dann hörte man das tiefe Orgeln eines Anlassers, der sich mit einer Chrysler-Big-Block-Maschine abmühte. Also hatte der Herr Nestler den Motor während des Wartens abgestellt. Wollte vermutlich Kraftstoff sparen. So waren sie eben, die Schweizer. Während vorne weiterhin der Anlasser gequält wurde, warf Steiner einen Blick in den zitternden Rückspiegel. Hinter ihm die Mercedes Pagode mit den Lambertis. Die beiden lächelten huldvoll in die Menge, kein Kunststück, wenn man in einem Cabrio sitzt. ›Sehen so Leute aus, denen das Wasser finanziell bis zum Halse steht‹, fragte sich Steiner. Er hatte entsprechende Gerüchte gehört. Aber er gab nicht viel auf Gerüchte, er hielt sich lieber an Tatsachen. »Eure Schuld«, sagte Steiner laut in Richtung seines Rückspiegels. »Dieser ganze Mist ist eure Schuld.« Leider war niemand da, der ihn hören wollte.

Das Verstummen des Anlassers und der Geruch schlecht verbrannten Superbenzins verrieten Steiner, dass der Facel Vega angesprungen war. Zu hören war der Achtzylinder nicht. Schließlich arbeitete er in einer Luxuslimousine der Spitzenklasse, entworfen für ein paar wenige französische Kulturgrößen und Wirtschaftskapitäne der späten Fünfziger, denen es aufgrund ihrer patriotischen Einstellung damals nie in den

Sinn gekommen wäre, ein Auto zu kaufen, das nicht in Frankreich produziert worden war. Steiner hatte ein paar von ihnen noch persönlich gekannt. Dass dieser große Stolz der Grande Nation von einem amerikanischen Motor angetrieben wurde, war natürlich ein Schönheitsfehler. Aber immerhin hatte er die größte Maschine, die damals zu haben war.

Vorne bogen die ersten beiden historischen Fahrzeuge von der Schillerstraße links zur Seebrücke ab. Der Rest der Kolonne rückte im Schneckentempo nach. Mit Besorgnis sah Steiner, dass die Nadel seiner Öltemperaturanzeige sich dem roten Feld näherte. Er würde sich wegen dieser Dilettanten nicht den Motor ruinieren lassen, so viel stand fest. Der Anblick von Marie-Thérèse stimmte ihn milder. Seine Tochter übte offenbar einen positiven Einfluss auf ihn aus.

Endlich auf die Binzer Hauptstraße abgebogen, konnte Reinhard Steiner jetzt Maike Boysen erkennen, die sich neben der Uhr auf dem Mittelsteg des Brunnens aufgebaut hatte, in der einen Hand ein Mikrofon, in der anderen einen Stoß von Zetteln. Steiner hatte nichts gegen sie. Eine sportliche junge Frau, apart und anmutig, wie man früher gesagt hätte. Damals, als der Facel Vega vor ihm noch als Neuwagen zu haben war. Der Aston Martin DB4, der die Kolonne anführte, hatte das Rondell inzwischen umrundet, kam auf der anderen Seite des Brunnens direkt vor Gosch zum Vorschein. Maike Boysen blätterte in ihren Zetteln und verursachte, weil sie das Mikrofon nicht ausgeschaltet hatte, eine langanhaltende Rückkopplung, die Reinhard Steiner selbst im Inneren seines lauten Sportwagens noch die Armhaare aufstellte. Dann plötzlich hatte Poseidon – sofern der nicht nur für die Wellen, sondern auch für die Seewinde zuständig war – ein Einsehen. Er riss der Eventmanagerin die Zettel aus der Hand und platzierte sie schwungvoll in einer der beiden Brunnenschalen. Maike Boysen legte endlich das Mikro weg, streifte ihre guten Pumps ab und stieg in den Brunnen, um ihre Zettel zu bergen. »Anmutig«, sagte Reinhard Steiner, »einfach anmutig. Es gibt kein besseres Wort.«

Diese kleine Showeinlage brachte die Kolonne erneut zum Stillstand. Und die Öltemperatur in den kritischen Bereich. Jetzt hatte Reinhard Steiner genug. Er schaltete in den Rückwärtsgang und setzte zurück. Marie-Thérèse reagierte schnell. Höflich aber bestimmt wies sie die umstehenden Zuschauer an, etwas Platz zu machen und dirigierte ihren Vater in die so entstandene Lücke. Steiner ließ die Fahrertür des 300 SL nach oben wegschwingen. Für alle, die so was zum ersten Mal sehen – und das waren hier die allermeisten – ein unvergesslicher Anblick. Es gab spontanen Applaus. Lässig wie ein siegreicher Golfer auf dem Rückweg vom achtzehnten Loch winkte Reinhard Steiner in die Menge, während Marie-Thérèse sich bei ihm einhakte.

»Komm, ich lade dich zu einem Eisbecher ein! Das Auto holen wir später.«

»Einverstanden«, sagt Steiner.

Maike Boysen entschuldigte sich per Mikrofon für ihr Missgeschick und die daraus resultierende Unterbrechung. Sie versuchte, ihre durchweichten Notizzettel zu glätten, um zu retten, was kaum noch zu retten war. »Und hier haben wir jetzt«, sagte sie zögernd, »Ueli Nestler und Vanessa Martelli aus der Schweiz in einem …« Offenbar war der Zettel inzwischen unleserlich, sie schaute Herrn Nestler hilfesuchend an. Und als das nicht fruchtete, hielt sie ihm das Mikrofon durch die offene Seitenscheibe hin.

»Ja, grüezi«, sagte Nestler in seiner bedächtigen schweizerischen Diktion, »das ist nicht ganz richtig. Ich bin Schweizer, aber das Fräulein Martelli ist aus Italien.«

Langes Schweigen.

»Mein Fehler«, entschuldigte sich Maike Boysen. »Und ihr Wagen? Was können Sie uns über den erzählen?«

»Das ist ein Facel Vega Excellence von 1958.«

»Sehr interessant«, heuchelte die Managerin. »Sonst noch irgendwelche Besonderheiten?«

»Ja, wenn Sie mich so direkt fragen: eigentlich nein.«

Steiner sah, wie Maike Boysen für einen Moment die Fassung verlor.

Marie-Thérèse blieb stehen: »Papa, du musst ihr helfen!«

»Ich?« fragte Steiner. »Wieso ich?«

»Weil sie nett ist. Und du bist ein Kavalier.«

Steiner musste schmunzeln und nahm mit einer kleinen, charmanten Verbeugung der Managerin das Mikrofon aus der Hand. »Ja dann«, sagte er, »grüezi und allzeit gute Fahrt.«

Mäßiger Applaus von den Umstehenden, während der Facel Vega sich wieder in Bewegung setzte. Steiner fing an, die Situation zu genießen. Das Mikrofon in der Hand, schlenderte er um den Brunnen herum, wie ein Conférencier alter Schule. »Der Nächste wäre wohl ich gewesen. Also mein Auto steht da drüben. Ein Mercedes Benz 300SL von 1955. Sein Erstbesitzer war der Hollywoodstar Clark Gable, den manche von Ihnen vielleicht noch aus *Vom Winde verweht* kennen. Alle weiteren Fragen zu dem Fahrzeug kann Ihnen meine reizende Tochter beantworten. Das ist die junge Dame im gelben Kleid, die neben dem Auto steht.«

Marie-Thérèse hob abwehrend die Hände, aber Steiner zwinkerte ihr zu und drehte sich dann schwungvoll um. »Und hier kommt schon der nächste Mercedes, ein 230 SL aus der ersten Modelreihe von 1963. Werksintern W 113 genannt, aber besser bekannt als Pagode, wegen der markanten Form des Hardtops, die angeblich entfernt an eine chinesische Dachkonstruktion erinnert. Sie können das jetzt leider gar nicht nachvollziehen, denn das Ehepaar Lamberti hat sich dankenswerterweise entschlossen, heute oben ohne anzutreten.«

Evelyn Lamberti warf Steiner einen bitterbösen Blick zu, doch darauf hatte er nur gewartet. Er trat auf das Fahrzeug zu. »Das Ehepaar Lamberti aus Aachen ist in der Klassiker-Szene etwa das, was Bayern München im Fußball ist. Schiefer Vergleich, ich weiß. Aber ohne Paul Lamberti hätte es die Strelasund Classics in diesem Jahr nicht gegeben. Dafür bitte einen kräftigen Applaus.« Obwohl das Publikum pflichtschuldig klatschen wollte, sprach Steiner unbeirrt weiter: »Aber wie sagen Sie bei solchen Gelegenheiten immer, Herr Lamberti?« Steiner hielt Paul Lamberti mit einem sardonischen Lächeln das Mikrofon unter die Nase.

»Ich weiß jetzt im Moment nicht ganz genau …«, hatte Paul Lamberti gerade angefangen, als Steiner ihm das Mikro schon wieder wegzog.

»›… es geht nicht um mich, es geht um die Autos.‹ Das ist sein Wahlspruch.«

Paul Lamberti schien diesen Satz noch nie gehört zu haben. Er wechselte missmutige Blicke mit seiner Frau.

»Wirklich nichts gegen diese hübsch restaurierte Pagode«, erklärte Steiner, »aber ich weiß zufällig, dass das Ehepaar Lamberti sein Herz an einen anderen Wagen verschenkt hat. Nämlich an einen …?« Jetzt hielt Steiner das Mikrofon Evelyn Lamberti hin, aber als sie den Mund öffnete, um etwas zu sagen, zog er es blitzschnell wieder zu sich. »… an einen wunderschönen Ford GT 40 Lightweight Baujahr 1968, auf den sogar ich an manchen Tagen ein bisschen neidisch bin. Bitte, Herr Lamberti, verraten Sie uns, warum wir dieses Schmuckstück hier in Binz nicht zu sehen bekommen! Da steckt doch sicher eine Geschichte dahinter.«

Lambertis Blick signalisierte Steiner, dass er zu weit gegangen war. Außerdem fürchtete er wohl, dass Steiner ihm das Mikro gleich wieder entziehen würde. Aber Steiner blickte ihn mit treuherziger Offenheit an. »Bitte spannen Sie uns nicht auf die Folter.«

»Werkstatt«, sagte Paul Lamberti ins Mikrofon und musste sich erst einmal räuspern. »Wir lassen das Getriebe vollständig revidieren. Das passiert gerade in einer Spezialwerkstatt in Norddeutschland. Aber im nächsten Jahr bringen wir ihn mit her.«

»Wenn Sie ihn bis dahin nicht längst an mich verkauft haben«, sagte Steiner, eigentlich nur, um Paul Lamberti nicht das letzte Wort zu lassen. Das äußerst schmallippige Lächeln von Evelyn Lamberti zeigte ihm aber, dass er einen wunden Punkt getroffen hatte. Es war also etwas dran an den Geschichten über die finanziellen Schwierigkeiten der Lambertis.

Okay, Marie-Thérèse hatte ihm Vorwürfe gemacht, dass er die Lambertis in aller Öffentlichkeit veralbert hatte. Steiner hatte seine Tochter schuldbewusst angelächelt. Ihm seien da vielleicht etwas die Pferde durchgegangen. Aber trotzdem sei es doch im Rahmen geblieben, alles in allem eine harmlose Frotzelei. Was er dann allerdings aufgeschnappt hatte, als er sich gerade am Dessertbüfett bediente, ging auf keine Kuhhaut. Das war übelste Nachrede, das war Rufmord.

Noch immer hochgradig wütend setzte Steiner sich zu seiner Tochter an den Zweiertisch, der am Rande der Terrasse stand.

»Was ist passiert?«

»Michaelis, dieser Kretin, steht da und quatscht mit diesem Bachmüller.«

»Das ist aber nicht verboten.«

»Aber er erzählt ihm, dass ich jemanden in den Selbstmord getrieben hätte, um an den Flügeltürer zu kommen. Kannst du dir so einen Blödsinn vorstellen?«

Steiner fühlte die Hand von Marie-Thérèse auf seinem Unterarm: »Nicht so laut, Papa!«

»Ich habe den Wagen einem amerikanischen Geschäftsmann abgekauft. Für zwei Millionen Dollar.«

»Ziemlich billig, eh?«

»Ein Schnäppchen, er wusste nicht, dass der Wagen mal Clark Gable gehört hat. Aber der Kerl war höchst zufrieden und hockt jetzt in Montana und züchtet Rinder. Mit meinem Geld. Und zwar quicklebendig.«

»Und warum behauptet der Michaelis dann so was?«

Steiner machte eine wegwerfende Handbewegung, die das Thema für beendet erklären sollte. Aber dann sprach er weiter. Seine Tochter hatte das Recht, ihn ganz und gar kennen zu lernen. Auch die dunklen Flecken in seiner Biografie. »Es gibt jemanden, den ich vielleicht auf dem Gewissen habe. Ich habe dir von dem Speditionskaufmann erzählt, dessen Firma wir in den Sechzigerjahren übernommen haben. Er hat sich umgebracht, nachdem er unterschreiben musste.«

Marie-Thérèse schwieg. Dann lächelte sie ihn an: »Selbst wenn. Den Flügeltürer hast du erst vor fünf Jahren gekauft. Stand jedenfalls in der Zeitung, in der ich das erste Mal von dir gehört habe.«

Steiners Miene wurde weich. Durch den Kauf des Mercedes 300 SL war er zum ersten Mal in die Öffentlichkeit gerückt. Die Frankfurter Allgemeine hatte über ihn und Clark Gables Sportwagen berichtet, der Spiegel hatte ihn interviewt, dann war ein Fernsehsender gekommen. Das Ausland hatte die Story aufgegriffen und so hatte Marie-Thérèse schließlich eines Morgens ein Bild ihres Vaters in der Paris Match entdeckt. Genauso spontan und unkonventionell wie ihre Mutter, hatte Marie-Thérèse sich ins nächste Flugzeug gesetzt und war nach Frankfurt geflogen. Wenig später stand sie vor Steiners Haustür. Unangemeldet. Nicht der verlorene Sohn, sondern die verlorene Tochter. Einer der bewegendsten Momente in seinem Leben.

Steiner griff nach ihrer Hand und tätschelte sie sanft.

Marie-Thérèse lächelte zurück, wurde dann wieder ernst. »Aber warum behaupten die dann so was? Wie kommen die überhaupt darauf?«

»Das habe ich Michaelis auch gefragt. Er hat irgendwas von einer Verwechslung geschwafelt. Ich musste mich zusammenreißen, um ihm nicht auf der Stelle an die Gurgel zu gehen.«

»Ich weiß, du bist ein sehr impulsiver Mann«, neckte Marie-Thérèse ihren Vater.

Steiner lächelte: »Wenn es darauf ankommt, habe ich mich hundert Prozent unter Kontrolle. Auf den Mist sind die nicht alleine gekommen. Das hat ihnen jemanden gesteckt …«

»Du denkst an Paul und Evelyn Lamberti, oder?«

»Ich wette sogar darauf! Das ist ihre spezielle Art, es mir heimzuzahlen. Du hättest das hämische Grinsen der Lambertis sehen sollen, als ich Michaelis zur Rede gestellt habe. Aber in bestimmten Dingen verstehe ich keinen Spaß. Rufmord ist unter der Gürtellinie. Dafür bekommen die beiden die Quittung.«

»Und was genau hast du vor?«

»Ich warte auf den richtigen Moment. Und der kommt garantiert. Und dann wird eiskalt zurückgeschlagen. Und zwar doppelt und dreifach.«

FÜNFZEHN

Thorsten Gramzow fuhr auf einer kleinen Nebenstrecke von Poseritz in Richtung Samtens. Langsam und bedächtig, die Augen fast mehr im Rückspiegel als auf die Straße vor sich gerichtet. Wie ein Fahranfänger, hosenscheißermäßig. Aber jetzt konnte er fast schon darüber lächeln. Der helle Volvo, der die ganze Zeit hinter ihm geklebt hatte, war in Poseritz geradeaus gefahren. Seitdem war er allein auf der Straße. Oder wollten die bloß, dass er das denkt? ›Du kannst nicht vorsichtig genug sein!‹ Gramzow fuhr noch langsamer. Er schaute zum Himmel, der jetzt fast dunkel war, bis auf den hellen Streifen im Westen. Die Uhr im Armaturenbrett zeigte *22.01 Uhr*.

Nicht, dass er sich irgendwie schuldig fühlte. Er hätte Riesenbaby doch problemlos nach Baabe gebracht, wenn der ihn nicht plötzlich angemacht hätte. Und selbst dann war Gramzow ja noch höflich geblieben. Hatte ihn freundlichst gebeten, auszusteigen. Hatte sogar noch mal angehalten für seine Reisetasche. Gramzow war schließlich ein netter Mensch. Kein Killer. Er konnte echt nichts dafür, dass Riesenbaby tot war, oder?

Vor der nächsten Kurve kam eine Geschwindigkeitsbegrenzung. Und dann das Waldstück mit der Wildwechsel-Warnung. Gramzow nahm den Fuß vom Gas. Er schaltete die Scheinwerfer aus. Nur für den Fall der Fälle. Er starrte in die Dunkelheit. Seine Augen gewöhnten sich schnell an die veränderten Lichtverhältnisse, er konnte sogar wieder etwas beschleunigen. Ein kurzer Blick in den Rückspiegel, hinter ihm alles genauso dunkel wie vor ihm. Noch fünfzig Meter, da war der Waldweg. Gramzow trat auf die Bremse – und sah im Rückspiegel, wie die Welt rot beleuchtet wurde. Seine Bremslichter! An die hatte er nicht gedacht. Er fuhr auf den Waldweg, stellte den Motor ab und wartete. Wenn dieser Kommissar ihn wirklich beschatten ließ, wie dicht wären die Bullen dann hinter ihm? Zweihundert Meter, allerhöchstens dreihundert. Also müssten sie jetzt schon da sein. ›Aber gib ihnen noch eine Minute, zur Sicherheit.‹ Dann stieg Gramzow aus, ging um seine Taxe herum und öffnete behutsam den Kofferraumdeckel. Er griff nach Riesenbabys Sakko, drückte die Klappe leise wieder zu und kehrte hinter sein Lenkrad zurück. Dieses Sakko war das Einzige, was gegen die Version sprach, die er dem Kommissar angedreht hatte. Deswegen musste er es loswerden. Aber nicht irgendwo. Zur Sicherheit ging er noch einmal die Taschen durch. Das Handy, die neonfarbene Geldbörse, eine fast leere Tablettenpackung. Bevor er alles wieder zurücksteckte, rieb Gramzow die Sachen mit dem fusselfreien Mikrofaser-Tuch aus seiner Türablage ab.

Gramzow ließ die Scheinwerfer aus, als er auf die Straße zurücksetzte. Diesmal dosierte er den Schwung so, dass er nicht zu bremsen brauchte. Einfach Kupplung und ausrollen lassen. Dann in den Ersten und los. Na bitte. Er schaltete das Radio ein, dann die Scheinwerfer und trat auf Gas. Ein Grinsen trat auf sein Gesicht. Gramzow lenkte mit einer Hand, mit der anderen fuhr er das Schiebedach ganz zurück. Als er Anlauf zu einer kleinen Kuppe nahm, hatte er eine blöde Idee. Gramzow griff das Leinen-Sakko vom Beifahrersitz, reckte den Arm aus dem Schiebedach und schwang die Jacke wie ein Lasso. »Jippieyeahh! Schweinebacke!« Plötzlich ließ der starke Fahrtwind Gramzows Handgelenk wegknicken, das Sakko rutschte ihm vom Finger, wurde nach hinten gerissen, wischte noch einmal kurz über Heckscheibe, schlug dumpf auf die Kofferraumklappe und war weg. Gleichzeitig nahm sein Taxi die Kuppe.

›Was soll's‹, dachte Gramzow. Eigentlich wollte er das Sakko in das Rapsfeld werfen, wo er Riesenbaby rausgesetzt hatte. Aber wenn jetzt noch ein paar Wagen drüberfuhren, konnte das auch nichts schaden, spurentechnisch. Und dann fühlte Gramzow ein diffuses Ziehen im Magen: Hunger. Er hatte seit dem Frühstück nichts mehr gegessen. Ein Blick auf

die Uhr. In siebzig Minuten sollte er an der Kiesgrube sein. Allerspätestens. Also schied der Grieche in Stralsund aus. In den Badeorten der Insel bekam er um diese Zeit auch nichts mehr. Zu trinken immer, aber warmes Essen Fehlanzeige. Blieb nur die Shell-Tankstelle an der B96. Gramzow hasste den Laden. Als sie ihm vor ein paar Jahren für eine Flasche Cola zweifünfzig abknöpfen wollten, hatte er sich geschworen, da nie mehr anzuhalten. Aber heute hatte er keine Wahl. Und aufs Geld kam es nicht an. Eine Viertelstunde später bog Gramzow von der B96 auf den Rastplatz ein. Ein Siebenkommafünftonner war da und zwei Personenwagen. Sonst nichts. Aber alles hell erleuchtet. Bei den Preisen konnten die sich's ja leisten. Gramzow fuhr über den Parkplatz bis vor den Eingang, stieg aus und da sah er sie. Seine Studentin. Saß draußen vor dem Eingang, mit zwei Typen um die zwanzig. Tranken Red Bull und freuten sich. ›Na warte‹, dachte Gramzow grinsend, ›wenn ich das Oma erzähle. Und wo ist deine Brille? Verstehe. Beim Partymachen Kontaktlinsen und für Oma die Brille, weil das nach fleißiger Studentin aussieht. Aber ich kenne dich, Babe, mir kannst du nichts vormachen.‹ Gramzow lächelte immer noch, als er an den Dreien vorbeiging und seiner Studentin ein lässiges »Na?« und dann »Schönen Abend noch!« zuwarf.

»Kennst du den?«, fragte einen der beiden Jungs.

Bevor Babes Antwort kam, war Gramzow in den Lärm des Imbissbereiches eingetaucht. Er bestellte eine Rostbratwurst, dazu Pommes rot und ein Alkoholfreies. Während er wartete, konnte er seine Studentin in Ruhe durch das Fenster beobachten. Ohne Brille hatte ihr Profil etwas Stupsnasiges. Und sie neigte zu Hamsterbacken. Oder Mondgesicht, je nach dem. Er dachte sich die Nerd-Brille zu ihrem Gesicht dazu
und plötzlich hatte er Zweifel: War sie das wirklich? Er hatte sie draußen ja nur kurz gesehen, im Gegenlicht. Und heute sahen sich viele Mädchen unheimlich ähnlich. Als seine Bestellung fertig war, war Gramzow überzeugt, dass wohl eine Verwechslung vorlag. Er bezahlte, nahm das Essen und trug es nach draußen.

Das Trio war immer noch da und immer noch bester Laune. Jetzt im Vorbeigehen wurde Gramzow wieder unsicher. War sie das nicht doch? Und wenn. Er hatte jetzt Wichtigeres zu tun. Kurz bevor er sein Taxi erreicht hatte, hörte er hinter sich ihre Stimme.

»Hallo, Sie? Entschuldigung … Nur ’ne Frage.«

Gramzow spürte ihren warmen Blick in seinem Rücken. Also doch, sie hatte ihn wiedererkannt. Und sich an ihn erinnert. Geschmeidig lächelnd drehte er sich zu den dreien um. »Wie kann ich dir helfen?«

Jetzt sprach der größere der beiden Jungs, der entfernt Ähnlichkeit mit Mario Götze hatte. »Wir haben gewettet, was Sie mit dem Jackett vorhaben. Ich sage, das ist nur zum Auslüften, das ziehen Sie gleich wieder an. Tine meint, das ist ein uralter

Inselbrauch, so ähnlich wie Blechbüchsen hinterm Hochzeitsauto.«

Gramzow dimmte sein Lächeln runter. »Jackett? Was für ein Jackett?«

»Da. Oder ist das Kunst?« Lautes Gelächter.

Gramzow drehte sich um und sah Riesenbabys Sakko, das an der Anhängerkupplung seines Taxis hing. Fein und ordentlich wie an einem Garderobenhaken. Über den Kofferraum runtergerutscht und da hängengeblieben. Gramzow stellte sein

Essen auf dem Taxidach ab, nahm das Leinensakko vom Haken und prüfte es. Hatte ziemlich gelitten.

Wieder Lachen von der Terrasse hinter ihm, da entdeckte Gramzow den Container der Rot-Kreuz-Altkleidersammlung am anderen Ende des Parkplatzes. Er hängte das Sakko wieder auf die Kupplung, winkte Tine und ihren beiden Helden zu. »Mache ich immer so mit meinen alten Klamotten.«

Gramzow schwang sich hinter das Lenkrad, startete die Taxe und fuhr an. Im selben Augenblick fiel ihm ein, dass er etwas vergessen hatte. Und bevor er zu Ende gedacht hatte, stand sein Fuß auf der Bremse. Die guten Reflexe des Berufskraftfahrers. Hier und jetzt aber ein Fehler. Ein großer Fehler. In Zeitlupe beugte sich der Becher Alkoholfreies über den Rand des Schiebedachs, verlor das Gleichgewicht, kippte und landete kopfüber auf Gramzows Oberschenkel. Die Bratwurst traf ihn im Genick, dann kamen die Pommes mit Ketchup.

Wildes Wiehern von der Terrasse und dann Tines schrille Stimme. »Macht er auch immer so.«

Gramzow lenkte mit einer Hand und tastete mit der anderen auf seinem Beifahrersitz nach den letzten Pommes. Jetzt hätte er gerne was zu trinken gehabt. Zum wiederholten Mal patschte er in den Ketchup-Klecks. Musste eine ziemliche Schweinerei sein, besser nicht dran denken. Sein rechtes Hosenbein war nass vom Bier. Aber die Rostbratwurst war okay gewesen.

Gramzow überlegte, ob er eben noch nach Bergen fahren könnte und sich eine trockene Hose anziehen. Aber das würde zu knapp. Vergiss die Klamotten. Es gab eine andere Sache, über die er nachdenken musste: Riesenbaby, beziehungsweise Radegast. Sollte er Onkel Klaus von ihm erzählen? Wenn ja, wie viel? Und welche Version? Die tatsächliche oder die mit der Tankstelle? Er blickte bald selbst nicht mehr durch. Aber als er auf die Buckelpiste zur Kiesgrube einbog, wusste Gramzow, dass das Riesenbaby seine Privatangelegenheit war und bleiben musste. Onkel Klaus war nicht zu trauen. Und Koeppen erst recht nicht.

Die Halle und das Büro waren dunkel, vom Vito keine Spur. Und Rowdy war auch nicht da. Für einen Moment befürchtete Gramzow, dass er sich irgendwie vertan oder verspätet hatte und alle schon weg waren. Aber als er vor der Halle stand, hörte er drinnen Koeppens Stimme. Gramzow öffnete die Tür.

Der Vito stand mit geöffneten Türen über der Inspektionsgrube. Die Schweden bildeten einen lockeren Halbkreis um Koeppen, der ihnen gerade Anweisungen gab. Militärisch knapp, auf Schwedisch. Bis vor Kurzem hatten sie offenbar noch an den Biertischen gesessen, auf denen Pappteller mit Überresten von Grillhähnchen standen. Wer hatte die besorgt? Sein Onkel garantiert nicht. Gramzow griff nach einer Mineralwasserflasche, als Jördens kopfschüttelnd auf ihn zukam.

»Was?«, fragte Gramzow aggressiv. »Ich bezahle dir dein Wasser ja.«

»Das meine ich nicht«, sagte Jördens, »sondern dein Nasenbluten. Musst wohl doch mal zum Arzt damit.«

Gramzow griff an seine Nase. Fühlte sich fast wieder normal an. Aber als er an sich runterblickte, entdeckte er einen tiefroten Fleck auf der Brust seines Poloshirts. Ketchup, kein Blut. War jetzt aber auch wenig zu machen.

Koeppen hatte ihn bemerkt und kam zu ihm.

Gramzow verschränkte die Arme vor der Brust, sodass der Fleck etwas verdeckt war. Hoffte er jedenfalls.

»Gut, dass Sie da sind! Wir haben ein Problem. Sie müssen einen von den Oldtimern fahren.«

Gramzow nickte. »Ich fahre alles, solange Sie zahlen.« Er versuchte ein Lächeln, um den Satz abzumildern.

Aber Koeppen lächelte nicht zurück, sondern schaute ihn an wie ein Banker einen Penner. »Sie haben getrunken.«

»Nein«, sagte Gramzow laut und wich einen Schritt zurück. Alle Augen und Ohren waren jetzt bei ihm. »Nein«, sagte Gramzow etwas ruhiger. »Ich habe nichts getrunken. Ehrlich. Ich habe mir Bier über die Hose gekippt. Alkoholfreies. Aus Versehen.« Er hoffte, dass die anderen das Zittern in seiner Stimme nicht hörten.

Worin sein eigentliches Problem bestand, wurde Gramzow erst allmählich klar, während er dem schwarzen Vito mit dem vereinbarten Sicherheitsabstand auf der Straße nach Binz folgte. Wenn er nachher einen der Oldtimer zur Kiesgrube bringen sollte, wie kam dann seine Taxe zurück? Koeppen hatte den Vito. Und die Schweden waren auch alle verplant. Außerdem würde Gramzow sein Auto keinem anderen überlassen. Er war gespannt, wie Koeppen diese Sache lösen würde. Notfalls müsste er einen der Oldtimer stehen lassen.

Binz um 2.30 Uhr morgens wirkte wie eine Fototapete. Unwirklich weiße Fassaden von unsichtbar angebrachten Scheinwerfern bestrahlt, reglose Bäumchen und Hecken, nur die Wimpel vor dem Fotoladen spielten müde im Luftzug, der aus Richtung der Seebrücke kam. Als würden sie sich im Schlaf eben mal auf die andere Seite drehen. Eines musste Gramzow zugeben: Koeppen wusste, was er tat. Die Einbahnstraße, die er als Treffpunkt bestimmt hatte, war stockdunkel. Oder hatte er vorsorglich die Straßenbeleuchtung lahmgelegt? Zuzutrauen war ihm auch das. Als Gramzow seine Taxe hinter dem Vito zum Stehen brachte, war Koeppen schon ausgestiegen. Er kam als dunkler Schatten auf ihn zu und Gramzow fuhr die Seitenscheibe runter. Nur nicht einschüchtern lassen! Ich will bloß wissen, wie meine Taxe zur Kiesgrube kommen soll. Aber Koeppen wartete Gramzows Frage gar nicht erst ab. »Sie kommen mit mir rein!«

»Okay. Und die anderen?«, fragte Gramzow. Er stellte fest, dass er automatisch geflüstert hatte, während Koeppen normal redete.

»Warten draußen, bis wir die Garage aufmachen.«

Gramzow wusste instinktiv, dass das jetzt nicht der Augenblick war, die Sache mit seiner Taxe zu diskutieren. Er musterte Koeppen, während er hinter ihm herging, Richtung Hauptstraße und von dort zum Seiteneingang des Hotels Vier Jahreszeiten. Wo hatte der seine Pistole? Gramzow war sicher, dass Koeppen so eine Sache nicht unbewaffnet angehen würde. Kurz bevor sie den Lichtkegel über dem Seiteneingang des

Hotels erreichten, wurde Gramzow von Koeppen seitlich zu dem Platz dirigiert, auf dem die Mülltonnen des Hotels standen. Und plötzlich hatte Koeppen seine Waffe in der Hand, wieder mit dem Schalldämpfer. Wo war die gewesen?

»Es gibt nur einen Nachtwächter«, jetzt sprach auch Koeppen gedämpft. »Wir gehen rein, nehmen uns die Autoschlüssel und dann runter in die Tiefgarage! Verstanden?«

»Ja«, nickte Gramzow.

»Dann los!«, sagte Koeppen und drehte sich um.

In dem Moment hatte Gramzow einen Geistesblitz. »Was ist, wenn der Nachtwächter mich erkennt? Als Taxifahrer kennen einen viele Menschen.«

»Der hat andere Sorgen«, sagte Koeppen, griff aber hinter sich in den gelben Müllcontainer für Verpackungen und zog eine Plastiktüte heraus, die er Gramzow unversehens über den Kopf stülpte. Dem blieb die Luft weg. War das Panik? Oder war es der Geruch dessen, was vorher in dieser Tüte gewesen war? Gramzow kämpfte gegen einen Brechreiz an. Dann spürte er Koeppens Hand in seinem Nacken und hörte die Stimme dicht an seinem linken Ohr. »Stehen Sie still, verdammt noch mal!« Im nächsten Augenblick wurde vor seinen Augen ein Schlitz in die Tüte gerissen. Und dann auch vor seinem Mund, sodass er freier atmen konnte. Aber der bestialische Geruch blieb.

Koeppen schob Gramzow vor sich her zur Tür. Sie gingen leise hindurch, dann um drei, vier Ecken, bis sie in der halbdunklen Hotellobby vor dem Empfangstresen standen. Aus einem Raum hinter dem Tresen kam Licht. Koeppen machte Gramzow ein Zeichen und sie stellten sich zu beiden Seiten des Türrahmens auf. Gramzow zuppelte noch an seinem Sehschlitz herum, dann schaute er vorsichtig in den Raum.

Auf einer schmalen Liege lag ein etwa fünfzigjähriger Mann in einer Hoteluniform. Die Schuhe hatte er ausgezogen und vor die Liege gestellt. Neben den Schuhen auf dem Boden lag ein aufgeschlagenes Buch. Gramzow zog den Kopf langsam zurück. Er konnte sich nicht erinnern, diesen Nachtwächter schon mal gesehen zu haben, also könnte er die stinkende Tüte abnehmen. Aber er kam nicht dazu, um den Gedanken zu Ende zu führen.

»Wo sind die Schlüssel?«, rief Koeppen. »Los, los, los, aufstehen! Und die Schlüssel!«

Gramzow sah, wie der Sicherheitsmann zusammenfuhr und sich dann erschrocken aufsetzte. Er schaute Gramzow an, sah die Waffe. »Nein. Nein, nicht schießen!«

»Die Schlüssel«, sagte Gramzow, »aber schnell!«

Der Nachtwächter stand auf, nestelte ein Schlüsselbund an einer Kette aus seiner Hosentasche und hielt es Gramzow hin.

»Die nicht«, sagte Koeppen. »Die Autoschlüssel von der Oldtimer-Rallye.«

»Die habe ich nicht«, sagte der Mann. »Die sind vorne, unter dem Tresen. In der Kassette.«

»Na also«, sage Gramzow, »geht doch!«

Der Nachtwächter atmete schwer. Er tat Gramzow ein bisschen leid. Muss ein ziemlicher Horror sein, so geweckt zu werden. Der Taxifahrer drehte sich um und schaute nach Koeppen. Der hatte sich schon unter den Tresen gebückt, kam mit einer blauen Stahlkassette wieder hoch. Sie war unverschlossen, Koeppen kippte den Inhalt auf den Tresen. Ein Haufen Zettel und eine Menge Autoschlüssel. Gramzow nahm die Tüte von seinem Kopf und konnte endlich wieder frei atmen. Inzwischen hatte Koeppen eine Liste aus der Tasche gezogen, anhand derer er Autoschlüssel aus dem Haufen suchte. Gramzow trat neben ihn, um sich nützlich zu machen. Plötzlich fühlte er einen festen Klammergriff an seiner rechten Schulter, hörte die Stimme des Nachtwächters dicht an seinem Ohr: »Nein, das dürfen Sie nicht!«

Koeppen hob den Kopf: »Schnauze!«

So leicht konnte Gramzow es sich nicht machen. Die Klammer um seine Schulter war wie ein sich schließender Schraubstock. Wo hatte der Alte die Kraft her? Um dem Schmerz auszuweichen, gehorchte Gramzow dem Druck und ging etwas in die Knie. Der Nachtwächter keuchte in Gramzows Ohr. Aber der Schmerz blieb, Gramzow gab weiter nach. Und plötzlich verwandelte sich der Schmerz in Wut. Mit der Linken griff er die offene Stahlkassette und knallte sie über seine rechte Schulter, unmittelbar ins Zentrum des Keuchens. Dann noch einmal. Härter. Es gab ein unschönes Geräusch, der Schraubstock öffnete sich und der Nachtwächter sackte mit einer halben Drehung zu Boden. Er blieb, das Gesicht nach unten, liegen, regte sich nicht mehr. Gramzow hob die Kassette auf.

Koeppen warf einen flüchtigen Blick auf den Nachtwächter: »Da rein.«

Der Taxifahrer hatte den Befehl verstanden, wusste aber nicht, wie er ihn umsetzen sollte. Er wollte dem Nachtwächter auf keinen Fall ins Gesicht sehen, beziehungsweise in das, was davon übrig war. War der überhaupt noch am Leben? Gramzow packte schließlich die Füße und zog ihn bis vor die Liege. Die Knöchel fühlten sich warm an. Wahrscheinlich ein gutes Zeichen. Aber Gramzow hatte andererseits keine Ahnung, wie lange eine Leiche brauchen würde, bis sie kalt ist. Er war froh, als er die Beine des Nachtwächters loslassen konnte.

Koeppen erschien in der Tür. »Ich habe alles. Sperren Sie ihn hier ein! Anschließend kommen Sie runter in die Tiefgarage!«

Gramzow nickte und stand auf. Dann fiel ihm auf, dass es in der Tür keinen Schlüssel gab. Wozu auch? Ein Nachtwächter soll sich ja nicht einschließen. Obwohl das manchmal gesünder für ihn wäre. Gramzow war etwas ratlos, bis ihm das Schlüsselbund des Männleins einfiel, das der an der Kette trug. Jetzt zögerte er erst recht. Aber er überwand seine Scheu, kniete sich neben die reglose Gestalt auf dem Boden und tastete zwischen dem warmen Bauch und der Auslegeware nach den Schlüsseln. Er bekam die Kette zu fassen und zerrte an ihr. Der Nachtwächter gab ein schnappendes Geräusch von sich. Dann war wieder Stille. Gramzow hatte es eilig, wegzukommen. Er löschte das Licht, schloss die Tür von außen und probierte den ersten Schlüssel. Auf wunderbare Weise passte er.

Noch bevor Gramzow in die Tiefgarage trat, empfing ihn der Geruch einer anderen Welt: Öl, Leder, Gummi und Lackpflegemittel, in dieser Mischung durchaus angenehm. Und als er die Tür öffnete, sah er die Wagen, chromblitzend, überlebensgroß, gewaltig. Im Vorbeigehen erkannte er den dunkelgrünen Mercedes SL wieder. Koeppen hatte recht gehabt, zwischen den anderen Prunkstücken wirkte er unscheinbar. Hier unten herrschte eine gespenstische Stille. Die Schweden saßen bereits hinter ihren jeweiligen Lenkrädern, machten sich mit Hebeln und Schaltern vertraut. Koeppen drehte sich zu Gramzow um und hielt ihm einen Autoschlüssel hin.

»Sie nehmen den Facel Vega und folgen den anderen. Keine Rennen, keine Überholmanöver. Ist das klar?«

»Ja«, sagte Gramzow und wusste, dass wieder eine Chance vertan war, Koeppen nach seiner Taxe zu fragen, denn der hielt ihm schon die Tür eines schwarzen Ungetüms auf. Gramzow glitt hinter das Lenkrad auf eine safrangelbe Lederbank. Und er fühlte sich zum ersten Mal in seinem Leben falsch angezogen mit seinem bekleckerten Poloshirt, der Cargohose und den ausgelatschten Nikes. So ein Wagen verlangte nach einem Anzug und Lederschuhen.

Koeppen störte seine Überlegungen. »Automatikgetriebe. Starten erst auf mein Zeichen!« Dann war er bereits beim nächsten Wagen.

Gramzow schätzte die Dimensionen des Fahrzeugs ab. Ein ziemliches Schlachtschiff, ungefähr sechs Meter lang und mindestens zweifünfzig breit. Würde er den hier überhaupt sauber herausrangieren können? Er merkte, wie seine Handflächen feucht wurden.

Motoren wurden angelassen, Scheinwerfer eingeschaltet, dann rollte ein Wagen nach dem anderen vor Gramzows Motorhaube vorbei. Plötzlich fiel ihm das Autoquartett ein, das er als Junge gehabt hatte. Drei oder vier Wagen von den Spielkarten erkannte er jetzt wieder. Hatte aber leider die genauen Typenbezeichnungen vergessen. Plötzlich stand Koeppen wieder neben seiner langen Motorhaube: »Starten!«

Gramzow drehte den Schlüssel. Ein tiefes Orgeln dröhnte durch die Garage. Eine sich hinziehende metallische Melodie, der die erlösende Coda allerdings versagt blieb. Der Funke wollte nicht überspringen. Gramzow ließ den Zündschlüssel los und pumpte dreimal mit dem Gasfuß. Dann probierte er es noch mal. Wieder ohne Ergebnis. Klang das Orgeln jetzt nicht etwas nasal?

Noch während Gramzow den dritten Versuch unternahm, riss Koeppen die Fahrertür auf. »Los, raus! Ich mach das.«

Gramzow gehorchte. Wie ein Schulkind, das sein Diktat verbockt hat, stand er neben dem Wagen, sah zu, wie Koeppen sich als Kenner aufspielte. Doch als der nach seinem vierten Versuch immer noch keinen Erfolg hatte, konnte Gramzow sich ein Lächeln nicht verkneifen.

Schließlich sprang Koeppen aus dem dunklen Ungetüm und zeigte auf einen roten Sportwagen, der in der Reihe gegenüber stand.

»Nehmen Sie den da!« Er warf Gramzow einen Schlüssel zu, auf dessen ledernem Anhänger die Plakette eines springenden Rappen zu sehen war.

Gramzow musste lächeln. Er am Steuer eines Ferraris, schade, dass seine Mutter das nicht mehr sehen konnte. Er ging zu dem knallroten Traumgeschoss und plötzlich sah er die entsprechende Autoquartett-Karte mit allen ihren Einzelheiten vor sich: Ferrari 365 Daytona, zwölf Zylinder, 4,4 Liter Hubraum, 352 PS, Höchstgeschwindigkeit 280 Kilometer pro Stunde.

Kaum saß Gramzow hinter dem Lenkrad, fühlte er sich schon heimisch. Diesem Auto sah man sein Alter an. Das Leder der Sitze war etwas rissig und abgeschabt, aber es umfing seinen Hintern wie maßgefertigt. Alle wichtigen Schalter saßen genau da, wo sie sitzen mussten. Auf Koeppens Befehl drehte er den Zündschlüssel, ein kurzes Kreischen, der Motor lief. Satt bullernder Leerlaufklang, der von den Wänden der Tiefgarage reflektiert wurde. Dann bekam er von Koeppen ein Zeichen und fuhr langsam aus der Parkbox.

Als er behutsam die steile Rampe zur Straße genommen hatte, waren die anderen Wagen schon verschwunden. Kein Problem für Gramzow, im Gegenteil, sogar viel schöner. Er rollte auf die Straße und schaltete in den zweiten Gang. Offenbar war es aber nicht der zweite, sondern der vierte. Es gab ein kurzes Schütteln, der Zeiger des Drehzahlmessers sank unter Null und die Maschine war aus. Abgewürgt. Aber beim ersten Versuch sprang er wieder an. Automatisch hatte Gramzow den Weg Richtung Sassnitz eingeschlagen, weg von seiner Taxe und vom Vito, das hieß auch weg von Koeppen. Er wollte allein sein mit dem Ferrari. Das menschliche Navi, das im Gehirn eines Taxifahrers immer mitlief, hatte bereits eine Route zur Kiesgrube berechnet. Nebenstraßen, nur zwei Ortsdurchfahrten, sehr schön. Gramzow lobte sich selbst, während er probeweise die Gänge durchschaltete. Alles bloß eine Frage der Gewöhnung.

Sobald das Ortsschild von Binz hinter ihm lag, gab Gramzow seinem Rappen die Sporen. Der Ferrari brüllte und schoss vorwärts. Aber als die Räder im nächsten Moment auf der welligen Fahrbahn anfingen zu trampeln, zügelte Gramzow sich. Wozu die Eile? Er wollte die Fahrt schließlich genießen. Der Ferrari war laut und warm. Gramzow überlegte, ob in seinem Autoquartett auch etwas von einer Klimaanlage gestanden hatte. Eher nicht. Er schaute sich im dunklen Cockpit um und suchte nach den Fensterhebern. Fand aber keine. Schade, dass es noch dunkel war. Er hätte gerne mehr von seinem roten Renner gesehen. Ihm fiel die Rügenbrücke ein mit ihrem Flutlicht. Das wäre jetzt was. Dann auf dem höchsten Punkt der Brücke anhalten, aussteigen und ein Selfie mit dem Handy machen. Ich und mein Ferrari Daytona, im Hintergrund die Türme von Stralsund. Oder die Studentin zu Hause abholen und sie zu einer Spritztour einladen. Aber das löste eine Fehlzündung in seinen Synapsen aus, riss ihn aus seiner guten Laune. Sie hieß Tine und sie hatte ihn ausgelacht. Falls sie es wirklich gewesen war. Es dauerte ein paar Minuten, bis Gramzow sich eingeredet hatte, dass es doch eine Verwechselung gewesen war. Seine Laune besserte sich schlagartig.

Fünfzehn Minuten später lenkte Gramzow seinen Ferrari Daytona über die Schlaglochpiste zu Jördens Kiesgrube. Es war kurz vor halb vier und er stellte wieder mal fest, dass er der geborene Nachtmensch war. Oder als Taxifahrer zu einem geworden war. Keine Spur von Müdigkeit. Zwischendurch hatte er angehalten, die elektrischen Fensterheber gefunden und konnte jetzt den linken Ellenbogen lässig aus dem Fenster hängen lassen. Er nahm an, dass es lässig aussah, bequem war es nicht. Entweder war der Sitz zu tief für ihn oder die Türverkleidung zu hoch, jedenfalls war der Winkel, den sein Arm einnehmen musste, um aus der offenen Scheibe zu ragen, anatomisch etwas fragwürdig. Und jetzt kam auch noch der Staub von draußen rein.

Das Tor der Halle stand weit offen und drinnen brannte Licht, das sich in Lack und Chrom brach. Die anderen waren also schon da. In der Mitte des Tores erschien im Gegenlicht eine dürre Gestalt im grauen Arbeitskittel, die Gramzow als Onkel Klaus identifizierte. Er winkte hektisch mit beiden Armen. Gramzow rollte auf ihn zu und als die Ferrari-Scheinwerfer über Jördens' Gesicht strichen, wusste er, dass das nächste Magengeschwür im Anmarsch war.

»Mensch, wo bleibst du denn?«

»Hallo, Onkel Klaus«, grinste Gramzow. »Wie findest du meinen Ferrari?« Er rollte weiter durch eine Gasse, die die anderen Wagen für ihn gelassen hatten, und stellte den Motor ab.

Jördens schloss das Tor und kam auf seinen dünnen Beinen hinter ihm her. »Da kannst du nicht stehen bleiben. Los, zurücksetzen! Hier, in die Lücke! Aber vorsichtig!«

Während Gramzow den Ferrari behutsam in eine enge Lücke zwischen zwei Sportwagen rangierte, sah sein Onkel missmutig zu. Also wäre das Magengeschwür vermutlich schon da. ›Bloß nicht irgendwie behilflich sein‹, dachte Gramzow. ›Könnte ich ja sonst in den falschen Hals kriegen.‹ Er schaltete die Zündung aus, kletterte aus dem Fahrzeug. Fest entschlossen, sich seine gute Laune weder durch Onkel Klaus noch durch Koeppen vermiesen zu lassen.

Jördens streckte die Hand aus. »Den Autoschlüssel!«

Gramzow fand, dass sein Onkel es ihm wirklich schwer machte, aber er rang sich ein Lächeln ab und gab ihm den Schlüssel. »Netter Wagen. Würde ich mir die Tage gerne noch mal ausleihen.«

»Vergiss es!«, sagte Jördens. »Der wird morgen zerlegt.«

»Zerlegt?«, fragte Gramzow und blieb stehen. »Das verstehe ich nicht. Ich dachte, die werden hier bloß versteckt.«

»Musst du nicht verstehen«, sagte Jördens und schaltete das Licht in der Halle aus. Er schloss das Hallentor und hatte plötzlich eine Maglite in der Hand, die er Gramzow hinhielt. »Leuchte mal!«

Im Schein der Taschenlampe brachte Jördens ein massives Vorhängeschloss auf einem Stahlriegel an, der beide Torhälften überspannte. Der Riegel und das Schloss waren nagelneu. ›Wenn ich ein Bulle wäre‹, dachte Gramzow, ›wüsste ich, dass da was versteckt wird. – Und wenn ich Einbrecher wäre, würde ich mir die alten Scharniere vornehmen.‹ Erst jetzt sah Gramzow, dass Rowdy an seiner Eisenkette im Dunkeln neben der

Halle schlummerte. ›Wenn ich ein Einbrecher wäre‹, korrigierte Gramzow seinen Gedanken, ›würde ich hier so schnell wie möglich Leine ziehen.‹

Jördens ließ den Schlüssel in seiner Kitteltasche verschwinden. Er drehte sich um und ging auf sein Büro zu, neben dem der Vito parkte. Im Büro lagerten die Schweden kreuz und quer auf dem Boden, zusammengerollte Kleidungsstücke als Kopfkissen. ›Wie in einem Flüchtlingslager‹, schoss es Gramzow durch den Kopf.

Koeppen stakste wie ein Storch durch die Schlafenden hindurch und kam zur Tür. »Für den da ist kein Platz mehr. Ich nehme ihn mit und setze ihn zu Hause ab.«

»Gut«, sagte Jördens.

Gramzow hatte den Eindruck, als würde er für die beiden auf einer Stufe mit Rowdy stehen. Gib ihm einfache Kommandos, die er verstehen kann. Obwohl, Rowdy bekam von Jördens ab und zu wenigstens noch seine Streicheleinheiten. Und was zu fressen. Um beides musste Gramzow sich selbst kümmern.

Anhand seiner Liste ließ sich Koeppen von Jördens alle Autoschlüssel aushändigen, die er der Reihe nach in einen kleinen Aluminiumkoffer legte. Onkel Klaus war deutlich anzumerken, dass er das als Misstrauen verstand. Aber er fügte sich. Schließlich legte Koeppen die Liste zu den Schlüsseln in den Koffer, verriegelte ihn mit einer Zahlenkombination und schob ihn unter den Fahrersitz des Vito. Er drehte sich zu Gramzow um. »Einsteigen!«

»Moment, meine Taxe. Die steht noch in Binz.«

»Kannst du dir morgen holen«, sagte Jördens.

»Besser nicht«, erklärte Koeppen. »Dann wimmelt es da vermutlich von Bullen. Wir holen sie jetzt.«

›Na also‹, dachte Gramzow, ›geht doch.‹ Er ließ sich auf den Beifahrersitz gleiten und schloss die Tür. Koeppen würdigte ihn keines weiteren Blickes und startete den Wagen.

Koeppen steuerte den Vito über leere Landstraßen. Der Himmel über ihnen war blassgrau mit einem orangeroten Saum im Osten, auf den sie zuhielten. Etwa fünfzehn Minuten bis Sonnenaufgang. Noch auf der Buckelpiste zurück zur Straße hatte sich Koeppen einen seiner stinkenden schwarzen Zigarillos angezündet. Aber er hatte wenigstens sein Fenster runtergefahren.

Er kenne das, hatte Gramzow gesagt. Das Einzige, was bei ihm gegen das Rauchen geholfen habe, sei Akupunktur. Koeppen hatte offenbar noch nie davon gehört und ließ Gramzow erzählen. Das Reden entspannte ihn. Könnte es sein, dass Koeppen gar nicht der harte Hund war, als der er sich gab? Dass er jetzt, nachdem der Stress vorbei war, vielleicht ganz okay war? »Übrigens«, meldete sich Gramzow zu Wort, »wenn mal wieder ein Fahrer gebraucht wird, ich stehe zur Verfügung.«

»Werde ich mir merken«, sagte Koeppen. Und nach einer Pause: »Ich glaube aber nicht, dass ich so schnell wieder herkomme.«

»Sollten Sie aber«, sagte der Taxifahrer. »Rügen ist immer eine Reise wert.« Gramzow fand selbst, dass er jetzt etwas schleimig klang. »Nicht nur im Sommer. Zu jeder Jahreszeit.«

»Na, mal sehen«, sagte Koeppen. »Erst mal bin ich ja noch hier.«

»Stimmt«, nickte Gramzow und schwieg dann. Mehr gab es dazu nicht zu sagen.

Sie fuhren weiter auf den orangeroten Saum zu, der inzwischen deutlich breiter geworden war. Gleich würden die ersten Sonnenstrahlen über den Hügel kommen. Die blassgraue Welt nahm langsam Farbe an. Gramzow schaute aus dem rechten Seitenfenster auf ein Rapsfeld, über das ganz sanft eine Windböe strich.

Sie fuhren gerade die langgestreckte Kurve hinter Bergen entlang. Plötzlich knallte Gramzow ein roter Halogenblitz in die Augen. Unwillkürlich griff er an sein noch immer leicht geschwollenes Nasenbein.

»Scheiße!«, sagte Koeppen und stieg brachial in die Eisen. »Wieso sagst du mir nicht, dass hier ein Blitzer ist? Pennst du, oder was?«

»Nein«, sagte Gramzow. »Ich bin wach. Ich habe nur nicht …« Weiter kam er nicht.

Koeppen hatte den Wagen am Straßenrand zum Stehen gebracht. Er stieg aus, schaute sich kurz um. Alles ruhig. Gramzow überlegte noch, ob er auch aussteigen sollte, da hörte er von hinten ein merkwürdiges Geräusch. Er drehte sich um und sah durch die Heckscheibe Koeppen, der mit durchgestreckten Armen vor dem Blitzerkasten stand. Er hielt die mit Schalldämpfer ausgestattete Pistole mit beiden Händen umklammert und gab eine Reihe von Schüssen auf das Gehäuse ab. Anstelle des Starenkastens sah Gramzow plötzlich Gösta Lindblad. Und wusste, dass Koeppen niemals okay sein würde. Mit Pistole oder ohne, dieser Typ war und blieb ein durchgeknallter Killer.

Als Gramzow sah, wie Koeppen die Waffe wegsteckte und zum Wagen zurückkam, schwor er sich, das niemals zu vergessen. Was immer auch kommen mochte.

SECHZEHN

Der Wind hatte unerwartet aufgefrischt. Als Radegast einen Blick über seine Schulter warf, sah er, dass der Himmel hinter ihnen schwarz war. Schwarz wie die Hölle. Und in Luv rauschten Wellen heran, wie er sie in der Ostsee noch nie gesehen hatte. Schlingernd und rollend wurde das Schiff in die Höhe katapultiert, um gleich darauf in ein bodenloses Tal zu stürzen, in dem es krachend und ächzend aufschlug. Inzwischen war ein peitschender Regen aufgezogen, begleitet von heftigen Blitzen. Aber das Krachen der schweren Brecher übertönte jeden Donner. Radegast hielt das Ruder umklammert, seine Fingerknöchel weiß und blutleer. Er musste sie aus dieser Hölle rausbringen. Auf dem kürzesten Weg. Eine Wasserwand stürzte sich auf das Schiff und begrub es unter sich. Mit Mann und Maus. Aber die Colin Archer schüttelte sich wie ein nasser Hund und setzte ihren Weg fort.

Plötzlich tauchte ein Gesicht vor Radegast auf: Ole, die Augen blank vor Furcht. »Lass uns beidrehen, Fabian! Sonst saufen wir ab.«

Radegast schüttelte den Kopf, obwohl ihm selbst das Herz klopfte. Aber Angst war ein schlechter Ratgeber. Er musste Ole irgendwie beruhigen. »Das ist doch eine Colin Archer«, brüllte er ihm zu. »Unsere Colin Archer.«

Ole schien ihn nicht gehört zu haben. Sein Blick ging ins Leere und er schnappte nach Luft. Radegast erkannte, dass sein Freund stumm vor Angst war. Und plötzlich hörten sie beide diesen Ton. Etwas Unvorstellbares rollte auf die Colin

Archer zu. Über ihnen brach der Himmel auf, öffnete einen Spalt, rote Lichtkaskaden zuckten, ein schrilles Jaulen erfüllte Zeit und Raum. – Radegast schreckte hoch. Der Ton schwoll weiter an. Sein Smartphone. Er griff danach, schaute auf das Display: *5.32 Uhr.*

»Radegast …«, seine Stimme klang belegt und tonlos.

»Moin Kollege, PHK Blienert, ich mache heute Nacht den Lagedienst. Pass auf, in Binz wurden mehrere Luxuslimousinen gestohlen. Aus der Garage des Vier Jahreszeiten.«

»Gut«, sagte Radegast und versuchte, sich zu orientieren. »Ich mache mich auf den Weg.«

»Es soll sich etwa um zehn Fahrzeuge handeln, die fehlen.«

Radegast schwieg, versuchte seine Gedanken zu ordnen.

Der Kollege nahm das zum Anlass, ihn weiter zu unterrichten. »Tatzeit vor zirka zweieinhalb Stunden. Ich habe eben die Verkehrsleitzentrale informiert. Sie richten so zügig wie möglich Straßenkontrollen ein.«

»Danke«, sagte Radegast, inzwischen wieder mit seiner gewohnten Stimme. »Dann schick mir bitte die Spurensicherung ins Hotel! Ich fahre sofort los.«

»Wird gemacht. Tschüs.«

Radegast beendete das Telefonat und wählte dann die Nummer von Annekathrin Struve. Die Fünf Tibeter würden heute ausfallen.

Der Kommissar wunderte sich über den engen, fensterlosen Raum, den Hoteldirektor Westendorf sein Büro nannte. »Das Beste für die Gäste«, sagte der Direktor, als hätte er Radegasts Gedanken erraten, und reichte ihm eine Tasse englischen Frühstückstee, eigenhändig zubereitet. Im Nebenraum, der immerhin über ein schmales Fenster zum Parkplatz verfügte, kümmerte sich ein älterer Herr in einem Hotelbademantel um den verletzten Nachtportier.

»Doktor Guido Maurer aus Dresden«, erklärte der Hoteldirektor halblaut und nippte an seiner Teetasse, »Inhaber mehrerer Patente für künstliche Kniegelenke und Leiter einer orthopädischen Privatklinik. Er fährt einen Ferrari 250 GTO Spider, Jahrgang 1963. Respektive: Er fuhr.«

Radegast nickte, obwohl er mit dieser Information wenig anfangen konnte.

Der Mann, dem Dr. Maurer gerade zwei Tabletten verabreichte, saß vornübergebeugt auf einem Stuhl und war kreidebleich. Als er den Kopf hob, um die Tabletten mit Wasser herunterzuspülen, sah Radegast das ganze Ausmaß seiner Gesichtsverletzungen. Glücklicherweise hatte Dr. Maurer ihm eine große Mullkompresse auf der Stirn befestigt und eine zweite unterhalb des Auges, aber auch die dazwischen liegenden Partien sahen definitiv nicht gut aus.

Der Arzt ließ seinen Patienten allein und kam aus dem Nebenzimmer. Mit der teilnahmslosen Stimme eines Nachrichtensprechers informierte er den Hoteldirektor über den Zustand des Nachtwächters: Kreislaufprobleme, ganz normal, nachdem er mehr als zwei Stunden gefesselt in seinem Ruheraum verbracht habe, zwei Gesichtsplatzwunden, die geklammert und fachgerecht versorgt seien, dazu vermutlich eine leichte bis mittelschwere Gehirnerschütterung. Der Mann solle sich heute und morgen auf jeden Fall schonen.

»Aber er ist vernehmungsfähig?«, fragte Radegast.

Dr. Maurer drehte sich zu dem Kommissar um und bedachte ihn mit einem herablassenden Blick: »Vernehmen?«

Direktor Westendorf nutzte die entstandene Pause, um die beiden Männer einander vorzustellen.

»... befragen«, nahm Radegast seinen Faden wieder auf. »Aber vielleicht haben Sie selbst zwischen 2.00 und 5.00 Uhr auch irgendwelche Beobachtungen gemacht, die uns in Bezug auf den Überfall weiterhelfen können?«

»Ich war im Bett und habe geschlafen. Bis ich rausgeklingelt wurde.«

»Gut«, sagte Radegast. »Sie möchten sich vielleicht noch mal hinlegen. Wenn es noch Fragen gibt, werde ich mich bei Ihnen melden.«

Dr. Maurer nickte und schlurfte zur Tür. Er war schon fast im Flur, als ihm ein schrecklicher Verdacht kam: »Mein Wagen. Hatte es bei dem Überfall etwa jemand auf meinen Wagen abgesehen?«

»Kein Kommentar«, sagte Direktor Westendorf sofort und hob entschuldigend die Hände.

Radegast wusste, dass das die schlechteste aller Auskunftsmöglichkeiten war. Aber nun war es besser, sich auf diese Sprachregelung einzulassen: »Unsere Ermittlungen laufen gerade erst an. Es wäre deshalb schön, wenn Sie sich wieder auf ihr Zimmer begeben. Wir werden Sie und die anderen Hotelgäste zu gegebener Zeit über alles informieren.«

Die Befragung des Hoteldirektors erbrachte wenig Aufschlussreiches. Er hatte von dem Überfall nichts mitbekommen. Seine Wohnung im fünften Stock gehe auf einen kleinen, ruhigen Innenhof. Radegast fragte sich, ob sie wohl über mehr als ein Fenster verfügte. Westendorf gab an, er sei um kurz nach 5.00 Uhr vom Küchenleiter der Frühschicht alarmiert worden, der den Nachtwächter gefunden hatte. Der Hoteldirektor habe sich in der Tiefgarage selbst ein Bild gemacht und sei entsetzt gewesen. Seiner Ansicht nach fehlten mindestens zehn Fahrzeuge im Trakt A, der ausschließlich für die Rallyeteilnehmer reserviert worden war. Vielleicht sogar mehr.

Der Küchenleiter, den der Kommissar anschließend befragte, konnte ebenfalls kaum Erhellendes sagen. Er erklärte, wie er sich jeden Morgen in der Hotelküche einen Kaffee zubereite, ehe er die gefrorenen Brötchen und Croissants in die Backstation schiebe. Normalerweise schaue der Nachtwächter kurz herein und trinke einen Kaffee mit ihm. Als er heute nicht auftauchte, habe er ihn auf dem Handy angerufen und sei dann schließlich, weil er keine Antwort bekam, in die Lobby gegangen. Dort habe er ihn dann in seinem Ruheraum entdeckt. Das alles sei ziemlich genau um 5.00 Uhr gewesen.

Zehn Minuten später hatte der Nachtwächter sich so weit erholt, dass Fabian Radegast ihn befragen konnte. Direktor Westendorf brachte seinem Angestellten eine Tasse Kamillentee. Dann bat der Kommissar, dass man ihn mit dem Mann allein lasse. Der Direktor ging, wenn auch mit betrübter Miene.

Radegast stand rechts vom Nachtwächter mit dem Rücken zum Fenster, sodass der Mann ihm die überwiegend intakte Seite seines Gesichts zukehren musste. Die Befragung gestaltete sich schwierig, aber nach dem dritten oder vierten Satz gelang es dem Kommissar allmählich, die lädierten Vokale und Konsonanten, die der Mann von sich gab, in semantisch tragfähige Konstruktionen zu übertragen. »Ich verstehe. Sie waren also auf Ihrem üblichen Außenrundgang. Und dann? Woran können Sie sich erinnern?«

Der Nachtwächter wackelte mit dem Kopf. »Alles ruhig. Ich bin einmal rum. Die Tiefgarage war auch zu.«

Bis Radegast das Wort *Tiefgarage* identifiziert hatte, brauchte es zwei Anläufe. »Und dann?«

»Aufenhalssraum, ich habe geleven«, presste er unter seinem Pflaster hervor.

»Sie haben gelegen? Oder gelesen?«

»Beides«, sagte der Nachtwächter, spürbar patzig.

»Und dann kamen die Diebe.«

»Zwei«, sagte der Nachtwächter und hielt zur Sicherheit noch zwei Finger hoch. Einer hatte eine Viehmaske auf dem Kopf.«

»Eine Viehmaske?«, sagte Radegast. Vor seinem inneren Auge tauchte der Ochse aus dem mecklenburgischen Wappen auf.

»Viehmaske!« Der Mann schüttelte den Kopf und vollführte mit beiden Armen stoßende Bewegungen.

»Ach, okay: eine Skimaske«, erkannte Radegast. »Und der zweite? War der auch maskiert?«

Der Nachtwächter grunzte. Statt einer Antwort fing er an, seine Jacke abzutasten. Schließlich zog er eine ordentlich zusammengefaltete Papiertüte aus der Tasche, glättete sie und zeigte sie dem Kommissar. Und als das nichts bewirkte, riss der noch zwei Gucklöcher ins Papier.

»Der Zweite hatte eine Brötchentüte?«

Heftiges Kopfschütteln. Und dann erstaunlich klar und deutlich: »McDonald's.«

»Okay«, sagte Radegast, »das hilft uns schon mal weiter.« Obwohl er wusste, dass das Unsinn war. Aber er musste den Mann bei Laune halten. »Und wie ging es dann weiter?«

»Er wollte die Autoschlüssel. Aus der Kassette. Ich habe mich gewehrt. Und dann hat er mir die Kassette ins Gesicht geschlagen.«

»Der mit der Viehmaske?«

Kopfschütteln. »McDonald's.«

»Und anschließend?«

Der Nachtwächter zuckte die Schultern. »Ich war k.o. Und gefesselt.«

»Aber eventuell haben Sie vorher noch irgendetwas gehört? Stimmen? Geräusche?«

Der Mann dachte nach oder er tat wenigstens so. Dann schüttelte er den Kopf.

Im selben Augenblick klopfte es kurz an der Tür und Annekathrin Struve erschien. »Hey«, sagte sie fröhlich. »Hier steckst du. Die Kollegen der Spurensicherung sind da. Kann ich sie in die Tiefgarage lassen?«

»Sicher, sollen sofort loslegen!«

»Okay, dann kümmerst du dich um die Rallyeteilnehmer?«

»Um wen?«

Struve grinste. »Geh runter und schau nach!«

Radegast bemerkte, dass der Nachtwächter sein Gesicht zu etwas verzog, was vermutlich ein Grinsen ausdrückte. Und er fragte sich, ob Struves Bemerkung der Grund dafür war oder eher ihr Cowboyhut aus geflochtener Seidenpapierfaser, dessen perlenverziertes Hutband schimmerte.

Der Begriff *Rallyeteilnehmer* hatte bei Fabian Radegast falsche Assoziationen ausgelöst. Statt drahtiger junger Männer mit Helmen und Overalls sah er, als er in die Lobby kam, eine knitterfaltige Versammlung von offenkundig gut situierten Menschen beiderlei Geschlechts. Die Falten, sagte sich Radegast, waren nicht unbedingt Ausdruck ihres Alters, als vielmehr Ausdruck der Tatsache, dass diese Damen und Herren zu dieser frühen Stunde normalerweise noch tief und fest schliefen. Heute wirkten einige von ihnen allerdings schon mächtig aufgekratzt. Und es waren bemerkenswerterweise die Damen, die das Wort führten.

Timo Wichert, ein Polizeimeister in Unform, hatte sich vor dem Abgang zur Tiefgarage aufgebaut. Breitbeinig, in sich ruhend, hielt er die Leute durch seinen bloßen Anblick auf Distanz.

»Ich verlange, dass Sie mich zu unserem Maserati lassen! Und zwar jetzt!«

»Sie verweigern uns das Grundrecht auf …«

»So eine Unverschämtheit.«

»Tut mir leid, gedulden Sie sich bitte noch etwas!«, sagte Wichert stoisch.

»Dann sagen Sie mir doch wenigstens, dass mein Maserati sich noch da unten befindet.«

»Das reicht. Ich gehe da jetzt runter.«

»Wo ist überhaupt der Hoteldirektor?«

»Oder muss ich unsere Anwälte in Bewegung setzen?«

Radegast sah zu, wie Timo Wichert einen Angriff nach dem anderen mit dem Spiel seiner ausdrucksstarken Augenbrauen parierte. ›Er macht das wirklich gut, der junge Kollege‹, sagte er sich. Doch dann fand er es an der Zeit, einzuschreiten. Radegast trat neben Timo Wichert. »Guten Morgen, meine Damen und Herren! Ich bin Fabian Radegast, Erster Kriminalhauptkommissar bei der Kripo Stralsund. Wie Sie vermutlich schon wissen, gab es hier heute Nacht einen Überfall, bei dem die Täter einige Fahrzeuge erbeutet haben.«

»Aber welche?«

»Und wie viele?«

»Welche Wagen sind denn überhaupt noch da? Geben Sie uns wenigstens die Kennzeichen.«

»Meine Kollegen sichern da unten momentan alle Spuren«, erklärte Radegast. »Ich schlage vor, Sie gehen inzwischen zum Frühstück, das Büffet ist sicher schon aufgebaut. Sobald wir unten Klarheit haben, komme ich zu Ihnen. Danke für Ihre Aufmerksamkeit.«

Der Kommissar nickte seinem jungen Kollegen aufmunternd zu und betrat die Stufen zur Tiefgarage. Timo Wichert brachte sich in Positur und nahm das Spiel seiner Augenbrauen wieder auf. Solange er da stand, würde kein Mensch an ihm vorbeikommen.

SIEBZEHN

Aus dem Nichts blies das Presslufthorn eines Sattelschleppers. Gramzow fuhr zusammen, riss die Augen auf und die Lenkung nach rechts. Dann überrollte ihn das Adrenalin wie eine Monsterwelle: Herzrasen, kalter Schweiß, Atemnot. Sekundenschlaf. Lebensgefährlich.

Gramzow bekam seine Taxe wieder in den Griff. Ein Blick in den Rückspiegel zeigte ihm den Tiefkühllaster, der ihn angeblökt hatte und jetzt weiter Richtung B96 zog. Und den schwarzen Vito, der seiner Taxe wie eine Gewitterwolke folgte. Gramzow öffnete die Seitenscheibe. Sauerstoff zum Klarwerden. ›So was kommt von so was!‹ Kaum Schlaf und dann am Morgen Pfefferminztee statt Kaffee. Bloß weil Onkel Klaus ein Magengeschwür hat. Wie sollst du von Pfefferminztee wach werden?

Hinten nieste einer seiner Fahrgäste dreimal und brabbelte etwas auf Schwedisch, beschwerte sich offenbar über den Luftzug. Die anderen schwiegen oder sie schliefen.

»Zwei Minuten«, sagte Gramzow über die Schulter, »two minuti. Wir sind gleich da.«

Vor ihnen tauchte die Wegweisergalerie zum Fährhafen auf. Gramzow fragte sich jedes Mal, wie ein Ortsfremder das im Vorbeifahren lesen und auf die Reihe bekommen sollte. Aber er kannte sich aus und Koeppen musste ihm bloß folgen. Gramzow setzte den Blinker und folgte der Abzweigung Richtung Fährterminal.

Da sah er sie: zwei Mannschaftswagen am rechten Fahrbahnrand und jede Menge Polizisten. ›Der Nachtwächter vom

Hotel‹, schoss es Gramzow durch den Kopf und er trat auf die Bremse. Im Rückspiegel sah er, wie der Vito herangeschossen kam und fast auffuhr. Und dann das wütende Gesicht von Koeppen. Gramzow rollte weiter, zwang sich zur Ruhe. Wie sollte der Nachtwächter ihn erkannt haben unter seiner Maske? Was konnten die sonst gegen ihn in der Hand haben? Nichts. Absolut nichts. Andernfalls wären sie ja direkt zu ihm nach Hause gekommen.

Sechs uniformierte Polizisten hatten sich rechts und links

der Fahrbahn aufgebaut, kontrollierten die ankommenden Fahrzeuge. Noch bevor Gramzow das Polizistenspalier erreichte, hatte er seine Taxe auf Schritttempo verlangsamt. Er wünschte der blonden Polizistin ein knappes »Moin!«, doch sie reagierte nicht. Aber ihre Kollegen machten alle einen Schritt vorwärts, engten die Fahrbahn noch mehr ein. Sonst unternahmen sie nichts, guckten bloß unfreundlich.

Gramzow nahm den Gang raus, ließ die Taxe rollen, wartete auf ein Stoppzeichen. Welcher von denen mochte das Sagen haben? Mit Rangabzeichen und Dienstgraden kannte er sich nicht aus. Aber auf der linken Seite stand als Letzter einer, der wie der Bestimmer aussah. Er schaute Gramzow an und dann hob der Bestimmer das Kinn. Gramzow war sich nicht sicher, was das heißen sollte, also stoppte er den Wagen und versuchte es noch einmal mit seinem »Moin!«. Diesmal bekam er ein »Guten Morgen!« zurück.

Gramzow räusperte sich kurz und grinste so lässig, wie es ihm möglich war. »Die Jungs müssen zur Fähre.«

Keine Reaktion, aber das Spalier rückte näher an die stehende Taxe heran.

»Nach Schweden«, ergänzte Gramzow.

Wieder Schweigen, das den Taxifahrer langsam etwas nervös machte.

»Eine Rugbymannschaft«, sagt Gramzow und ahnte, dass das ein Fehler war. Er hatte keine Ahnung von Rugby. Er drehte sich zu den Schweden auf der Rückbank um. »Rugby, nicht? Ihr seid Rugbyspieler.«

Auch von der Rückbank kam keine Antwort.

Gramzow versuchte es wieder mit dem Bestimmer: »Der Rest ist in dem Kleinbus hinter uns. Die Jungs haben hier bei uns ein Turnier gespielt. Sind aber alles Amateure, keine Profis, deshalb müssen sie jetzt mit der ersten Fähre zurück nach Schweden. Haben ja alle Jobs, die dort auf sie warten.«

Der Bestimmer straffte sich und wippte auf den Ballen.

Gramzow versuchte es noch mal mit seiner Rückbank. »Heh, habt ihr eigentlich gewonnen? – Winners, eh?« Ohne, dass Gramzow etwas dagegen tun konnte, hatte er plötzlich Göstas betrunkene Stimme im Ohr: »The winner takes it all.« Laut und klar. Plötzlich musste er pinkeln. Klaus Jördens' verdammter Pfefferminztee. Er schloss die Augen, um sich zu konzentrieren.

»Ist Ihnen nicht gut?«, hörte er den Polizisten von draußen.

»Doch«, sagte Gramzow, »alles bestens.«

»Könnten Sie dann bitte endlich weiterfahren? Sie blockieren die Fahrspur.«

Gramzow merkte, wie sich sein Körper schlagartig entspannte und ihn ein wohliges Gefühl durchströmte. Gefahr vorbei. Er grinste. »Wen suchen Sie denn, Meister? Vielleicht kann ich helfen?«

»Fahren Sie weiter! Los!«

Gramzow legt den Gang ein und fuhr auf das Terminal zu. Im Rückspiegel sah er, dass Koeppens Vito weiterhin an seinem Heck klebte. Mit dem hatten die Bullen also gar nicht reden wollen. Wahrscheinlich hatte Koeppen nicht mal das Fenster runtergemacht. Gramzow fragte sich, ob Koeppen eventuell sogar seine Pistole in der Hand gehabt hatte. Die Antwort auf diese Frage würde er jetzt allerdings zurückstellen müssen. Da vorne ein Schild mit den erlösenden Buchstaben *WC*. Endlich. Gleich hatte er es überstanden.

Und dann fiel ihm Gösta Lindblad wieder ein. Der wollte auch nur pinkeln. Aber Koeppen hatte was dagegen gehabt.

ACHTZEHN

›Alles halb so wild‹, hatte Fabian Radegast gedacht, als er in den abgesperrten Trakt A der Tiefgarage heruntergekommen war. Hier standen ja doch noch jede Menge schmucker Oldtimer herum. Aber dann hatte er die vorhandenen Wagen auf der Teilnehmerliste abgehakt. Demnach fehlten zwölf Fahrzeuge, vorausgesetzt die Liste, die er in dem gedruckten Veranstaltungsprogramm der Strelasund Classics gefunden hatte, war wirklich aktuell. Das müsste man so schnell wie möglich abklären. Radegast ging zu Kai Neumeister, dem Teamleiter der Spurensicherung, der sich mit Pinsel und Graphitpulver an der Tür zum Treppenaufgang zu schaffen machte. »Irgendwas Schönes gefunden?«

Neumeister antwortete mit einem Grunzlaut und warf Radegast einen Blick zu, der vermutlich vorwurfsvoll sein sollte.

»Na, ihr macht das schon«, sagte Radegast und drehte sich nach den beiden Spurensicherern um, die in ihren weißen Plastik-Overalls zwischen zwei Autos kauerten und mit einer Pinzette irgendetwas vom Boden klaubten. Schmiermittel? Lackpartikel? Oder ein plattgetretener Kaugummi? Von hier aus nicht zu sagen.

»Weißt du, wie viele Menschen diesen Türgriff im Laufe eines Tages ungefähr anfassen?«, meldete sich Neumeister jetzt doch noch zu Wort.

»Nee. Aber ich kann mir vorstellen, dass es ziemlich viele sind. Und mit ein bisschen Glück finden wir einen von deinen Abdrücken in unserer Datenbank.«

Wieder das unbestimmte Grunzen. »Ziemlich viele reicht noch nicht mal. Das sind unheimlich viele. Mindestens.«

Oft, wenn Radegast mit Neumeister zu tun hatte, fragte er sich, ob der Mann ihn auf den Arm nehmen wollte, oder ob das seine individuelle Spielart des norddeutschen Humors war. Bis heute hatte er keine eindeutige Antwort darauf gefunden.

Das Geräusch einer zufallenden Gittertür riss Radegast aus seinen Überlegungen. Hallende Schritte. Jemand kam die geschwungene Zufahrtsrampe zum Trakt A herunter. Wegen der verwaschenen Akustik musste der Kommissar zweimal hinhören, bis er in einer der beiden Frauenstimmen seine Kollegin Annekathrin erkannte. Er ging ihr entgegen.

»Sie haben demnach also diese Rallye organisiert?«, fragte Struve gerade.

»Ich habe das Management übernommen«, sagte eine andere Stimme, die Radegast an irgendwen erinnerte.

»Und wer hat Sie jetzt über den Diebstahl informiert?«

»Der Hoteldirektor hat mich angerufen. Ich bin sofort losgefahren.«

Plötzlich wusste Radegast, wem die andere Stimme gehörte. Annekathrin tauchte mit ihr gerade am Fuß der Rampe auf.

»Maike?«

»Fabian!« Maike Boysen kam auf Radegast zu und fiel ihm um den Hals. »Es ist so eine Katastrophe. Was schiefgehen kann, geht schief.«

»Jetzt bin ich ja da. Alles wird gut!«

Über Maikes Schulter fing er einen zweifelnden Blick von Annekathrin Struve auf. Er löste sich behutsam aus der Umarmung. »Maike und ich kennen uns von früher.«

»… bevor er nach Cuxhaven gegangen ist.«

»Nachdem du nach Würzburg gezogen bist«, stellte Radegast klar. Er sollte irgendwie versuchen, in dienstliches Fahrwasser zurückzukommen. »Aber schön, dich zu sehen! Dann lass uns doch bei Gelegenheit …«

»Klar«, unterbrach Maike hastig. »Gerne. Lass uns mal einen Kaffee trinken, oder so!«

Es entstand eine kleine Verlegenheitspause, aus der sie das Smartphone des Kommissars rettete. Radegast nahm das Gespräch an. »Hallo Joachim!«

»Guten Morgen Fabian! Ich habe famose Novitäten.«

›Novitäten‹, ging es dem Kommissar durch den Kopf. ›Und dann auch noch famose.‹

»Die Fahrzeuge befinden sich höchstwahrscheinlich samt und sonders noch alle auf der Insel. Ist das nicht der Clou überhaupt?«

»Das würde uns helfen.«

»Die Aufzeichnungen der Überwachungskameras am Rügendamm wurden von der Verkehrsleitzentrale soeben einer besonderen Examination unterzogen. Sie haben kein Fahrzeug festgestellt, das irgendwie bemerkenswert gewesen wäre. Nur das übliche Aufkommen an Klein- und Mittelklassewagen, einige Busse, Lieferwagen et cetera.«

»Haben sie auch nach Autotransportern geschaut? Oder geschlossenen Sattelschleppern?«

»Auch Fehlanzeige. Weder in die eine noch in die andere Richtung. Und ich habe soeben Nachricht aus Mukran bekommen, dass das erste Fährschiff nach Trelleborg um 8.00 Uhr ablegt. Sie haben ebenfalls keine außergewöhnlichen Fahrzeuge oder Transporter an Bord genommen.«

»Und die nächsten Fähren?«

»Die erste sticht um 11.50 Uhr in See, Kurs Rønne. Aber bis dahin werden unsere Polizeikräfte schon im Hafen sein und die Überprüfungen selbst vollziehen.«

»Gut, Joachim. Wir haben hier noch eine Weile zu tun. Anschließend komme ich ins Präsidium. Aber wenn sich wegen der Fahrzeuge … wenn es da Novitäten gibt, rufst du mich oder Annekathrin an!«

»Ja. So werde ich das handhaben.«

Der Kommissar steckte sein Smartphone ein.

Struve, die seinen Teil des Gespräches verfolgt hatte, nickte und tippte mit zwei Fingern an die Krempe ihres Cowboyhutes, der so gar nicht zu dem strengen Damenhosenanzug mit grauem Nadelstreifenmuster passte. Und noch weniger zu den blutrot lackierten Doc Martens.

Radegast legte Maike die Hand auf den Rücken. »Sollen wir uns dann mal in die Hölle der Löwen trauen?«

Maike lächelte ihn an. Und formte lautlos ein paar Worte.

Radegast lächelte ratlos zurück: Was sollte das heißen? Mit dir gehe ich überall hin? Das war es vermutlich nicht. Aber nachfragen konnte er jetzt schlecht. Also verbannte er den Gedanken einfach für diesen Moment.

NEUNZEHN

Reinhard Steiner stand auf der Terrasse und betrachtete die Polizeibeamten, die vor der Tiefgarage herumwuselten. Dann gab er auf dem Smartphone eine Nummer ein und wartete, dass jemand dranging.

Die Rallyeteilnehmer nervten gewaltig. Machten einen Riesenaufstand wegen ihrer Fahrzeuge, quengelten herum, als wären sie kleine Kinder, denen man das Lieblingsspielzeug weggenommen hat. Seine eigene Leidenschaft für Oldtimer war etwas völlig anderes. Ihm ging es nicht um Prestige oder eine Geldanlage, alles hing vielmehr mit Vivianne zusammen. Jahre nach ihrem Tod, an einem Sommerabend in Kopenhagen, hatte er auf der anderen Straßenseite eine weiße Floride entdeckt, die gerade in eine Parklücke zurücksetzte. Eine Frau war ausgestiegen und Steiner sprach sie an, sie müsse ihm ihr Auto unbedingt verkaufen. Die Dänin wich einen Schritt zurück, als halte sie ihn für einen gefährlichen Irren. Und dann lachte sie ihn aus. Steiner registrierte das nur am Rande. Sein Blick verlor sich in den Details des Wagens. Der zierliche Radioknopf, die Klappe des Aschenbechers im Armaturenbrett. War der tatsächlich so groß gewesen? Der randlose Innenspiegel, in den Vivianne vor dem Aussteigen immer noch einen letzten selbstkritischen Blick geworfen hatte. Plötzlich war alles wieder da. Er meinte sogar, das Salzige ihrer braunen Haut auf seinen Lippen zu schmecken.

Die Dänin holte Steiner in die Realität zurück. Sie erklärte, ihr Auto sei nicht zu verkaufen. Um keinen Preis. Und dann, obwohl sie eben erst eingeparkt hatte, setzte sie sich hinters Steuer, startete den Wagen und fuhr davon. Steiner erlebte nun etwas, das er bis dahin nicht gekannt hatte. Er wollte etwas haben und bekam es nicht. Im Gegensatz zu allen früheren Verhandlungspartnern ließ sich die Dänin nicht einschüchtern und auch nicht erweichen. Steiner geriet in die nächste Lebenskrise, sah sich als Versager. Eher seinem Stolz gehorchend als einem wirklichen Wunsch, beauftragte Steiner einen Frankfurter Autohändler, für ihn eine 1967er Floride aufzutun. Fast hatte er diesen Auftrag schon vergessen, als sich bei ihm ein Herr Silette aus St. Gallen meldete, der ihm genau so ein Auto zum Kauf anbot.

Jakob Silette, ein zerzauster älterer Herr, holte ihn mit einem ramponierten Peugeot Kombi am Flughafen in Zürich ab. Beim Anblick des Wagens und seines Besitzers war Steiner sicher, dass er umsonst gekommen war. Umso größer sein Erstaunen, als Silettes Haus sich als ein Schloss in den Bergen erwies, in dessen Katakomben eine ganze Reihe historischer Fahrzeuge standen. Jedes für sich, angestrahlt durch geschickt platzierte Spotlights, mit ausführlichen Erläuterungstafeln zu technischen Besonderheiten und historischen Details. Silette hielt sich ein kleines Automobilmuseum, eine wirklich exquisite Sammlung.

Noch während der Schlossherr ihn mit unverhohlenem Besitzerstolz vor die Floride führte, wusste Steiner, dass hier etwas Grundsätzliches nicht stimmte. Die hochglanzpolierten Wagen wirkten auf ihn kraftlos und blass, irgendwie ausgelaugt. Ihm fiel der Spruch ein, den der alte Hecht immer wieder gepredigt hatte, wenn sie zusammen über den Speditionshof gingen. »Autos gehen nicht vom Fahren kaputt. Sondern vom Rumstehen.« Ein Psychotherapeut erklärte Steiner später, dass für den Wunsch nach der Floride nicht die bloße Erinnerung an Vivianne ausschlaggebend war. Es war vielmehr eine symbolische Übertragung, in der Vivianne und ihr Auto austauschbar wurden. Steiner wollte sie aus ihrem Todesschlaf wachküssen.

Nachdem er Jakob Silette die erwartete Anerkennung für seine Sammlung gezollt hatte, ging es um den Preis der Floride. Zwar hatte Silette schon während der Fahrt erwähnt, dass er den Wagen nur verkaufe, weil er Platz für eine Neuerwerbung brauche, aber jetzt eröffnete er die Verhandlungen mit einer Preisforderung, die selbst für einen blattvergoldeten Zweisitzer noch zu hoch gegriffen gewesen wäre. Dann begriff Steiner, dass es Silette gar nicht um das Auto ging und erst recht nicht um das Geld. Es war der Spaß des Verhandelns, des Bluffens, des Reizens, des Zockens. Steiner beschloss, dem alten Herrn eine Freude zu machen. Er verhandelte und feilschte, spielte den Empörten und Durchtriebenen. Und als sie am Ende beide müde geworden waren und sich bei einer Summe besiegelnd die Hand gegeben hatten, legte Steiner ohne mit der Wimper zu zucken den Kaufpreis auf den Tisch, den der Schweizer ursprünglich gefordert hatte. Nur um zu zeigen, dass er Silettes Spiel durchschaut und verstanden hatte.

Am nächsten Morgen setzte Steiner sich hinter das Lenkrad seines neuerworbenen Autos und machte sich auf die Fahrt nach Frankfurt. Schon auf den ersten Kilometern kam die Ernüchterung. Die Floride war kalt, laut und langsam. Er musste sich eingestehen, dass sich Gefühle nicht zurückholen lassen. Etwas blieb ihm von der ungemütlichen Fahrt allerdings in Erinnerung: die staunenden Blicke aus den auf der Überholspur vorbeiziehenden Wagen, die Fußgänger, Postboten und Schulkinder, die am Straßenrand in den Ortschaften stehen blieben und sich nach ihm umblickten. Steiner war klar, dass diese Blicke nicht ihm galten, sondern seinem alten Auto, aber irgendwie war es genau wie damals, als er sich entschieden hatte, eine Fliege zu tragen. Er fühlte sich selbst wieder als etwas Besonderes, als jemand Besseres. Von da an hatte Reinhard Steiner ein neues Ziel. Historische Wagen wurden seine Leidenschaft.

Sein Gedankenfluss wurde abrupt unterbrochen, als der Anruf endlich entgegengenommen wurde. »Hey, wissen Sie eigentlich wie spät es ist?«

»7.26 Uhr, Herr Sörensen. Und ich weiß auch, dass Sie Ihre Werkstatt erst um 10.00 Uhr öffnen.«

»Wer spricht denn da?«

»Reinhard Steiner. Sie wissen wer ich bin?«

»Ich glaube. Ja. Aber Sie besitzen im Moment doch keinen Ford GT40, oder?«

»Nein.«

»Wollen Sie einen kaufen? Rufen Sie deswegen an?«

»Möglicherweise. Wenn Sie ein Fahrzeug auftreiben können, das völlig originalbelassen ist. Aber ich habe noch etwas anderes. Renovieren Sie gerade einen Wagen für die Lambertis?«

»Warum fragen Sie das?«

Steiner lachte lauthals, sodass einige der Polizeibeamten vor der Tiefgarage zu ihm herübersahen. »Es geht um eine Wette. Kein Betrag, der mich ruinieren würde, aber ich verliere nun einmal ungern. Also, wie sieht es aus. Kommen wir ins Geschäft?«

»Ich habe mit Herrn Lamberti seit anderthalb Jahren keinen Kontakt mehr gehabt. Sie wollten ihren Lightweight bei mir aufarbeiten lassen, haben das aber bereits zweimal verschoben.«

»Vielen Dank, Herr Sörensen! Ich weiß Ihre Hilfe zu schätzen. Wir bleiben in Kontakt.«

»Aber Sie halten mich da raus, okay?«

»Selbstverständlich. Und Sie suchen mir einen schönen GT 40. Aber jetzt frühstücken Sie erst einmal in Ruhe. Tschüss.« Steiner warf einen Blick zu zwei Polizeibeamten, die an der Ecke zur nächsten Querstraße einen Mülleimer untersuchten. Und sich dabei ziemlich komisch anstellten, fast wie in einer Stummfilmkomödie mit Laurel und Hardy. Er steckte sein Smartphone ein und ging in den Frühstückssaal.

Dort diskutieren die anderen immer noch, was mit ihren Wagen passiert sein könnte. Welche Fahrzeuge die Kriminellen wohl gestohlen hatten. Einige regten sich wahrscheinlich völlig unnötig auf – wenn sich später herausstellen sollte, dass ihre Autos gar nicht gestohlen wurden. Aber jetzt war eben eine optimale Gelegenheit, um mal richtig Dampf abzulassen. Was für Kretins.

Marie-Thérèse trank einen Kaffee, hörte lächelnd zu. ›Deine Tochter‹, dachte er stolz, ›sie besitzt die gleiche Menschenkenntnis wie du. Weiß auch sofort, was die Leute wirklich antreibt.‹ Er ging zu ihr und sie hakte sich bei ihm unter.

»Machst du dir Sorgen um dein Coupé, mon père?«

»Nein, ich nehme es, wie es kommt. Erst dann entscheide ich.«

»Was willst du denn entscheiden? Wenn der Wagen gestohlen wurde, ist es dafür doch zu spät.«

»Kommt darauf an. Es gibt immer eine Wahl. Man muss die sich bietenden Möglichkeiten nur sehen. Das kann nicht jeder.«

»Du aber schon?«

Er lächelte und drückte sie an sich.

Maike Boysen betrat den Frühstückssaal in Begleitung von Paul Lamberti und eines flachsblonden Mannes. ›Wahrscheinlich der verantwortliche Kriminalbeamte‹, dachte Steiner.

»Guten Morgen, meine Damen und Herren!«, sagte Maike Boysen. »Erst einmal möchte ich Ihnen mein Mitgefühl ausdrücken, dass Sie solch einen Stress erdulden müssen.«

»Das können Sie laut sagen!«

»Ich werde natürlich alles tun, um Ihnen trotzdem weiterhin einen möglichst angenehmen Aufenthalt auf unserer schönen Insel zu ermöglichen.«

»Dann sorgen Sie dafür, dass die Polizei diese Verbrecher schnappt!«

»Wahrscheinlich ist mein Lamborghini schon längst in Polen.«

»Ihre Fahrzeuge befinden sich alle noch auf der Insel«, schaltete sich Boysens Begleiter ein. »Das ist sicher. Aber Sie sollten sich erst einmal anhören, welche Pkws überhaupt gestohlen wurden. Ehe der eine oder andere von Ihnen noch eine Herzattacke bekommt, die sich im Nachhinein als überflüssig herausstellt.«

›Nicht schlecht, der Kommissar‹, dachte Steiner, ›das hätte von mir sein können.‹

»Ich werde Ihnen jetzt sagen, welche Fahrzeuge man heute Nacht entwendet hat«, Maike Boysen schaute auf die Liste in ihrer Hand. »Den Jaguar E von Herrn Toost, den Jensen Interceptor des Ehepaars Raspe, Herrn Lambertis Mercedes Benz, das Porsche Cabrio von Jürgen und Tessa Fiedler, den Aston Martin des Ehepaars Schünke, den Jaguar XK von Herrn

Lier, den Ferrari 365 Daytona von Corina Bachmüller. Herrn Dahlens Maserati Mistral, den BMW 501 von Thomas Gerlach und Herrn Steiners Mercedes 300 SL.«

War ja zu erwarten gewesen. Sein Flügeltürer war eben das mit Abstand teuerste Fahrzeug. Wie er es vorausgesagt hatte, brach prompt ein lautes Geschrei aus. Babylonisches Stimmengewirr, kein Satz war zu verstehen, eine Mischung aus Empörung und Erleichterung.

Der Kommissar hob beruhigend die Hände, versuchte das Geplärre gestisch einzudämmen. Allmählich wurde es etwas leiser. Er wartete noch einen Moment, bis ihm die ganze Aufmerksamkeit der Anwesenden sicher war. »Wir haben eine Sonderkommission gebildet, die sich um den Diebstahl Ihrer Fahrzeuge kümmert. Meine Kollegen und ich, wir arbeiten mit Hochdruck daran, die Diebe zu fassen. Ich möchte Sie deshalb um ihre Mithilfe bitten.«

»Und bitte bleiben Sie vorläufig im Hotel!«, sagte Maike Boysen. »Wir geben Ihnen umgehend Bescheid, wann Sie abreisen können.«

Das unwillige Murren, das einige der Rallyeteilnehmer sogleich hören ließen, hätte Steiner auch vorhersagen können – Kretins hoch zwei. Er schüttelte den Kopf und folgte dann Marie-Thérèse zum Frühstücksbüfett.

Evelyn Lamberti trat ihm entgegen. »Jetzt hat es uns alle erwischt, Herr Steiner. Ich meine natürlich, Sie und meinen Mann. Was für ein Desaster.«

Paul Lamberti trat neben seine Frau. »Wer hätte gedacht, dass so etwas ausgerechnet auf Rügen passieren würde. Noch dazu in einem so vorzüglichen Hotel. Wo man sich hier doch so sicher fühlt. Verstehe es, wer will.«

Lamberti lächelte ihn mit einem Gesichtsausdruck an, den Steiner schon früh im Leben als »falschen Fuffziger« einzuordnen gelernt hatte. Oder, wie der alte Hecht immer zu sagen pflegte: *Einem unaufrichtigen Menschen kannst du niemals trauen. Unter keinen Umständen nicht. Untersteh dich gefälligst. Ja, hast du mich verstanden?* Steiner grinste: »Wir sind ja wohl alle ausreichend versichert.«

»Aber den ideellen Wert kann uns niemand ersetzen.«

»Was für ein Glück, dass Sie nicht mit Ihrem Ford Lightweight zur Rally gekommen sind.«

»Wieso? Wäre das ein Unterschied?«, fragte der Kommissar, der dazugekommen war.

»Herrn Lambertis Ford Lightweight ist echtes Kulturgut. Wie auch mein Mercedes 300SL«, sagte Steiner. »Unersetzbar. Sie können die beiden Fahrzeuge mit einem Gemälde von van Gogh vergleichen.«

»Auch im Preis?«

Steiner nickte. »Dagegen ist die Mercedes Pagode maximal ein Kunstdruck. Aus der Dekorationsabteilung von Ikea«, Steiner klopfte sich auf den Bauch. »Und jetzt muss ich frühstücken. War ein bisschen viel Aufregung auf leeren Magen.« Steiner ließ sie stehen und steuerte auf das Büfett zu.

ZWANZIG

Gramzow lehnte im milchigen Morgenlicht an der Wand der Abfertigungshalle und schaute fröstelnd zur Fähre, deren Bugtor immer noch hoch in den Himmel ragte. 7.32 Uhr. Normalerweise würde er um diese Zeit noch im Bett liegen. Aber heute war kein normaler Tag. Er sah hoch zu den Menschen, die durch den gläsernen Finger an Bord der Fähre gingen. Gramzow war noch nie in Schweden gewesen. Warum eigentlich nicht? Hätte ihn schon interessiert. Aber wenn du ein paar Jahre lang Taxi fährst, kommst du gar nicht mehr auf den Gedanken, dass es auch noch andere Fortbewegungsmittel gibt. Mit der Bahn war Gramzow seit fünf oder sechs Jahren nicht mehr gefahren. Die Straßenbahn in Rostock … das war auch schon ewig her. Und mit einer Fähre war er überhaupt noch nie gefahren.

Plötzlich machte ihm der Gedanke Spaß. Er könnte rüber ins Terminal schlendern, seine EC-Karte zücken und Tickets für *Einmal Schweden und zurück* ordern. Konnte ja nicht die Welt kosten. Außerdem hatte er gut verdient, die vergangenen Tage. Sehr gut sogar. Gramzow stieß sich probeweise von der Wand ab. Ging ganz leicht. In zehn Minuten könnte er da oben durch den Glasfinger gehen. Aber wieso eigentlich ein Rückticket? Vielleicht war Schweden ja so klasse, dass er dableiben würde. Einer der Fahrer würde ihm bestimmt weiterhelfen. Doch dann meldete sich der Schisser in Gramzows Kopf: Die Taxe stand drüben im Parkverbot, was würde Onkel Klaus sagen, wenn er sich ohne Abschied aus dem Staub machte? Und was, wenn der Nachtwächter die Sache doch nicht überlebt hatte? Dann wäre jemand, der sich nach Schweden abgesetzt hat, automatisch der Tatverdächtige Nummer Eins. Gramzow fand es besser, die Reise erst einmal zu verschieben. Aber aufgeschoben war ja nicht aufgehoben.

»Vielleicht sollten Sie auch noch schnell an Bord gehen«, hörte Gramzow eine Stimme neben seinem Ohr – Koeppen.

»Nee, Schweden ist nichts für mich.«

»Schon mal da gewesen?«, fragte Koeppen.

Gramzow nickte. Was gingen Koeppen seine Überlegungen an? »Ist echt nichts für mich.«

»Das sagten Sie schon.«

Koeppen zog seine Geldklammer aus der Tasche, blätterte ein paar Scheine durch, zog sie ab, faltete sie einmal zusammen und hielt sie Gramzow hin. »Wir schulden Ihnen noch was. Außerdem gibt's einen Bonus.«

»Super«, sagte Gramzow und hielt die Hand auf.

Aber Koeppen gab die Scheine noch nicht frei. »Sie sollten trotzdem überlegen, ob Sie nicht für eine Woche oder so Urlaub machen. Verreisen. Muss ja nicht Schweden sein.«

»Verstehe«, nickte Gramzow, »für den Fall, dass die Bullen was von mir wollen.«

»Zum Beispiel.«

»Keine Sorge«, grinste Gramzow, »mit denen werde ich schon fertig. Und Sie? Was machen Sie als Nächstes?«

»Urlaub. Ich mache tatsächlich Urlaub. Bleibe noch ein paar Tage auf Rügen.« Mit diesen Worten ließ Koeppen die Geldscheine in Gramzows offene Hand fallen.

Fühlte sich gut an. Sehr gut sogar. »Danke«, sagte Gramzow, »hat mich gefreut, mit Ihnen zusammenzuarbeiten.«

Koeppen ging auf den Vito zu, Gramzow folgte ihm. »Warten Sie, eine Sache noch!«

Koeppen blieb stehen, schaute Gramzow an.

Der wurde unter dessen Blick wieder unsicher. Aber das half jetzt nichts. Er fingerte eine angeschmuddelte Visitenkarte aus seinem Portemonnaie, hielt sie Koeppen hin. »Falls Sie mal wieder was machen … Ich meine, falls mal wieder ein Fahrer gebraucht wird. Oder ein Aufpasser …«

Koeppen nahm die Karte und grinste Gramzow an.

Der lächelte scheu zurück. »Nur für den Fall der Fälle.«

Plötzlich bemerkte Gramzow, dass Koeppens Grinsen nicht freundlich war, sondern böse, eiskalt und verachtend. »Träumen Sie weiter, Gramzow. Ich arbeite nur mit Profis.« Koeppen schnippte Gramzows Karte weg, drehte sich um und stieg in seinen Vito. Dann gab er Gas und fuhr davon.

Gramzow blickte ihm nach. Und hätte sich am liebsten auf die Zunge gebissen.

EINUNDZWANZIG

Als Fabian Radegast sein Büro betrat, klingelte das Telefon. Neben dem Apparat lag die Akte *Woernle*, die er gestern Abend Joachim von Plessen hingelegt hatte. Radegast zog seine Jacke aus und holte das Telefon zu sich heran. Die Nummer im Display begann mit *0046*, der Ländervorwahl für Schweden.

»Radegast.«

»Guten Morgen, Fabian, hier spricht Per-Olof von der Polismyndigheten i Skåne in Malmö.«

»Det är trevligt att du ringer, Per-Olof.«

»Versprochen ist versprochen. Das ist doch ein deutsches Sprichwort, oder?«

»Rätt. Det är vad vi vill.«

»Gut. Ich habe hier die Informationen, die du wolltest. Gösta Lindblad ist ein Berufskrimineller aus Malmö. Sein Fachgebiet sind …«

Die Rede brach ab und stattdessen hörte Radegast ein Rauschen und Knacken in der Leitung, als käme der Anruf aus einem afghanischen Bergdorf. »Per-Olof … Hallo … Hallo …«

»Hallo … Fabian …«

»Jag hör dig, Per-Olof.«

»Entschuldige bitte! Bei uns im Haus wird gerade die Telefonanlage neu eingestellt. Also, Gösta Lindblad ist … war spezialisiert auf Autos. Die ganze Palette. Diebstahl, Fälschung von Papieren und Identifizierungsmerkmalen, versuchter Versicherungsbetrug und so weiter.«

»Det passar med ett aktuellt fall.«

»Es geht also um Autodiebstähle auf Rügen?«

»Tjugo klassiska bilar stals.«

»Exakt Gösta Lindblads Metier, sagt man das so auf Deutsch?«

»Ja, säger de.«

»Okay, ich maile dir die Daten gleich. Wenn du sonst noch was brauchst …«

»Tack, allt ok.«

»Sonst melde dich einfach. Einen schönen Tag noch Fabian.«

»För dig också, Per-Olof.«

Der Kommissar legte den Hörer auf und ging in die Teeküche. Dort stand seit zehn Tagen ein Kaffeevollautomat, den Kriminaldirektor Manfred Ewers, Radegasts direkter Vorgesetzter, dem Polizeipräsidium spendiert hatte. Obwohl *spendiert* nicht das richtige Wort war. Das Gerät befand sich für eine Testphase in Stralsund, um es bei nachgewiesener Praxistauglichkeit auch in anderen Dienststellen einzuführen. Zum Glück saß Kriminaldirektor Ewers weit entfernt im Landeskriminalamt in Rampe bei Schwerin und verschonte seine Leute meistens mit ähnlich schrägen Ideen.

Radegast betrachtete den hypermodernen Automaten, unschlüssig, welche der Kaffee-Spezialitäten er wählen sollte. Er drückte schließlich bei *Kaffee Schwarz*. Schwarz wie die Nacht.

Joachim von Plessen kam mit einem Computerausdruck in die Teeküche. »Guten Morgen, Fabian! Ich habe vorhin die Akte *Woernle* wieder auf deinem Schreibtisch deponiert.«

»Schon gesehen. Und? Willst du auch eine Tasse?«

»Danke, ich bleibe bei Hellas Blümchenkaffee.«

›Blümchenkaffee … Wo hat der bloß immer diese Wörter her?‹

»Also, ich denke, wir können den Fall Woernle ad acta legen.«

»Noch nicht. Ich möchte diesen Taxifahrer noch mal vernehmen.«

»Tatsächlich? Mit welcher Intention?«

»Gramzow hat gelogen. Das steht fest. Aber ich frage mich immer noch, warum? Das würde ich gerne wissen.«

»Obwohl dieser Woernle eines natürlichen Todes gestorben ist? Bemerkenswert, dass du trotzdem nachbohrst.«

»Das ist eine Gefühlssache. Wird dir auch so gehen, wenn du eines Tages Erster Kriminalhauptkommissar geworden bist.«

Joachim von Plessen lächelte: »Alle Wetter! Da habe ich dann wohl noch einen weiten Weg vor mir. Soll ich ihn vorladen?«

»Lass mal, das mach ich schon! Hilf du lieber Annekathrin!«

»Bin schon in medias res«, von Plessen reichte Radegast den Computerausdruck. »Das Obduktionsergebnis von Gösta Lindblad. Die Schusswaffe war eine Beretta 92. Und Lindblad war sozusagen volltrunken. Bei Eintritt des Todes betrug sein Blutalkoholgehalt 3,1 Promille.«

»Das ist heftig.«

»Außerdem habe ich hier noch die vorläufigen KTU-Ergebnisse.« Von Plessen wedelte mit einem Stoß eng bedruckter Seiten.

»Filter raus, was wichtig für uns ist! Und leg es mir auf den Tisch!«, sagte Radegast. »Ich muss nach Mukran und klären, ob Gösta Lindblad mit einer der Fähren aus Schweden gekommen ist.«

Fabian Radegast folgte einem breitschultrigen Mann, der die maritime Arbeitskleidung einer Fährgesellschaft trug, über das weitläufige Gelände des Hafens von Mukran. Hier kam sonst nie jemand hin, jedenfalls niemand, der hier nichts zu suchen hatte. Ein schöner Nebeneffekt seines Berufes: Er bekam Einblicke in ganz unterschiedliche Bereiche und Lebenswelten, die den meisten anderen Menschen verschlossen blieben. Und fast immer entdeckte er irgendeine Eigenheit, die sein Interesse weckte.

Den Namen des Mannes, der drei Schritte vor ihm ging, hatte Radegast schon wieder vergessen. Beziehungsweise sich gar nicht erst gemerkt. »Belaste deinen Kopf nicht mit unnötigem Kram!«, hatte sein Kollege Gerland immer gesagt. »Dann hast du Platz für das Wesentliche.« Schlauer Spruch, aber was der Kram und was das Wesentliche war, wusste man leider immer erst hinterher.

Unvermittelt bog der Breitschultrige in eine schmale Gasse ab, die von ausrangierten Containern gebildet wurde. Am Ende der Gasse eine Tür zu einem kleinen Behelfsbau. Der Mann stieß die Tür auf, Radegast folgte ihm. Im Innern empfing sie der Geruch von Putzmitteln und Schweiß, der bei Radegast sofort Erinnerungen an die Sporthalle auf dem Gelände der Landespolizeischule wachrief. Größtenteils positive Erinnerungen.

Der Breitschultrige öffnete die nächste Tür. Sie führte zu einem kleinen, fensterlosen Raum, in dessen Mitte ein Mann in Socken und Boxershorts stand, der gerade eine blaue Uniformhose auf einen Kleiderbügel zog. »He, wie wär's mit anklopfen?«, fuhr der mit den Boxershorts herum.

»Gut, dass du noch da bist«, sagte der Breitschultrige. »Hier ist ein Kommissar, der sich für dich interessiert.«

»Für mich? Wieso?«

Der Breitschultrige ging ohne ein weiteres Wort, offenbar hatte er auch einen Faible fürs Wesentliche.

Der Kommissar streckte dem anderen die Hand hin. »Radegast, Kripo Stralsund.«

»Mehnert. Kann ich mich erst mal fertig anziehen?«

»Klar«, sagte Radegast, redete aber sofort weiter. »Sie hatten gestern Mittag Dienst in der Abfertigungshalle. Und Ihre Kollegen sagen, dass es da einen Zwischenfall mit einem Passagier gab?«

Mehnert knöpfte seine Jeans zu: »Zwischenfall? Nee. Bei mir nicht.«

Radegast zog das Ausweisfoto von Gösta Lindblad aus der Tasche, das ihm die Kollegen aus Malmö gemailt hatten. »Erkennen Sie diesen Mann trotzdem?«

Mehnert warf einen Blick auf das Bild und grinste. »Ach der. Ja, der war ganz schön hacke. Aber nett drauf. Es gibt ja so'ne Betrunkenen und solche. Der war fröhlich. Hat gesungen. Ich habe ihn nur gebeten, die anderen Reisenden nicht zu belästigen.«

»Und dann?«

»Dann hat er sich entschuldigt, hat mir einen Kuss gegeben und ist abgehauen. – Hat er was angestellt?«

»Kann man so sagen«, erklärte Radegast, »er hat sich erschießen lassen. Den Täter suchen wir.«

»Scheiße«, sagte Mehnert. »Der war das? Ich habe es vorhin in der Zeitung gelesen.«

»Darum wäre es wichtig zu wissen, wohin er von hier aus verschwunden ist.«

»Irgendein Typ hat ihn zusammengeschissen. Auf Schwedisch. Dann kamen zwei Kumpels, die haben ihn schließlich in ein Taxi verfrachtet.«

»Das ist doch schon mal was«, sagte Radegast. »Können Sie sich an das Kennzeichen erinnern?«

»Nein«, sagte Mehnert, »aber es war die Taxe von Thorsten Gramzow. Mit dem war ich früher mal in einer Mannschaft. Im Verein. Fußball.«

Plötzlich war er wieder ganz deutlich, dieser Sporthallengeruch. Und Radegast hatte ein weiteres positives Erlebnis, das er damit verbinden konnte.

Während er den Container-Friedhof verließ und zurück zu seinem Wagen ging, tippte Radegast eine Nummer in sein Smartphone.

Kurz darauf hörte er eine vertraute Stimme, etwas burschikos, aber nicht unfreundlich. »Fabian? Das ging jetzt aber echt schnell, dass du dich meldest.«

»Na ja«, sagte Radegast, »du kennst mich doch. Bevor erst wieder was anderes dazwischenkommt.« Er musste lächeln. Zum einen, weil seine Finger ihre alte Mobilnummer eingegeben hatten, ohne dass er groß in seinem Gedächtnis hatte kramen müssen. So viel zum Wesentlichen. Und zum anderen, weil sein Gegenüber ihn offenbar auch immer noch in ihrem Smartphone gespeichert hatte.

»Denn leg mal los!«, sagte Maike Boysen. »Hast du vorhin was vergessen?«

»Ja. Ich würde gerne etwas mit dir bereden. Was hältst du von unserem Lieblingsrestaurant? Heute Abend um acht?«

Maike Boysen zögerte.

»Wenn dir das zu spät wird, können wir auch früher …«

»Nein«, sagte sie, »acht ist okay. Ich freu mich, dich zu sehen. Aber ist das jetzt beruflich oder privat?«

Weil es Radegast um die Strelasund Classics ging und er sie nicht anlügen wollte, sagte er nur: »Dann bis um acht. Tschüss!«

Er hatte sein Auto erreicht. Aber anstatt einzusteigen, rief er Hella Binder an und ließ sich von der Kollegin eine Nummer heraussuchen.

ZWEIUNDZWANZIG

Thorsten Gramzow kurvte in Bergen mit seiner Taxe über den Parkplatz des SB-Getränkemarktes. ›Wer zum Henker stellt hier eigentlich alles seine Karre ab? Die können doch unmöglich alle in dem Laden sein.‹ Gramzow peilte die letzte Reihe an, als ein Anruf kam. Er nahm ihn über die Freisprechanlage an. »Ja?«

»Herr Gramzow? Radegast, Kripo Stralsund.«

Gramzow hatte plötzlich einen trockenen Mund, es fühlte sich an, als würde die Zunge an den Zähnen kleben bleiben. Entsprechend zögernd kam seine Antwort. »Moin! Worum geht's denn? Ich habe Ihnen doch alles erzählt, was ich weiß.«

»Sagen Sie. Ich habe aber noch Fragen. Deshalb müssen wir uns noch mal unterhalten.«

Gramzow schwieg und überlegte. Plötzlich erspähte er eine Parklücke in der vorletzten Reihe. War die gerade frei geworden? Oder hatte er sie eben übersehen?

»Hallo?«, meldete sich Radegast. »Sind Sie noch da?«

»Ja, mein Telefon spinnt manchmal. Sorry!«

»Ich möchte Sie also bitten, bei uns vorbeizukommen!«

»Okay«, sagte Gramzow, um Zeit zu gewinnen. »Ich habe nur gerade eine Tour.« Er wusste, dass das nicht reichen würde. »Nach Güstrow.«

»Gratuliere«, hörte er den Kommissar sagen. »Das lohnt dann doch wirklich mal.«

Gramzow wusste, dass das nur so dahingesagt war. Er kam zu der freien Parklücke, fuhr aber daran vorbei, um Radegast nicht misstrauisch zu machen. Der würde hören, wenn er einparkt. Und auf dem Weg nach Güstrow parkt man normalerweise nicht.

»Dann halten Sie doch der Einfachheit halber auf dem Rückweg von Güstrow bei uns an«, setzte Radegast nach. »Ich bin bis 18.30 Uhr hier. Falls Sie das aus irgendwelchen Gründen nicht schaffen sollten, steht morgen früh ein Auto von uns vor ihrer Tür, das Sie dann auf jeden Fall herbringt.«

»Nee, nee, bis 18.30 Uhr schaffe ich das schon.«

»Also. Bis dann«, sagte Radegast und hatte aufgelegt, bevor Gramzow noch irgendwas sagen konnte.

Gramzow stoppte seine Taxe, um zu wenden und zu dem freien Parkplatz zurückzukehren. Als er quer auf der Fahrbahn stand, sah er einen Mini, der schwungvoll seine Lücke in Besitz nahm. Gramzow fluchte.

DREIUNDZWANZIG

Es rumpelte und ruckelte, in der Nase und auf der Zunge machte sich ein schwefelig-metallischer Geschmack breit. Reinhard Steiner schloss die Augen und fühlte sich in seine frühe Kindheit zurückversetzt. Genau wie damals, als er mit seiner Mutter im Bummelzug von Hanau nach Frankfurt fuhr, um an der Zeil einzukaufen. Steiner schärfte sein Gehör. Nur manchmal konnte er von weiter vorne das Keuchen der Dampflok hören. Das Rattern der Räder und die Stimmen der Mitreisenden drängten sich immer wieder in den Vordergrund. Einsilbig und missmutig, ganz genau wie damals, als er ein Kind war.

Steiner schüttelte den Kopf und öffnete die Augen wieder. Zugegeben, die Idee dieser Eventmanagerin war so schräg, dass sie ihm schon wieder gefiel. Die Strelasund Classics waren geplatzt, nachdem man fast die Hälfte der Teilnehmer-Fahrzeuge gestohlen hatte. Und dieses Mädchen hat keine andere Idee, als den Geschädigten eine Sonderfahrt mit dem Rasenden Roland zu spendieren. Wer alte Autos mag, muss auch Dampfloks und Schmalspurbahnen lieben. Von Binz über Putbus nach Lauterbach.

Und da saßen nun diese bedauernswerten Diebstahlopfer auf harten Holzbänken, unschlüssig, ob sie noch ein bisschen trauern und klagen mussten, oder ob sie die Fühler besser sofort nach einem Nachfolgefahrzeug ausstrecken sollten? Schöner, besser, spektakulärer natürlich, als das gerade entwendete. Wozu war man denn versichert? Zeig mir einen

Sammler, der nicht schon dem nächsten Wunschobjekt entgegenfiebert.

Aber im Unterschied zu fast allen anderen hier war Steiner nie ein Sammler gewesen. Museen hatten ihn immer gelangweilt. Steiner hatte seine Autos immer mit Bedacht gekauft, nie um sie nur zu haben, sondern immer, um sie zu fühlen und zu fahren. Nur so hatten sie für ihn selbst den Reiz des Besonderen behalten.

Kurz vor der Jahrtausendwende war es im Speditions-

gewerbe zu weitreichenden Veränderungen gekommen. Osteuropäische Firmen und Fahrer waren in einen bis dahin festgefügten Markt gedrängt, hatten Preise und Bedingungen angeboten, mit denen hierzulande niemand konkurrieren konnte. Steiners Kämpferinstinkt wäre damals gefragt gewesen, aber er hatte tatenlos zugesehen, wie um ihn herum eine Spedition nach der anderen in die Knie ging. Angestellte, Freunde, Kollegen hatten ihn gewarnt, er sollte verkaufen, solange noch Zeit sei, seine Spedition verliere täglich an Wert. Anni, die nächtelang über Büchern und Finanzplänen saß, war zum gleichen Ergebnis gekommen. Aber Steiner hatte abgewartet und sie alle zappeln lassen. Denn unter der Hand hatte er längst das Geschäft seines Lebens eingefädelt. Seine Spedition war nicht mehr konkurrenzfähig. Aber das riesige Grundstück, das direkt an den Frachtbereich des Frankfurter Flughafens grenzte, war selbst für Global Player interessant. Nach kurzen, zügigen Verhandlungen hatte Steiner sein Unternehmen an einen von ihnen verkauft. Und war auf einen Schlag reich gewesen. Das Geld, das er bekam, hätte er bei einigermaßen vernünftiger Lebensweise niemals ausgeben können.

Aber Steiner wusste seit Langem, dass ihm das Geld egal war, dass ihn außer dem Speditionsgeschäft, den alten Autos und seiner Familie nie etwas wirklich interessiert hatte. Weil Anni, ein paar Jahre älter als er, inzwischen bedauerlicherweise auf eine Altersdemenz zusteuerte, waren ihm nur noch die Autos geblieben. Eine Zeit lang hatte Steiner ziemlich wahllos gekauft, was ihm gerade gefiel. Amerikanische Achtzylinder, handgefertigte englische Vorkriegs-Roadster, überzüchtete italienische Renner. Seinem alten Grundsatz, die Wagen auch regelmäßig zu fahren, war er treu geblieben. Und er hatte eine weitere Regel aufgestellt, nach der er nie mehr als fünf historische Fahrzeuge gleichzeitig besitzen wollte. Bevor er eine Neuerwerbung machen konnte, musste er jeweils einen Wagen aus seinem Bestand veräußern.

Daran hielt er sich bis heute. Für einen Mercedes 600 Pullmann, der einst zum Fuhrpark der Bonner Regierung gehört hatte, trennte Steiner sich von einem Aston Martin DB5. Er hatte das Auto fast zehn Jahre in seinem Besitz gehabt und so war es ihm nicht leicht gefallen, es über einen Auktionator anzubieten. Umso größer seine Verwunderung, als der Aston Martin, für den er damals knapp siebzigtausend Euro bezahlt hatte, fast das Doppelte dieses Preises erbrachte. Eine ansehnliche Rendite, die er mit dem Wagen erzielt hatte, ohne es darauf abgesehen zu haben.

Diese Erfahrung hatte Steiners Beziehung zu seinen historischen Fahrzeugen noch einmal grundlegend verändert. Der Mann, der nie ein Sammler gewesen war, wurde zum Jäger. Ihn interessierte nur noch das Besondere und er trennte sich dafür leichten Herzens von allem, was Massengeschmack und Serienproduktion war. Sein Hauptbetätigungsfeld waren nun nicht mehr die Automobil-Messen und internationalen Auktionen, sondern Bibliotheken und Zeitungsarchive. In wochenlanger Recherche fand Steiner Beweise dafür, dass in dem Mercedes 600 Pullmann, den er für den Aston Martin erworben hatte, die Britische Königin im Mai 1965 auf ihrem Staatsbesuch durch Stuttgart chauffiert worden war. Der Wagen bekam dadurch eine Aura, die durch nichts zu übertreffen war.

Von nun an schlug Steiner einen neuen Weg ein. Nicht die Automodelle standen für ihn im Vordergrund, sondern

ihre Besitzer. Wenn irgendwo eine Figur der Zeitgeschichte in Verbindung mit einem Auto erwähnt wurde, machte Steiner sich auf die Suche nach diesem Fahrzeug. So kaufte er das schwarze Ford Thunderbird Cabrio von 1956, mit dem Arthur Miller und Marilyn Monroe in ihre Flitterwochen aufgebrochen waren. Und so fand er in Argentinien das Prunkstück seiner Sammlung, den silbernen Mercedes 300 SL Flügeltürer, den Clark Gable 1955 bei Mercedes Benz of Hollywood erworben hatte.

Steiners Gedanken kehrten zum Autodiebstahl zurück. Er musterte seine geschwätzigen Mitreisenden in der rumpelnden Schmalspurbahn und stellte fest: der Einzige, der hier wirklich geschädigt war, war er. Gut, die Versicherung würde ihm etwa sechseinhalb Millionen überweisen. Aber die konnten ihm seinen Wagen ja nicht ersetzen. Der 300 SL, den Clark Gable besessen hatte, existierte kein zweites Mal. Und über dem legendären Flügeltürer von 1958 gab es nichts mehr. Für ihn persönlich jedenfalls nicht. Steiner wunderte sich etwas, dass er keine Spur von Trauer über den Verlust des Wagens empfand. Nicht einmal Wut. Alles, was er spürte, war ein Anflug von Ärger. Ärger, dass er selbst einen Fehler gemacht hatte. Wie damals, als er Marilyns schwarzen Thunderbird beim Rangieren in seiner Garage beschädigt hatte.

Die Verbindungstür zum vorletzten Wagon wurde aufgerissen und ließ frische Schwefeldämpfe herein. Durch sie hindurch marschierte Evelyn Lamberti, hochaufgerichtet, das Handy am Ohr, Geschwindschritt. Der Herr Architekt Lamberti hinterdrein, das Musterexemplar eines folgsamen Ehemanns. Die beiden durchschritten den Wagon, um dann in Steiners Rücken die Tür zur hinteren Plattform zu öffnen. Steiner hörte, wie die Tür wieder geschlossen wurde. Offenbar hatten sie ein Telefonat zu führen, bei dem sie keine Ohrenzeugen haben wollten. Er respektierte das, war ja selbst oft genug in so einer Situation gewcsen. Er wartete noch eine halbe Minute, bevor er aufstand und zur Tür ging, die auf die hintere Plattform führte. Niemand nahm Notiz von ihm.

Durch das kleine Fenster konnte er sehen, dass Evelyn Lamberti immer noch telefonierte. Sei's drum, sie hatte ihre Chance gehabt. Mit einem Ruck riss Steiner die Tür auf und trat nach Draußen. Die beiden Lambertis fuhren auseinander, Paul Lamberti hielt sich an der Eisenkette fest, die verhindern sollte, dass jemand vom Zug fiel. Reinhard Steiner schloss hinter seinem Rücken die Tür zum Abteil und blieb so stehen, dass sein breiter Rücken das kleine Fenster komplett versperrte.

Evelyn Lamberti begrüßte ihn mit einem ironisch-überheblichen Lächeln. »Herr Steiner …?«

Steiner hatte sich ursprünglich eine nette kleine Rede zurechtgelegt. Wie er aus zuverlässiger Quelle wisse, dass Lambertis Lightweight mitnichten zur Reparatur in Flensburg sei, dass sie den wertvollen Wagen nur nicht dem Risiko eines Diebstahls aussetzen wollten, dass sie also wenigstens Mitwisser, wenn nicht Drahtzieher, des großen Autoklaus wären. Und dass er aus purem Zufall in der letzten Nacht um 2.15 Uhr wach wurde, um zu sehen, wie die verehrte Frau Lamberti in ihrer dunklen Steppjacke zurück ins Hotel geeilt sei. Ihn interessiere es nicht, wo sie gewesen wäre, die ermittelnden Polizeibeamten vermutlich allerdings schon.

Aber als Reinhard Steiner das Ehepaar Lamberti am Ende der Schmalspurbahn sah, wie sie da standen, erbärmlich wie zwei unglückliche Rabenvögel, wurde ihm schlagartig klar, dass er sich die Rede sparen konnte. Die beiden wussten, dass er sie durchschaute hatte.

»Ich will meinen Wagen wiederhaben«, sagte er eiskalt. »Und ihr gebt ihn mir zurück!«

Das Ehepaar antwortete nicht, wechselte einen verunsicherten Blick.

»Das ist Ihre einzige Chance. Eine zweite gibt es nicht. Haben Sie mich verstanden?«

Hatte Paul Lamberti gerade tatsächlich genickt, fragte sich Steiner, oder war das nur das Schütteln des altmodischen Eisenbahnwagens gewesen? Steiner konnte es nicht sagen. Aber es war ihm auch völlig egal.

»Ich gebe Ihnen vierundzwanzig Stunden. Falls ich meinen 300 SL bis dahin nicht zurückhabe …« Steiner drehte sich um und ging in den Waggon zurück. Er hatte getan, was er tun musste. Sein Ärger war verschwunden. Gleichmut durchströmte ihn.

VIERUNDZWANZIG

Fabian Radegast lehnte sich in seinem Bürostuhl zurück, um dem Blitzen und Glitzern zu entgehen, das aus der rechten Fensterecke seines Büros kam. Dort hing ein strass- und paillettenbesetztes Tanzkleid und entfaltete bei jedem Luftzug, der durch die gekippten Fenster kam, einen Sonnensturm aus intergalaktischen Farbkombinationen. Annekathrin Struve, Eigentümerin dieses Kleides, lehnte Radegast gegenüber an der Fensterbank und referierte ihre Erkenntnisse im Fall der gestohlenen Oldtimer. Von Plessen saß kerzengerade auf einem der Besucherstühle und machte sich Notizen. Wieder kam ein Sonnensturm aus der Fensterecke und Radegast lehnte sich noch weiter zurück. Sein Bürostuhl ächzte und Annekathrin unterbrach ihre Ausführungen mit einem besorgten Stirnrunzeln. »Ist was, Fabian? Bist du anderer Ansicht?«

»Nein. Ich bin ganz bei dir. Mach weiter!«

Struve zuckte mit den Schultern und fuhr in ihrer leicht schleppenden Sprechweise fort, dass die weiteren Befragungen von Hotelgästen und Anwohnern wenig Verwertbares ergeben hätten. »Verschiedene Leute wollen Motorengeräusche gehört haben, allerdings zu unterschiedlichen Zeiten. Und der Manager einer Familienpension auf der gegenüberliegenden Straßenseite hatte eine Serie von vier bis fünf Schüssen zu Protokoll gegeben.«

»Schüsse …?«, fragte Radegast

»Ich vermute, dass es sich um Fehlzündungen gehandelt haben dürfte.«

Radegast beobachtete seine Kollegin und fragte sich nicht zum ersten Mal, wie es ihr möglich war, sich aus einem vorpommerschen Landei mit einer Vorliebe für Pippi-Langstrumpf-Outfits in eine rassige Turniertänzerin im blauen Paillettenkleidchen und Preisträgerin in der Sektion Lateinamerikanisch zu verwandeln. Und wieder zurück. Eigentlich ein Ding der Unmöglichkeit.

Erneut blitzte und funkelte es aus der Fensterecke. Radegast wusste, dass er sich nicht noch weiter zurücklehnen durfte. Das Balancegefühl eines Seglers. Also stand er auf.

Struve unterbrach ihre Ausführungen und sah ihn erstaunt an.

Radegast konnte sie schlecht bitten, ihr Flitterkostüm wegzuhängen. Es gab ja auch Wichtigeres. Er dehnte sich, als hätte er es mit der Bandscheibe und stellte sich dann neben Struve, Rücken zum Fenster. Jetzt saß von Plessen auf dem Besucherstuhl vor ihnen wie ein armer Sünder. Alle schwiegen.

»Ja«, sagte Radegast schließlich. »Danke erst mal, Annekathrin! Wenn wir im Augenblick weiter nichts haben …«

»Doch«, meldete sich von Plessen, »ich habe noch was.« Ohne seinen Besucherstuhl zu verlassen, griff der junge Kommissar mit einem Arm nach hinten und zog einen Papierstapel von seinem Schreibtisch. Erst dann stand er auf, um Radegast die Papiere zu geben. »Das sind Fotos und Steckbriefe der gestohlenen Oldtimer. Wenn sich was geändert hat, Lackierung oder Kennzeichen zum Beispiel, ist das da unten vermerkt.«

Annekathrin Struve nahm Fabian Radegast den Stapel umstandslos ab. »Hey, super. Gut gemacht! Wie bist du denn so schnell da rangekommen?«

»Kollegin Binder hat sie mir gegeben.«

Radegast fragte sich manchmal, ob von Plessen wirklich so naiv war, wie er tat. Oder ob das eine besondere Spielart seines aristokratischen Understatements war. So auf die britische Tour.

Bevor er sich darüber klar war, erschien Hella Binders Kopf im Türspalt. »Ich muss euch mal stören«, sagte sie.

»Nur zu«, sagte Radegast. »Und danke für die Autos.«

»Ja, große Klasse«, ergänzte Struve. »Das hilft mir enorm weiter.«

Hella Binder schoss ein schnelles Lächeln durch den Raum.
Dann blickte sie Radegast an. »Draußen ist ein Gramzow, dieser Taxifahrer, den du noch mal befragen wolltest. Soll ich ihn ins Vernehmungszimmer …?«

»Nein«, sagte Radegast. »Wir sind hier so weit fertig, oder?«

Annekathrin Struve nickte und drehte sich zu von Plessen um. »Komm, wir spielen jetzt mal Auto-Quartett!«

»Autoquartett? Was darf ich mir denn darunter vorstellen?«, sagte der junge Kommissar, während er Struve ins Nebenzimmer folgte und die Tür hinter sich schloss.

›Also doch Naivität und Unwissenheit‹, sagte sich Radegast.

»Der Junge lebt in seiner eigenen Welt«, erklärte Binder, als hätte sie Radegasts Gedanken erraten. »Ich schicke dir Herrn Gramzow rein.«

Radegast nickte. Dann fiel sein Blick auf das blaue Paillettenkleid. Das musste da weg! Jetzt! Sofort!

FÜNFUNDZWANZIG

›Sie können dir doch überhaupt nichts‹, hatte sich Thorsten Gramzow den ganzen Vormittag über eingeschärft. Eigentlich wollte er erst so kurz vor 18.00 Uhr auf dem Präsidium erscheinen, aber dann hatte er gemerkt, dass er den Tag nicht richtig genießen konnte. Wie wenn du fernsehen

willst und nebenan die Klospülung klemmt … Irgendwann stehst du dann doch auf und reparierst es. Also soll man's besser gleich machen. Deswegen also jetzt. ›Sie können dir nichts.‹ Mit diesem Gedanken betrat Gramzow das Dienstzimmer des Kommissars. Und sah, wie der Bulle hastig versuchte, einen blauen Fummel hinter einem Schrank zu verstecken. Gramzow wollte es nicht glauben: der Kommissar eine Drag Queen? Andererseits, wie er jetzt mit einem gekünstelten Lächeln auf ihn zukam, das hatte schon fast was Tuntiges, oder? Der kräftige Händedruck ließ Gramzow dann wieder zweifeln. Aber vielleicht war dieser Herr Radegast ja früher mal eine Frau Radegast gewesen, also jetzt eine Transe? Umgekehrt wie die scharfe Viola von der Tankstelle in Putbus.

Radegasts Angebot, sich zu setzen, riss Gramzow aus seinen Überlegungen. Er nahm auf einem Besucherstuhl Platz und konnte immer noch einen blauen Zipfel hinter dem Schrank sehen.

»Schön, dass Sie doch eher vorbeikommen konnten. Dann haben wir es hinter uns«, sagte Radegast und blätterte in einem grünen Hefter, den er zielstrebig von einem Stapel auf seinem Schreibtisch genommen hatte.

»Eben«, nickte Gramzow. Und in seinem Kopf wiederholte er: ›Sie können dir nichts. Gar nichts.‹

Der Kommissar legte den Ordner weg und schaute Gramzow mit ernster Miene aus zusammengekniffenen Augen an. »Es geht noch mal um den Mann, den Sie an der Tankstelle in Putbus abgesetzt haben. Uns fehlen immer noch einige Gegenstände aus seinem Besitz. Seine Geldbörse mit EC-Karte, das Handy und vermutlich auch eine Jacke oder ein Sakko. Haben Sie irgendetwas von diesen Dingen bei ihm gesehen?«

»Ich bin mir nicht sicher«, sagte Gramzow und versuchte, sich zu konzentrieren. »Es war ja dunkel. Aber eine Jacke hatte er nicht. Ein Handy habe ich nicht gesehen. Und eine Geldbörse auch nicht.«

»Ganz sicher?«

Gramzow nickte. ›Sie können dir nichts.‹

»Aber er hat Sie bezahlt, oder etwa nicht?«

›Verdammt!‹, dachte Gramzow und sagte dann: »Stimmt. Er könnte eine Geldbörse gehabt haben. Aber ich habe sie nicht gesehen. Er hat mir nur den Schein hingehalten. Dann ist er ausgestiegen.«

»Und das war an der Tankstelle in Putbus, am frühen Montag, irgendwann zwischen 0.00 und 1.00 Uhr?«

»Richtig.«

»Dann frage ich mich, warum weder der Herr Woernle, noch Sie, noch Ihre Taxe auf den Überwachungsbändern der Tankstelle zu sehen sind.«

Gramzow schluckte, fing sich aber schnell. »Weil der das so wollte. Ich sollte an der Tankstelle halten, aber gleich vorne an der Straße, wo die Überwachungskameras nicht hinkommen. Und das habe ich genauso gemacht, wie er's gesagt hat. Hatte ja keine Ahnung …«

Plötzlich wurde der Ton des Kommissars deutlich leiser und nahm etwas unangenehm Scharfes an. »Versuchen Sie nicht, mich zu verarschen, Gramzow! Ich warne Sie.«

»Mach ich doch gar nicht. Ehrlich!« Gramzow hörte selbst, wie hosenscheißermäßig das jetzt wieder klang. Er sah, wie der Kommissar aufstand und an den anderen, unbesetzten Schreibtisch trat, um dort etwas zu suchen. Der Taxifahrer fragte sich, ob das Verhör damit beendet sei, traute sich aber nicht, einfach so aufzustehen. Er schielte zu dem blauen Kleiderzipfel rüber und versuchte, sich den Mann vor ihm darin vorzustellen. Aber es gelang ihm nicht. Dieser Radegast war definitiv keine Transe, der war wahrscheinlich auch nicht schwul. Wozu aber dann das Fummelkleid? Plötzlich hatte Gramzow die Erklärung. Das war ein Beweisstück, das Kleid, das eine junge Frau getragen hatte, als man ihr in den Kopf schoss. Er sah es fast vor sich und plötzlich wurde aus dem Mädchen im blauen Kleid ein fröhlicher, dicklicher Schwede, der Abba liebte.

»Sie waren gestern Morgen mit Ihrer Taxe an der Schwedenfähre«, hörte Gramzow Radegast sagen, während der mit einem anderen grünen Hefter zu seinem Schreibtisch zurückkehrte.

»Ja«, sagte Gramzow und in seinem Kopf begann es zu arbeiten. – ›Scheiße, Scheiße, Scheiße.‹ – »Gehört zu meinem Job«, schob er nach. »Öffentlicher Personennahverkehr.«

Die Fragen des Kommissars kamen jetzt in Serie: Fahrgäste? Wie viele? Männlich, weiblich, Nationalität? Wohin gefahren? Und zu Gramzows eigenem Erstaunen, gelang es ihm, bei diesem schnellen Hin und Her eine ziemlich stimmige Geschichte zu basteln. Am Fähranleger seien vier männliche Schweden, alle so Mitte dreißig, in sein Taxi gestiegen. Einer von denen sprach etwas Deutsch. Sie wollten zum Hafen von Sassnitz, eine Tour zu den Kreidefelsen machen.

Radegast hatte mit gesenktem Kopf zugehört. Als Gramzow fertig war, schaute er ihn nicht unfreundlich an. Und ohne dass der es eigentlich wollte, redete Gramzow weiter. Einer der Schweden sei ziemlich angetrunken gewesen, aber nett, habe die ganze Zeit Abba-Songs gesungen. Gramzow merkte, wie er plötzlich einen Kloß im Hals hatte.

Zum Glück lenkte der Kommissar das Gespräch auf ein anderes Thema. »Was können Sie mir über den dunklen Kleinbus sagen, der mit Ihnen auf das Fährhafengelände gefahren ist?«

»Welcher Kleinbus?«

»Ein Vito, hat direkt hinter Ihrer Taxe gestanden.«

Gramzow zuckte mit den Achseln. »Ist mir jetzt gar nicht so aufgefallen. Da waren 'ne Menge Autos …«

»Lassen wir das. Besitzen Sie eine Schusswaffe?«

»Was …?«

»Eine Pistole … Oder einen Revolver?«

»Um Gottes willen, nein!«

Die Frage konnte Gramzow getrost verneinen. Ohne schlechtes Gewissen.

SECHSUNDZWANZIG

Fabian Radegast verließ das Dienstgebäude und wunderte sich über sich selbst. Das unerwartete Wiedersehen mit Maike Boysen in der Tiefgarage hatte ihn den ganzen Tag über immer wieder beschäftigt. ›Sei ehrlich‹, ermahnte er sich, als er bergauf zum Neuen Markt ging, ›nicht das Wiedersehen, sondern Maike selbst.‹ Er hatte sich erinnert, dass es mit ihr eine Menge Gemeinsamkeiten gegeben hatte. Vor Lis. Andere Gemeinsamkeiten. Jetzt fragte er sich, ob Maike eventuell von Lis wusste. Aber, wie sollte sie? Nur wenige Menschen hier kannten die Geschichte, und die rechnete er alle zu seinen engsten Freunden. Wie zum Beispiel Ole. Und Laura. Seine Freunde neigten definitiv nicht zum Tratschen. Schön, eigentlich wäre Maike auch eine Freundin. Trotzdem würde er ihr nichts von Lis erzählen. Schon, um nicht den Anschein zu erwecken, auf ihr Mitgefühl aus zu sein.

Radegast hatte sich beeilt, um vor Maike in der Osteria del Oca zu sein. Das Restaurant lag direkt am Neuen Markt, bot vorzügliche italienische Hausmannskost und hatte hinter dem Haus ein schönes Gartenlokal. Die Chefin begrüßte ihn erfreut. Radegast war zwar kein Stammgast, aber er war in den letzten Monaten zwei- oder dreimal hier gewesen, mit Ole, Laura und Jana. Seine Mitteilung, er würde noch eine Dame erwarten, quittierte Monica mit einem Lächeln. »Vielleicht Maike?«

»Wie kommst du darauf?«

»Weil sie heute Nachmittag einen Tisch für zwei Personen reserviert hat.«

»Und ich hatte schon Angst, du kannst hellsehen, Monica.«

»Du solltest dich nicht darauf verlassen, dass ich das nicht kann!«

Monica führte ihn in das Gartenlokal an einen Tisch, der für zwei Personen gedeckt war. Er mochte den schlichten Stil der Osteria. Holzstühle, schlichte Tischdecken, Stoffservietten. Kein Schnickschnack und keine aufdringliche Bedienung. Zusammen mit ihrem Mann Remo umsorgte Monica jeden Gast auf ihre Art, etwas rustikal, aber niemals unpersönlich. Das Restaurant war gut besucht, ein Glück, dass Maike im Garten reserviert hatte. Es war ihr gemeinsames Lokal gewesen. Damals, bevor er nach Cuxhaven gegangen war.

Maike und er waren fast drei Jahre zusammen gewesen. ›Eine wirklich gute Zeit‹, dachte Radegast. Kurz nachdem sie sich kennengelernt hatten, war sie zwanzig geworden. Beide am Anfang ihrer Ausbildung. Und beide mit Segelbooten groß geworden. Das hatte vielleicht sogar den Ausschlag gegeben. Irgendwann musste Maike dann zu ihrem Aufbaustudium nach Würzburg, während der Polizeidienst ihn in verschiedene Städte Norddeutschlands geführt hatte. Wie es so geht: neue Aufgaben, andere Interessen, neue Bekannte, Freunde, Freundinnen. Sie hatten sich trotzdem, so oft es ging, getroffen. Und waren gesegelt. Dann waren sie irgendwann übereingekommen, ihre Freundschaft lockerer anzugehen, sich Freiräume zu lassen. Hatte er den Vorschlag damals gemacht? Er wusste es nicht mehr. Aber das war der Anfang vom Ende gewesen. Das war ihm seinerzeit natürlich nicht klar. Sonst hätte er sich anders entschieden. Oder nicht? Dann wäre er nicht bereit für Lis gewesen. Letzten Endes ließ sich so etwas überhaupt nicht sagen.

Inzwischen war Radegast seit fünf Jahren wieder in Stralsund, Maike seit knapp zwei Jahren. Nach dem Studium hatte sie die Kurverwaltung von Bad Dürkheim geleitet. Im vergangenen Sommer waren sie sich zufällig über den Weg gelaufen. Er war in Begleitung von Annekathrin Struve gewesen und Maike hatte sie wohl für seine aktuelle Freundin, Lebensgefährtin oder was auch immer gehalten. Jedenfalls hatte er

das aus ihrem Blick und ihrer kühlen Begrüßung geschlossen. Ganz anders als heute Morgen in der Tiefgarage. Vielleicht lag das auch daran, dass Maike Annekathrin jetzt als Polizeibeamtin und als seine Kollegin identifiziert hatte. Radegast war immer wieder erstaunt, wie logisch und kompliziert zugleich weibliche Gedankengänge sein konnten. Aber dieser Punkt war nun immerhin geklärt.

Maike kam durchs Lokal und steuerte auf seinen Tisch zu. Radegast spürte, wie ihn sein eigenes Lächeln überflutete. Sie sah blendend aus. Weißer Hosenanzug, türkisfarbene Bluse, die mit ihren hellbraunen Haaren harmonierte. Eine wirklich attraktive Frau. Radegast stand auf und sie umarmten sich. Monica ließ ihnen Zeit. Als sie dann an den Tisch kam, um die Bestellung aufzunehmen, stellte sich heraus, dass auch Maike wiederholt in der Osteria gegessen hatte. ›Allein‹, fragte sich Radegast im Stillen, ›oder in Begleitung?‹

Während Monica sich entfernte, erzählte Maike Boysen, dass sie sich kürzlich ein paar Mal mit Laura Henning getroffen hatte, einmal waren sie sogar spontan Kaffeetrinken gegangen. Sie wisse also, dass er jetzt ein Haus in Altefähr hätte. Für einen kurzen Moment war Radegast irritiert: Warum hatte

Laura ihm nichts davon gesagt? Aber die Antwort lag auf der Hand. Seine Freunde neigten nicht zum Tratschen.

Ohne in die Karte zu schauen, hatten sie sich auf die Pasta mista per due persone geeinigt, ihr Lieblingsgericht aus vergangenen Tagen. Beim Essen brachte Radegast das Gespräch behutsam auf die Oldtimerrallye. Maike war verständlicherweise unglücklich und ziemlich frustriert. Er versuchte sie zu trösten. Im nächsten Jahr werde es bestimmt alles besser klappen.

Maike winkte ab. »Ich glaube kaum, dass die Lambertis noch einmal mit mir zusammenarbeiten.«

»Wieso? Ich dachte, du bist die Veranstalterin?«

»Schon. Aber Paul und Evelyn Lamberti waren mir bei der Organisation sehr behilflich. Mehr als das. Ohne sie hätte es die Rallye niemals gegeben. Sie haben mir alle ihre Kontakte zur Verfügung gestellt. Zu einigen Sponsoren, zu ihrer Oldtimer-Szene. Ich kannte da doch kaum jemanden.«

»Das nenne ich großzügig.«

»Ja. Ich wollte ihnen ein Beraterhonorar zahlen, aber das haben sie abgelehnt. Umso enttäuschter sind sie jetzt.«

»Sie können dich kaum für den Diebstahl der Fahrzeuge verantwortlich machen.«

»Nein. Aber ich habe das Vier Jahreszeiten ausgesucht. Und das Schlosshotel Ranzow.«

»… und da hast du dann eigenhändig das Stromkabel zerstört«, lächelte Radegast.

»So ungefähr«, lachte Maike Boysen. »Jedenfalls wollte Frau Lamberti mir das mehr oder weniger unterstellen.«

»Seit wann kennst du die beiden denn? Wie habt ihr euch kennengelernt?«

»Das ist vier Jahre her. Ich habe meine Eltern zu Ostern besucht. Die Lambertis waren auf Rügen, um ein Bauprojekt zu besprechen. Eine Ferienanlage mit über neunhundert Betten, die er entworfen hatte. In der Nähe von Schaprode, auf dem Gebiet der alten Schwedenschanze.«

»Und? Was ist daraus geworden?«

»Nichts. Sie kriegten sofort Gegenwind. *Sanfter Tourismus mit menschlichem Maß*. Als die UNESCO dann mit dem Entzug der Biosphärenreservatsanerkennung drohte, war die Sa-

che gestorben.

»Wenn ich so eine Pleite erlebt hätte«, sagte Radegast nachdenklich, »würde ich den Ort meiner Niederlage dann noch mit einer Rallye beehren?«

»Rügen ist eben unschlagbar. Und sie lieben die Insel. Das sagen sie jedem, der es hören will. Deswegen hat sich Paul Lamberti hier einfach neue Bauprojekte ausgedacht.«

»Er wirkt nicht wie der klassische Baulöwe.«

»Er ist Architekt. Evelyn Lamberti hat das Bauunternehmen ihres Vaters geerbt. Geldsorgen kennt sie nicht. Ich vermute sogar, dass sie die Arbeit ihres Mannes mehr oder weniger sponsert.« Maike Boysen deutete mit ihrer Gabel auf die Pastaplatte. »Darf ich?« Radegast nickte und sie nahm sich die letzten zwei hausgemachten Ravioli mit Ricotta und Minze. »Finanzielle Sorgen kennen die beiden jedenfalls nicht. Wahrscheinlich haben sie mehr Geld als alle anderen Rallyeteilnehmer. Den Reinhard Steiner mal ausgenommen.«

Radegast studierte die Nudelreste auf der Platte. Reinhard Steiner, der Paul Lamberti am Morgen im Frühstückssaal so lässig provoziert hatte. Warum? Was stand dahinter? Heute Abend ließ sich das nicht mehr beantworten. Die verbliebenen

Tagliatelle mit schwarzem Trüffel und Parmesan lächelten ihn an. Er lächelte zurück. Ganz wie früher. Beim Essen mit Maike hatte er immer die Reste bekommen. Eigentlich eine schöne Tradition, die man fortsetzen sollte. Radegast griff zum Vorlegebesteck und vorbei war es mit der mista per due persone.

Er ließ den Peugeot neben seinem Haus ausrollen. Maike und er hatten drei wirklich nette Stunden verbracht. Am Anfang hatten sie hauptsächlich Informationen über die Rallye und die Oldtimerbesitzer ausgetauscht, später, beim Dessert, war es mehr um Privates gegangen. Mit Maike konnte man einfach gut reden. Das hatte er ganz vergessen gehabt. Deswegen hatte er dann doch von Lis erzählt. Entgegen seinem Vorsatz, und auch nur die Fakten. Wie sie sich auf dem Schießstand kennengelernt hatten. Dass die Hochzeit schon geplant gewesen war. Und wie Lis dann bei einem dämlichen Einsatz im Watt ums Leben gekommen war. Das andere hatte er ausgespart: seine fortdauernden Schuldgefühle, die Tatsache, dass Lis schwanger gewesen war, und die Mischung aus Trauer und Wut, die ihn gelegentlich noch immer überfiel. Nicht, dass er sich deswegen schämte oder irgendwas verheimlichen wollte. Mit Maike konnte er wirklich über alles reden. Aber er hatte plötzlich ein verdächtiges Glitzern in ihren Augen bemerkt. Und wenn es etwas gab, was ihm wirklich zu schaffen machte, dann waren das Tränen. Die eigenen und die anderer.

Radegast stieg aus, schloss sein Auto ab und entdeckte Ole, der auf der Bank vor dem Haus saß und mit seinem Tablet spielte. Als er Radegasts Schritte hörte, schaute Ole hoch und griff nach einer Kühltasche, die neben ihm stand. »Ein kleines Mitbringsel. Für dich«, mit einem breiten Grinsen.

Radegast wurde aus seiner Vergangenheit ins Hier und Jetzt katapultiert. Er spürte, wie sich sein Herzschlag beschleunigte. »Hast du sie dir angesehen? Jetzt sag schon: Wie sieht's aus?«

»Sicher«, sagte Ole und schien Radegasts Neugier auszukosten. »Ich habe mir die Colin Archer gründlich angesehen. Wirklich ein feines Schiff.«

»Aber?«

»Aber trotzdem schade, dass du nicht mitkommen konntest. Ich habe ein paar Fotos für dich gemacht.« Ole tippte auf dem Tablet herum.

»Warte«, sagte Radegast und nahm seine Sachen, »ich bin sofort wieder da!«

»Bring Gläser mit!«, rief Ole ihm nach. »Und Eis, wenn du hast!«

Zwei Minuten später war Radegast wieder draußen, mit Gläsern und dem Eiswürfelcontainer. Oles Präsent aus Dänemark entpuppte sich als eine Flasche goldgelber *Jule Akvavit* eines kleinen Herstellers, der zum vorjährigen Weihnachtsfest in limitierter Auflage produziert worden war. Er schenkte schweigend ein und hob sein Glas. Und aus einem gemeinsamen Gefühl heraus, standen die beiden Männer von der Bank auf. »Ich habe sie angezahlt«, sagte Ole.

»Also dann: auf die Colin Archer!«

»Auf unser zukünftiges Schiff!«

Radegast und Ole nickten sich ernst zu, stießen an und kippten den Aquavit herunter. Er schmeckte ausgezeichnet, nach Kümmel und Rauch. Dann griff Ole nach seinem Tablet und zeigte Radegast die Fotos, die er auf der Werft in Vordingborg von der Jacht gemacht hatte. Insgesamt zweiundneunzig Bilder. Bei jedem gab es etwas zu erläutern, einzuwenden und zu bedenken. Und zwischendurch einen Schluck Aquavit zu nehmen. Aber schon nach der Hälfte der Fotos waren sie sich einig: ein unglaublich schönes Schiff, besser erhalten, als Radegast erwartet hatte, eine Chance, die sich ihnen nur dieses eine Mal bieten würde. Einmal in ihrem ganzen Leben. »Also?«, sagte Radegast und hob sein Glas.

»Achtzigtausend sind eine Menge Geld«, sagte Ole. »Und ein paar Sachen müssten sofort gemacht werden. Der Rest hätte vermutlich Zeit«, er griff ebenfalls wieder nach seinem Glas. »Aber wir wären wirklich zwei riesengroße Hornochsen, wenn wir uns dieses Schiff durch die Lappen gehen ließen.« Lächelnd stießen sie noch mal an, diesmal im Sitzen.

»Und wie geht's jetzt weiter?«, fragte Radegast.

»Wir haben zehn Tage Bedenkzeit«, sagte Ole. »Entweder wir zahlen den Rest. Oder wir kriegen die Anzahlung zurück.«

»Das ist tatsächlich ein sehr fairer Vorschlag«, sagte der Polizist und hatte den Eindruck, dass seine S-Laute etwas schlingerten.

Er wollte aufstehen und sich langsam verabschieden, aber Ole hielt ihn zurück. »Warte! Ich habe noch mehr Fotos.«

SIEBENUNDZWANZIG

Thorsten Gramzow kämpfte gegen den Wind und hätte sich selbst ohrfeigen können. Nach seinem Besuch bei der Polizei war er in einer komischen Stimmung gewesen, irgendwie erleichtert, dass alles glattgegangen war, aber trotzdem total nervös. Wie nach einer neunten Tasse Kaffee, abends um acht.

Er hatte gedacht, dass essen vielleicht helfen würde, und war zu seinem Griechen gegangen. Souflaki. Hatte aber nichts gebracht, außer schwerem Magen. Erst der Ouzo, den es aufs Haus gab, hatte ihn etwas entspannt. Deswegen hatte er noch einen auf eigene Rechnung bestellt und dann noch zwei. Anschließend hatte Gramzow sich etwas benebelt gefühlt, aber immer noch so klar, dass er seine Taxe lieber am Hafen stehen ließ und einen Kollegen suchte, der ihn für einen Freundschaftspreis nach Bergen bringen würde.

Auf dem Weg zum Taxiplatz am Neuen Markt stand dann plötzlich dieses Mountainbike da, an eine Regenrinne gelehnt und nicht angeschlossen. Für Gramzow in seinem dunen Kopf war das ein Wink gewesen: Spar das Taxigeld, mach was für deine Gesundheit! Anfangs tat das Radfahren seinem Kopf auch echt gut. Klare Luft schafft klare Gedanken. Dieses Gefühl hatte ungefähr bis zur Mitte des alten Rügendamms angehalten, und dann hatte Gramzow bemerkt, dass es eine Schnapsidee gewesen war. Das Rad war krumm, viel zu schwer und hatte so was wie werksmäßig eingebauten Gegenwind. Dafür aber kein Licht. Und als Radfahrer ohne Licht bist du in der Dämmerung auf Rügen der letzte Willi. Freiwild, wenn nicht schlimmer. Gramzow strampelte weiter durch seinen Windkanal, dessen Wände von Alleebäumen gebildet wurden. Immer geradeaus. Alles egal. Nur wenn hinter ihm ein Motorengeräusch auftauchte, hatte er das Gefühl, seine Nackenhaare würden sich aufrichten. Bis man ihn anhupte oder ihn schnitt oder beides. Dann ging's weiter. Etwa eine Stunde strampelte er sich entlang der B96 ab, bis er am Straßenrand den Wegweiser zur Kiesgrube Jördens entdeckte. Beim Näherkommen fragte er sich, wie es sein konnte, dass der ihn überraschte. Er wusste doch, auf welcher Straße er unterwegs war, aber durch den Ouzo oder den Gegenwind hatte sich sein natürliches Navi offenbar aufgehängt.

In einem schwungvollen Bogen schwenkte Gramzow von der Landstraße auf die Kiesgrubenzufahrt ein. Schon für Autos war die ja eine Zumutung. Um den größten Kratern auszuweichen, fuhr Gramzow so weit rechts, wie es nur ging. Als die abschüssige Linkskurve kam, musste er bremsen. Das Vorderrad rutschte weg, aber er ließ sich geistesgegenwärtig nach links fallen, trotz des Suffs, merkte, wie das Mountainbike sich auf ihn stürzen wollte, wehrte es mit einem scharfen Kick ab und es polterte über den Abhang in Richtung Irgendwo. ›Sowieso ein Scheißrad!‹ Gramzow rappelte sich hoch, klopfte den Dreck ab und checkte seinen Gesamtzustand. Alles noch dran. Dann nahm er die letzten Meter des Weges in Angriff. Als er unten ankam, sah er, dass in der Halle Licht brannte. Also war wenigstens Onkel Klaus da. Und dann fiel ihm der schmutzigweiße Seecontainer mit kyrillischen Buchstaben auf, der neben dem Hallentor stand. Gestern war der noch nicht da gewesen. Gramzow ging auf den Container zu, als er Rowdys Bellen hörte, das seltsam gedämpft klang. Als er sich nach dem Geräusch umdrehte, sah er, dass der Hund in die Fahrerkabine des Radladers gesperrt worden war. Und er setzte alles daran, seinen Kumpel begrüßen zu können.

Gramzow hatte den Radlader noch nicht erreicht, als er hinter sich Jördens mürrische Stimme hörte. »Was willst du hier?«

Der fast schon wieder nüchterne Taxifahrer drehte sich zu seinem Onkel um und sie standen sich wortlos gegenüber.

Jördens holte sein unvermeidliches Pulverpäckchen aus der Tasche, riss es auf und kippte es sich in den Rachen.

Gramzow hätte jetzt auch eins vertragen können, der Souflaki meldete sich gerade wieder. Aber den Onkel deswegen fragen? Vergiss es. »Was ist mit Rowdy passiert?«

»Nichts. Wieso?«

»Wieso ist er da eingesperrt?«

»Geht dich nichts an! Ist mein Hund, oder?«

»Das schon.« Gramzow suchte nach einem Einwand, der das noch nicht ausgesprochene, doch schon in der Luft hängende *Aber* rechtfertigen würde.

Die Suche wurde ihm abgenommen durch einen Typen im blauen Overall, der plötzlich breitbeinig in der Tür zur Halle stand. »Chef?« Ein knappes Winken, dann war er wieder hinter dem Tor verschwunden.

Rowdy, der sich gerade wieder beruhigt hatte, fing an zu toben, dass der Radlader schwankte und Gramzow fragte sich ernsthaft, wer heute schlechter drauf war: der Onkel oder sein Hund.

Jördens spuckte einmal aus und ging auf die Halle zu.

Gramzow folgte ihm mit Sicherheitsabstand. Im Vorbeigehen warf er einen Blick in den Russen-Container. Er war leer. Während Onkel Klaus dem Typen im blauen Overall zwischen den abgestellten Autos hindurch folgte, blieb Gramzow am Tor stehen und suchte den Daytona, *seinen* Daytona.

Plötzlich tauchte ein weiterer Mann vor ihm auf. Er sah aus wie der größere Bruder des anderen und sein Overall war grün. Er schleppte etwas auf seinem breiten Rücken, das schwer zu sein schien und in dickes, weißes Kunststoff-Flies eingeschlagen war. Er blieb vor Gramzow stehen, bis der einen Schritt machte und ihn durchließ.

»Was ist denn das?«

»Tür von Jaguar«, sagte der große Bruder mit unverkenn-
barem Akzent.

Einmal in Bewegung ging Gramzow weiter, vorbei an seinem Daytona zur Montagegrube, wo Jördens mit dem blauen Overall diskutierte. »Ich habe die anderen Schlüssel nicht. Die hat Koeppen mitgenommen. Das habe ich dir schon gesagt.«

»Aber das ist Kacke«, der Blaue warf einen dreckigen Lappen durch die Gegend. Wieder der Akzent. »Wir sollen arbeiten, wir brauchen Platz. Der muss weg«, deutete er auf ein Fahrzeug. »Und der auch.« Über der Grube stand der dunkelrote Jaguar E, ohne Türen, die eine auf dem Weg in den Container, die andere, ebenfalls schon in Flies verpackt, lehnte am Heck des Wagens.

»Ihr habt genug Platz«, schimpfte Jördens, ging aber trotzdem zu dem himmelblauen BMW Cabrio, löste die Handbremse und nahm den Gang raus. Er versuchte, den Wagen wegzuschieben.

Obwohl er eigentlich ein bisschen sauer auf Onkel Klaus war, packte Gramzow mit an. Das Auto ließ sich erstaunlich leicht bewegen. Das Problem war die Lenkung. Gramzow hatte die Befürchtung, gleich das Steuerrad abzureißen. »Lenkradsperre«, sagte er und ließ den Wagen los.

»Hat Lenkradsperre nicht«, erklärte der grüne Overall. »Ist Servo. Nur mit Maschin. Und Maschin nur mit Schlüssel.«

»Ich hab's euch doch erklärt«, fing Jördens wieder von vorne an.

Gramzow hatte eine bessere Idee. Er hob einen schweren Schraubenzieher vom Boden auf und schwang sich hinter das Lenkrad des BMW: »Maschin mit Schlüssel oder Maschin mit Schraubenzieher.« Er hatte die Kabel hinter dem Zündschloss noch gar nicht richtig zu fassen bekommen, als er von dem Grünen aus dem Sitz gerissen und neben dem Auto abgestellt wurde. Eine Salve von unverständlichen Flüchen prasselte auf ihn ein. Gramzow hob beide Hände, ob zur Entschuldigung oder zur Selbstverteidigung war ihm selbst nicht ganz klar.

»Lasst ihn«, sprang Onkel Klaus für ihn in die Bresche. »Mein Neffe ist eben ein Idiot.«

»Aber wir bezahlen für Schaden«, sagte der Blaue.

›Dann fang schon mal an zu sparen!‹, dachte Gramzow, sagte aber nichts. Fühlte sich ungerecht behandelt. Ganz so blöd, wie sein Onkel tat, war er nicht. Zum Beispiel hatte er sofort gerafft, was hier ablief. Die Autos sollten ins Ausland gebracht werden, aber nicht am Stück, sondern in Einzelteilen, in 0815-Containern verstaut. Schlau ausgedacht, wahrscheinlich Koeppens Idee. Es fragte sich nur, ob man diese Wagen auch anschließend wieder zusammenbauen konnte.

»Die beiden sind hochbezahlte Spezialisten«, sagte Jördens, als hätte er Gramzows Gedanken gelesen. »Sie nehmen die Wagen hier auseinander und setzen sie drüben wieder zusammen.«

»Drüben? Und das lohnt sich wirklich?«

»Stimmt«, sagte der Grüne zu Jördens, »ist Idiot.« Und lachte ein wieherndes Lachen, in das der Blaue und Onkel Klaus miteinstimmten. »Pass auf!«, sagte der Grüne zu Gramzow und zeigte auf den Jaguar E. »Auto kostet neunzigtausend. In Deutschland. Drüben kostet vielleicht hundertzwanzigtausend. Dafür lohnt bisschen schrauben.«

»Und null Problem bei Auto ohne Elektronikscheiße«, ergänzte der Blaue.

»Hundertzwanzig«, sagte Gramzow. »Und der da? Was bringt der?«

Die beiden Schraub-Spezialisten drehten sich um. »Ferrari Daytona?«, fragte der Blaue. »Auch hundertzwanzig.«

»Wenn gepflegt ist«, sagte der Grüne. »Wenn nicht, tausendzweihundert.« Wieder das wiehernde Lachen.

Gramzow blickte sich in der Halle um und fing an, im Geiste Hunderttausender zusammenzuzählen. Er musste eigentlich gar nicht rechnen, um zu verstehen, dass Koeppen ihn übers Ohr gehauen hatte.

ACHTUNDZWANZIG

Die Tibeter hatten einen Brummschädel. Alle fünf. Und Radegasts Kobra fühlte sich verkatert. Es war spät geworden gestern Abend. Gegen zehn waren Ole und er von der Bank vor dem Haus an seinen Küchentisch umgezogen. Da hatten sie bis kurz vor eins gesessen und die Restaurierung ihrer Colin

Archer in aller Gründlichkeit besprochen. Eine erste Aufstellung gemacht, was es in etwa kosten würde. Ein stolzer Betrag war dabei herausgekommen. Sie hatten einen Dreijahresplan erstellt und jedem Jahr eine Mindestsumme zugeordnet. Als die Flasche Aquavit zur Hälfte leer war, hatten sie das Finanzielle beiseitegeschoben und angefangen, über einen Namen für ihr Schiff nachzudenken.

Bislang hieß die Colin Archer noch BENTE, nach der Tochter des Vorbesitzers. Ihr Schiff würde anders heißen, einen Namen bekommen, in dem sie sich beide wiederfinden konnten. Zwar lag die Neutaufe der Jacht noch in weiter Ferne, aber mit der Namensfindung konnte man Oles Meinung nach gar nicht früh genug beginnen. Es sollte natürlich ein weiblicher Name sein, so viel war klar. Und einer, der ihnen beiden etwas bedeutete. Der ihrer ersten Klassenlehrerin möglicherweise? In Frau Tamms waren sie damals beide verliebt gewesen. Aber wie hieß die denn noch? Edith? Oder Elfie Tamms? Damit war es losgegangen. Anschließend hatten sie herumgeflachst, wahllos die Vornamen von Schauspielerinnen, Sängerinnen, Sportlerinnen und sogar von Politikerinnen in die Debatte geworfen. Bevor sie schließlich einen vorläufigen Kompromiss gefunden hatten: Ihre Jacht sollte BJÖRK heißen, nach der isländischen Künstlerin, deren Musik sie als Jugendliche gemeinsam gehört hatten.

Als Radegast das Polizeipräsidium betrat, war es fast 8.30 Uhr, er kam gerade noch rechtzeitig zu der morgendlichen Besprechung, die er am Vortag selbst angesetzt hatte. Joachim von Plessen, der Frühschicht hatte, lief ihm im Treppenhaus über den Weg. Er kam schon von einer Zeugenbefragung im Fall der gestohlenen Oldtimer zurück, ein Mann aus Zirkow hatte sich am gestrigen Abend beim Lagedienst gemeldet. Sie
setzten sich mit Annekathrin Struve an den Besprechungstisch. Sie hatte heute eine zitronengelbe Bluse mit einer rostbraunen Latzhose kombiniert, war also für ihre Verhältnisse eher unauffällig gekleidet.

»Wie glaubwürdig ist denn dieser Zeuge?«

»Ich halte ihn für durchaus seriös«, erklärte Joachim von Plessen. »Er hat klar und deutlich auf alle meine Fragen geantwortet. Ohne zu zögern. Und ohne sich groß aufzuspielen oder auf Professor Vitzliputzli zu machen.«

Struve und Radegast tauschten einen fragenden Blick – Professor Vitzliputzli?

»Herr Büchsel ist Physiotherapeut und hat seine Praxis gegenüber der alten Dorfkirche. Er war am Dienstagabend in Bergen, auf der Geburtstagsfeierlichkeit eines Freundes. Ist dort ungefähr zwanzig Minuten vor drei aufgebrochen.«

»Allein oder in Begleitung?«

»Mit seiner Freundin, aber die hat während der Fahrt geschlummert. Auf der Bundesstraße 196 ist ihnen eine Fahrzeugkolonne entgegengekommen. Auf dem Stück zwischen Karow und Silvitz. Da muss es kurz vor drei gewesen sein.«

»Wie viele Autos waren es? Konnte er das sagen?«

»Er glaubt, dass es acht oder neun Pkws gewesen seien. Möglicherweise auch zehn. Er mochte sich da nicht festlegen. Aber er konnte sich an drei der Oldtimer genau erinnern.«

»Und zwar?«

Von Plessen schaute auf seinen Notizblock: »An den Maserati Mistral 4000, den Jensen Interceptor und den Mercedes 300 SL.«

»Du meinst, er hat die exakten Fahrzeugtypen genannt?«, fragte Struve.

»Ohne Wenn und Aber.« Von Plessen nickte.

»Das würde ich nicht hinkriegen«, sagte Radegast. »Ich wusste bis gestern nicht einmal, dass es einen Jensen Interceptor gibt.«

»Büchsel sammelt Modellautos. In seinem Büro gibt es eine Vitrine mit den schönsten Stücken. Er hat mir den Jensen gezeigt. Den hat er vor vier Jahren auf einer Sammlerbörse ersteigert. Für dreihundertsiebzig Euro.«

»Okay. Bei dem Preis würde ich ihn wohl auch wiedererkennen.«

»Dann können wir jetzt davon ausgehen, dass mindestens zehn Fahrer an der Sache beteiligt waren. Das sind eine Menge Mitwisser.«

Hella Binder kam ins Besprechungszimmer. »Neuigkeiten, Kollegen. Heute Nacht wurde auf ein stationäres Blitzgerät geschossen. An der B 196, kurz hinter Bergen.«

»Abartig. Wer schießt denn auf einen Starenkasten?«

»Kann ich dir nicht sagen. Die Kamera und die Festplatte wurden völlig zerstört. Aber es wurde dieselbe Waffe benutzt, mit der der Schwede getötet wurde.«

»Danke, Hella, das passt«, sagte Radegast. »Gösta Lindblad galt als Spezialist für so ziemlich alles im Bereich Kfz-Kriminalität.«

Radegast drehte sich wieder zu Annekathrin Struve um: »Ihr beide nehmt euch bitte die Fahrgastlisten der Fährlinien vor! Vielleicht sind noch mehr Autospezialisten aus Schweden gekommen. Ich fahre noch mal nach Binz.«

»Wie war denn eigentlich dein Gespräch gestern mit Thorsten Gramzow?«, fragte Struve.

»Er lügt. Ich weiß nur nicht warum.«

NEUNUNDZWANZIG

Thorsten Gramzow saß am Küchentisch und wunderte sich. Am Morgen war er mit einem grummeligen Gefühl im Magen aufgewacht. Das kam entweder immer noch vom Souflaki oder von seinem festen Entschluss, Jens Koeppen wegen einer Nachzahlung anzugehen. Unter der Dusche hatte er sich einen Plan

zurechtgelegt: erst in aller Ruhe frühstücken, dann Koeppen anrufen. Die Sache war dann anders gekommen, weil er nach dem ersten Schluck Kaffee aufs Klo gestürmt war. Der Souflaki. Während er da in seinem eigenen Mief gesessen hatte, war er die guten Gründe, die er hatte, noch einmal durchgegangen. Und als er fertig war, hatte er Koeppen angerufen.

Natürlich war er nicht sofort mit der Tür ins Haus gefallen. Koeppen hatte ihm kurz zugehört und ihn dann unterbrochen. »Sie brauchen mehr Geld?«

»Ja«, hatte Gramzow gesagt und sich dann korrigiert. Er brauche nicht mehr. Er fände nur, es stehe ihm mehr zu, nach allem, was er bei dieser Sache getan habe. Koeppen hatte einen Moment geschwiegen und dann gesagt, er käme vorbei. Brauche etwa zwanzig Minuten.

Das war vor zehn Minuten gewesen. Jetzt saß Gramzow vor seinem Becher Kaffee, der inzwischen kalt geworden war, und wunderte sich. Er hatte sich das mit Koeppen alles sehr viel schwieriger vorgestellt. Aber »Sie brauchen mehr Geld?«, das hatte fast schon verständnisvoll geklungen.

Gramzow wollte das schmutzige Geschirr in die Spüle stellen, aber die war schon bis obenhin voll. Er überlegte, ob er eben noch den Abwasch machen sollte, als die Türglocke schrillte. Er stellte die Sachen wieder auf dem Küchentisch ab und ging, um zu öffnen. »Heh«, sagte Gramzow, »das ging ja wirklich schnell! Bitte sehr! Nur immer herein.« Von Anfang an für gute Stimmung sorgen.

Koeppen sagte nichts. Er schaut Gramzow mit seinen Eisaugen an und kam in die Wohnung. War vielleicht doch nicht so easy, wie Gramzow nach dem Telefonat gedacht hatte.

»Am besten in die Küche, gleich rechts«, sagte Gramzow und schloss die Wohnungstür. Als er sich umdrehte, sah er, dass Koeppen dabei war, einen Blick in seine beiden Zimmer zu werfen. Absoluter Profi. Genau wie der Typ von der Kripo. Keine Überraschungen. Dann verschwand Koeppen in der Küche. Gramzow folgte ihm und nahm das Frühstücksgeschirr vom Tisch. Koeppen sah wortlos zu, wie er mit dem Teller, dem Brett und dem Besteck unschlüssig zwischen der Spüle und der ebenfalls voll belegten Fensterbank hin und her pendelte, bevor er die Sachen schließlich auf dem leicht verkrusteten Herd parkte.

»Tja«, fing Gramzow an, »wie schon gesagt …«

Weiter kam er nicht. Koeppen hatte plötzlich eine Pistole in der Hand. Seine Pistole, mit der er Gösta Lindblad in den Kopf geschossen hatte.

Gramzows Herz raste, er bekam keinen Ton heraus. Wie in Zeitlupe wich er automatisch in Richtung Flur zurück und schüttelte ungläubig den Kopf. Sein einziger Gedanke: ›Ich will nicht sterben!‹ Dann sah er, wie Koeppen die Waffe auf den Küchentisch legte und in die Innentasche seiner Jacke griff. Die Hand kam mit der bekannten Geldklammer wieder heraus.

Koeppen grinste in sich hinein und zählte dann eintausend Euro auf den Tisch. Dann erst blickte er Gramzow an. »Einverstanden?«

Gramzow konnte nur nicken. Er fühlte sich wie eine Antilope, die gerade bemerkt hat, dass in dem Wasserloch ein Krokodil lauert, und die trotzdem zum Wasser muss. Der Durst ist mächtiger als die Furcht. Vorsichtig tastete er sich an den Tisch zurück. Und als er die Hand nach dem Geldbündel ausstreckte, legte Koeppen plötzlich die Waffe oben auf die Scheine.

Gramzow zog seine Hand zurück, aber Koeppen lächelte ihn auffordernd an. »Nur zu! Die gehört zu dem Deal, den ich Ihnen anbiete. All in or nothing.«

»Deal?«, sagte Gramzow, immer noch ganz verschreckte Antilope. »Was für ein Deal?«

Koeppen wandte sich ab, drehte sich zum Küchenfenster und sah nach draußen. »Einer der Autobesitzer macht uns Schwierigkeiten.«

»Nein«, sagte Gramzow schnell zu Koeppens Hinterkopf, »das mache ich nicht. Ich bringe keinen um.« Aber da lag die Waffe, griffbereit, und da war Koeppens Rücken. ›Auf die Entfernung kannst du gar nicht vorbeischießen.‹

Koeppen drehte sich wieder um. »Vom Umbringen habe ich nichts gesagt. Es geht um Einschüchterung. – Keine Angst, das Ding ist nicht geladen.«

Gramzow klopfte sich innerlich auf die Schulter. ›Gut gemacht! Nicht geladen. Hätte man sich allerdings auch denken können bei einem Profi wie Koeppen.‹ Gramzow griff nach der Pistole. Sie fühlte sich gut an.

Koeppen nahm das offenbar als Einverständnis. »Der Mann heißt Reinhard Steiner. Er belästigt uns, will seinen Oldtimer zurück. Sie fahren zu ihm ins Hotel und machen ihm klar, dass daraus nichts wird! Schaffen Sie das?«

»Ja«, erwiderte Gramzow erleichtert, »wenn's weiter nichts ist.« Aber unter Koeppens Blick wurde ihm klar, dass das Krokodil da irgendwo immer noch rumschwamm. Und er die Antilope war.

»Haben Sie einen Anzug?«, fragte Koeppen.

»Einen Blazer«, sagte Gramzow, »und eine gute Hose.«

»Ziehen Sie die an! Dann spielen wir das einmal durch. Ich bin Steiner. Sie klopfen an.«

»Okay.« Gramzow verließ die Küche.

»Eine Mütze auch und eine Sonnenbrille«, rief Koeppen ihm nach. »Er soll Sie möglichst nicht wiedererkennen.«

Drei Minuten später stand Gramzow mit Sonnenbrille und Pudelmütze vor seiner eigenen Küchentür und klopfte an. Er schwitzte. Von drinnen hörte er Koeppens Stimme.

»Ja?«

Gramzow trat in die Küche. »Herr Steiner. Das ist die letzte Warnung!«

»Stopp! Wo ist Ihre Pistole?«

Blöde Frage. Das Ding lag ja direkt vor Koeppen auf dem Küchentisch. Gramzow suchte noch nach einer halbwegs coolen Antwort, als der ihm die Waffe reichte und ihn wieder rausschickte.

Die nächsten vierzig Minuten verbrachte Gramzow diesund jenseits seiner Küchentür. Koeppen gefiel nicht, dass er zu der guten Hose noch seine Hausschlappen anhatte, dass er zu leise sprach, dass er sich nicht an den verabredeten Text hielt. Koeppen gefiel offenbar überhaupt nichts von dem, was Gramzow tat. Allein die Art, wie Gramzow seinen Blazer kurz zurückschlagen sollte, damit Steiner die Waffe in seinem Hosenbund sehen würde, brachte sie beide schließlich an den Rand ihrer Geduld. Als Koeppen behauptete, Gramzow bewege sich wie schwules Masthähnchen, war der drauf und dran, die tausend Euro in den Wind zu schießen. Aber er verstand es, sich zu beherrschen. Der Durst der Antilope war mächtiger. Schließlich gab Koeppen auf: »Das hat alles keinen Zweck. Ich suche mir jemand anderen.«

»Nein«, sagte Gramzow schnell, »wenn die Sache ernst wird,

bin ich gut. Und mit so einem alten Zausel werde ich spielend fertig.«

»Na hoffentlich«, sagte Koeppen, nahm die Scheine vom Tisch und schob sie in seine Hosentasche. »Das Geld kriegen Sie, wenn der Auftrag erfolgreich abgewickelt ist.«

Koeppen ging zur Wohnungstür.

Gramzow folgte ihm und merkte, wie hilflose Wut in ihm aufstieg: ›So ein dummes Arschloch.‹

In der Tür drehte sich Koeppen plötzlich zu ihm um, grinste und stopfte einen Hunderter in Gramzows Brusttasche. »Wenn ich Sie wäre, würde ich mir mal eine Putzfrau kommen lassen! Oder einen Kärcher mieten.«

DREISSIG

Radegast kam aus Richtung der Binzer Seebrücke. Die Schuhe in der Hand, die Hosenbeine zweimal umgeschlagen, sah er aus wie einer der ungezählten Strandläufer. Und er fühlte sich auch so. Eine auslaufende Welle spülte feingemahlene Kiesel gegen seine Knöchel. Er spielte kurz mit dem Gedanken, Schwimmen zu gehen, verschob es aber auf später. Stattdessen bog er vom Wasser ab und ging durch den feinen Sand zu den Strandkörben mit der Aufschrift *Hotel Vier Jahreszeiten*. Sie waren exklusiv für Gäste des Hauses reserviert.

Paul Lamberti saß allein in dem Strandkorb mit der Nummer *4*. Er trug einen Bademantel und blätterte gelangweilt in einer Architekturzeitschrift. Der Kommissar zog sich einen freien Korb heran, drehte ihn in Lambertis Richtung und setzte sich. »Tag, Herr Lamberti!«

Der Architekt ließ die Zeitschrift sinken. »Hallo …!«

»Schön haben Sie es hier. Das Meer ist heute ja wirklich ein Traum.«

Der Architekt sah ihn misstrauisch an, fragte sich offenbar, was er von der Small-Talk-Attacke halten sollte. Demonstrativ nahm er seine Zeitschrift wieder hoch.

Radegast sah das leichte Zittern der Hände. Nervosität, Verärgerung oder Parkinson in Frühstadium? Er ermahnte sich, keine voreiligen Schlüsse zu ziehen.

»Es lässt sich aushalten«, murmelte Lamberti hinter seiner Zeitschrift.

»Das nenne ich mal Understatement«, sagte Radegast fröhlich. »In Wirklichkeit sind Sie doch einer der größten Fans, die Rügen hat, oder?«

Paul Lamberti legte die Zeitschrift endgültig weg, schaute Radegast trotzig ins Gesicht und nickte: »Ich … wir lieben diese Insel sehr. Haben sie vom ersten Moment an gemocht.«

»Verstehe. Deswegen hat Ihre Firma hier verschiedene Großprojekte geplant. Wie sieht es eigentlich aus mit denen?«

»Im Moment liegt alles auf Eis. Die Bauvorschriften werden ja immer rigider. Wenn es so weitergeht, investiert hier bald keiner mehr einen Euro.«

»Ist es wirklich schon so schlimm?«

Der Architekt lehnte sich zurück: »Sie sind doch nicht gekommen, um mit mir über das Baugewerbe zu plaudern. Es geht um die Autos. Habe ich recht?«

Radegast überlegte, ob er den Architekten noch etwas zappeln lassen sollte, entschied sich aber für ein Kompliment. Bei älteren Männern verfing das meistens. »Man hat mir gesagt, dass Sie in der Oldtimer-Szene ein Mann mit großem Renommee und Einfluss sind.«

»Die Leute reden viel Unsinn, wenn der Tag lang ist.«

»Leider«, gab Radegast zu und schaltete vom Plaudermodus in den offiziellen Tonfall um. »Was ist mit den gestohlenen Fahrzeugen passiert?« Er bemerkte, wie die Augenlider des Architekten kurz flatterten. Deswegen setzte er nach. »Was denken Sie, wo findet man Käufer für diese Wagen?«

Paul Lamberti öffnete den Mund und schloss ihn wieder. Wie ein trauriger Karpfen. »Nirgendwo«, sagte er schließlich. »Ich kann mir nicht vorstellen, dass irgendjemand die kauft.

Vielleicht wird man sie uns in ein paar Tagen zum Rückkauf anbieten.«

»Car-Napping? Ist so etwas schon einmal vorgekommen?«

»Keine Ahnung. Ich habe noch nie gehört, dass mehr als ein Oldtimer gestohlen wurde. Nicht bei einer Rallye. Aber Sie verfügen da vermutlich über bessere Statistiken als ich.«

Radegast spürte, dass Paul Lamberti wieder Oberwasser bekam. Er beschloss, das auszunutzen. »Halten Sie es für denkbar, dass einer der Rallye-Teilnehmer mit den Dieben in Kontakt stand oder steht?«

Lamberti starrte den Kommissar an, brauchte offenbar einen Moment, um den Sinn dieser Frage zu erfassen. Aber er fing sich schnell. »Nein. Das ist ausgeschlossen. Das ist völlig unmöglich. Wie kommen Sie denn auf so was?«

Radegast entschied, seine Karten auf den Tisch zu legen: »Die Diebe waren nicht nur genau über die einzelnen Fahrzeuge informiert, sie wussten auch, dass der Umzug der Karawane ins Ranzower Schlosshotel kurzfristig abgesagt wurde.«

Der Architekt schwieg, nickte, schwieg erneut. Radegast ließ ihm Zeit. Schließlich kam Lamberti zu einer Entscheidung. »Was ich Ihnen sage, bleibt aber unter uns?«

Radegast antwortete mit einer Kopfbewegung, von der er selbst nicht wusste, was sie ausdrücken sollte.

Aber Paul Lamberti genügte sie. Er beugte sich vor, senkte die Stimme. »Wenn überhaupt, und ich betone wenn, dann würde ich so was am ehesten diesem Steiner zutrauen. Der soll schon etliche krumme Sachen gedreht haben. Man sagt, dass er sogar einen Konkurrenten in den Suizid getrieben hat.«

»Interessant. Wissen Sie mehr darüber?«

Evelyn Lamberti kam vom Strand. Sie war im Meer gewesen und bemerkte den Kommissar nicht, dessen Strandkorb in Richtung Promenade zeigte.

»Ich bin froh, wenn die Scheiße endlich … Evelyn!«, unterbrach Paul Lamberti hastig und sprang auf. »Wir haben Besuch. Kommissar Radegast wollte noch ein paar offene Fragen besprechen.«

»Oh, ich hatte keine Ahnung …« Frau Lamberti schlüpfte in einen Bademantel, den ihr Mann ihr hinhielt.

»Wie überlegen gerade, ob es vielleicht Mitwisser aus dem Kreis der Rallye-Teilnehmer gab«, sagte der Kommissar.

»Sie vermuten, dass jemand von unseren Freunden an der Sache beteiligt ist?« Evelyn Lamberti setzte sich in den Strandkorb und kuschelte sich an ihren Mann. »Wie unangenehm. Haben Sie einen konkreten Verdacht?«

»Ihr Mann hat gerade Herrn Steiner erwähnt …«

Evelyn Lamberti setzte ihr affektiertestes Gesicht auf. »Paul! Das hast du wirklich gesagt? Wie kannst du nur? Mein Mann ist voreingenommen. Na ja, wir beide mögen Steiner nicht besonders. Er hat so ein unangenehm-herrisches Auftreten. Er passt nicht wirklich in unseren Kreis. Und sein Ruf …«

»Sie würden ihm so etwas also nicht zutrauen?«

Das Architektenpaar tauschte einen kurzen Blick aus und Radegast hatte den Eindruck, dass Evelyn Lamberti ihrem Mann ein geheimes Signal gab. »Da hat mein Mann sich hinreißen lassen. Ich denke, wir sollten uns in dem Punkt zurückhalten. So eine Verdächtigung ist schließlich eine sehr ernste Angelegenheit.«

Paul Lamberti griff nach der Hand seiner Frau und tätschelte sie. »Du hast völlig recht, mein Schatz.« Die beiden lächelten sich verliebt an.

Und der Kommissar fragte sich, bei welcher Schmierenkomödie er gerade den einzigen Zuschauer gab. Frau Lamberti mochte auf harmloses Mäuschen tun, aber sie war ihrem Mann mindestens ebenbürtig. Wenn sie hier nicht sogar Regie führte.

EINUNDDREISSIG

Thorsten Gramzow steuerte einen blassblauen Fiat 500 vor das Hotel Vier Jahreszeiten. Die einzige Karre, die sie bei der Autovermietung noch vorrätig hatten. Koeppen hatte ihn vor einer halben Stunde extra deswegen angerufen und gesagt, er solle ja nicht auf den Gedanken kommen, mit seiner Taxe zu Steiner zu fahren. Auch ein Profi vergisst offenbar mal was. Gramzow hatte geantwortet, er wisse, was *inkognito* bedeuten würde. Blöd sei er auch nicht. Dass seine Taxe noch in Stralsund am Hafen stand, hatte er nicht gesagt.

Jetzt stellte sich heraus, dass die Parkplätze in der Straße vor dem Hotel vollständig belegt waren. Fast vollständig. Weiter vorne entdeckte Gramzow eine Lücke, in die er frontal hineinpassen könnte. Und fuhr er heute nicht glücklicherweise einen Kleinwagen? Und war er nicht Berufskraftfahrer? Er peilte die Lücke siegesgewiss an – und sah *sie*. Die allerschönste Frau, die er in seinem ganzen Leben gesehen hatte. Wirklich gesehen, in Echt, die von den DVDs und Bildern zählten jetzt nicht. Sie hatte eine Strandtasche über der Schulter, trug ein dünnes Kleid, hatte kurze hellbraune Haare – oder waren die dunkelblond? – und kam direkt auf ihn zu. Gramzow hielt an, rückte seine Sonnenbrille zurecht und blinzelte durch das offene Seitenfenster zu ihr hoch. »Bitte, nach dir, schöne Frau!«

»Oh, merci! Aber ich habe Zeit.«

Gramzow wollte seinen Ohren nicht trauen. Genau der gleiche Akzent wie die Rothaarige in *Französisch für Anfängerinnen.* »Das trifft sich ja gut. Ich auch«, sagte er mit der lässigsten

Stimme, die ihm zur Verfügung stand. »Bitte nicht weglaufen!« Er peilte die Parklücke auf der linken Fahrbahnseite an. Vielleicht war sie doch nicht breit genug, aber jetzt gab es kein Zurück. Unter ihren Blicken, die ihm etwas kritisch erschienen, lenkte er den Fiat hinein und stand schon teilweise auf dem Bürgersteig. Auf Anhieb, ohne das übliche Vor und Zurück, ohne millimeterweise die Kupplung kommen lassen. Einfach rein und zack. Sehr cool. Gramzow suchte ihr Gesicht in seinem Rückspiegel, ihren eben noch skeptischen und jetzt wahrscheinlich bewundernden Blick. Aber sie war zu groß. Er sah
nur ihre Brust. Auch nicht schlecht. Er kurbelte die Scheibe hoch. Im letzten Moment fiel ihm die Tarnung ein. Zum Glück hatte er bei der Autovermietung noch ein Basecap mit Firmenlogo gefunden. Fünfzehn Euro waren zwar unverschämt, aber so musste er jetzt vor der Braut wenigstens nicht mit Pudelmütze aussteigen. Er öffnete die Tür, hörte ein mattes Klong und dann ihr helles Lachen. Die Lücke war gerade groß genug für einen Fiat 500, aber zu eng zum Aussteigen.

Gramzow zog die Tür wieder zu. Starten, Rückwärtsgang, Fenster runter, alles eine Bewegung. Beim Zurücksetzen gab es allerdings vorne rechts ein unschönes, schabendes Geräusch. ›Scheiß drauf!‹ Die Frau ging weiter vorne in Richtung Promenade. Sie trug Strandsandalen mit ziemlich hohen Absätzen. Und sie schwenkte ihren Hintern. Für ihn. Sonst war hier ja keiner. Nur für ihn. Gramzow gab Gas und holte sie ein. »Nicht weglaufen!«, rief er durch die offene Scheibe. Beim zweiten Mal klang das noch weniger cool.

Sie reagierte gar nicht.

Er versuchte es erneut. »Hallo! Ich möchte dich kennenlernen. Können wir uns treffen? Wohnst du hier im Hotel?«

Sie blieb tatsächlich stehen, lächelte ihn an und sagte: »Kann sein.« Dann bog sie nach rechts in Richtung Hauptstraße ab, die zur Seebrücke und zum Strand führte. Und die war eigentlich gesperrt. Selbst für seinen Kleinwagen.

›*Kann sein* heißt nicht *nein*‹, versuchte Gramzow sich die Sache schönzureden. Aber es wurmte ihn trotzdem, und dass er den Wagen verschrammt hatte, erst recht. Er legte den Rückwärtsgang ein und kurvte in die Hoteleinfahrt. Jetzt war alles egal. Er parkte unter dem überlebensgroßen Halteverbotszeichen, das auf die Außenmauer der Hotelküche gepinselt war, und stieg aus. Basecap auf, Blazer zu, Auto abschließen. Als er den Schlüssel wegsteckte, hörte er hinter sich eine Männerstimme, die etwas in einer fremden Sprache sagte. Gramzow drehte sich um und sah in das halbe Gesicht eines älteren Mannes. Die andere Hälfte war mit einem riesigen Pflaster zugeklebt, das linke Auge blutunterlaufen und dreiviertel zugeschwollen. Der Mann sagte wieder etwas und Gramzow wurde klar, dass es keine Fremdsprache war, sondern ein Sprachfehler. Eigentlich kein Sprachfehler, sondern eher Folge des Pflasters beziehungsweise der Verletzung, die es verbarg.

»Tut mir leid!«, sagte Gramzow. »Ich kann Sie nicht verstehen.«

Noch mal derselbe Text mit etwas mehr Betonung und diesmal verstand Gramzow ein bisschen was. Den Rest reimte er sich zusammen als: »Sie können da nicht parken. Der Wagen muss weg.« Er nickte, ging aber auf den Haupteingang des Vier Jahreszeiten zu.

Der Mann kam hinter ihm her, sagte etwas wie »Heh!« und »Hallo!«. Und als er Gramzow dabei die weitgehend intakte Seite seines Gesichts zukehrte, machte es bei dem plötzlich klick. Das war der Typ, dem er die Kassette ins Gesicht geschlagen hatte. Der Nachtwächter. Diese Erkenntnis traf ihn völlig unvorbereitet. Während er automatisch den Schirm des Basecaps tiefer ins Gesicht zog, überflutete ihn eine Welle von Mitleid und Scham, wie er sie zuletzt im Kinderhort gespürt hatte. Er konnte nicht anders, als stehen zu bleiben und den Mann anzuschauen. »Entschuldigung!«, sagte Gramzow. »Ich wollte das nicht. Ich … ich …«

»Der Wagen muss da weg!«, nuschelte der Mann entschieden, zog Gramzow am Ärmel und schaute ihn aufmüpfig an.
Offenbar ging es ihm nicht halb so schlecht, wie er aussah.

Gramzow war kurz davor, das Sakko zurückzuschlagen, sodass der Mann die Pistole sehen würde, aber sein Mitleid war noch nicht verflogen. »Hey, einer ihrer Gäste erwartet mich. Ist dringend! Ich kann mein Auto ja schlecht mit reinnehmen. Es dauert nicht lange.«

»Tiefgarage«, sagte der Mann und das klang fast sauber, ohne Sprachfehler. Und um zu zeigen, dass er es ernst meinte, positionierte er sich breitbeinig zwischen Gramzow und dem Hoteleingang.

»Na schön!«, sagte Gramzow. »Weil Sie es sind.«

Unter dem strengen Auge des Nachtwächters ging er zu seinem Leih-Fiat zurück. Als Profi weißt du, wo es sich zu kämpfen lohnt und wo nicht. Diese Ansicht korrigierte er an der Zufahrt zur Tiefgarage, neben der ein Schild angebracht war: *Tagesgäste 3,50 Euro je angefangener Stunde*. Gramzow fluchte, als er das Ticket zog und die Schranke aufging.

Thorsten Gramzow stand vor der Zimmertür mit der Nummer 39 und schwitzte. In Gedanken ging er noch einmal den einstudierten Ablauf durch. Dann atmete er tief ein und klopfte an der Tür. In diesem Augenblick wurde ihm klar, dass an Koeppens Plan etwas nicht stimmte: Die Tür ließ sich nur von innen öffnen. Oder mit einer Zimmerkarte. Das hieß, er konnte nicht einfach anklopfen, eintreten und den Überraschungseffekt ausspielen. Bevor Gramzow sich mit der veränderten Situation angefreundet hatte, ging die Tür auf und vor ihm stand ein Mann wie ein Eichenkleiderschrank: groß, braun, kantig und hart. Er trug einen rot-braun-weiß-gestreiften Bademantel und versperrte die Tür. Da er größer war als Gramzow, fiel dessen Blick auf die absurde Menge silberweißen Brusthaars, das aus dem V des Bademantels quoll und auf der braungebrannten Brust fast zu leuchten schien. Der Kleiderschrank stand einfach nur da und blickte auf ihn herab.

»Hallo, Herr Steiner«, sagte Gramzow. Das gehörte zwar nicht zu den Sätzen, die Koeppen ihm eingetrichtert hatte, aber irgendwas musste er in dieser Situation ja sagen.

»Und Sie sind …?«, hörte er Steiners sonore Stimme.

Gramzow kniff die Lippen zusammen, versuchte Steiner einen bedeutungsvollen Blick zu schenken und schlug mit beiden Händen seinen Blazer auf, sodass der die Pistole in seinem Hosenbund sehen konnte.

»Ich verstehe«, sagte Steiner. »Kommen Sie rein!« Steiner gab die Tür frei und drehte sich um.

Gramzow folgte ihm in das sonnendurchflutete Zimmer. Die Tür zum Balkon stand offen, ein Luftzug bauschte die leichten Gardinen.

»Setzen Sie sich! Kann ich Ihnen etwas aus der Minibar anbieten?«, fragte Steiner und ging zum Sideboard mit dem Fernsehgerät und dem Kühlschrank.

»Nein, danke!«, sagte Gramzow, während er sich in einen der beiden Sessel am Couchtisch setzte. Er wollte so schnell wie möglich in den von Koeppen geplanten Ablauf zurück. »Herr Steiner«, fing er an und schlug im Sitzen noch einmal das Sakko zurück, »dies ist unsere letzte Warnung.«

Steiner, der sich gerade an der Minibar zu schaffen machte, schaute ihn über die Schulter an, offenbar ehrlich verblüfft. »Die letzte Warnung? Das verstehe ich nicht. Ich hatte bisher noch keine bekommen.«

Innerlich verfluchte Gramzow Koeppen und dessen Lektionen. ›Alles Scheiße!‹ Er musste ständig improvisieren. Äußerlich ruhig sagte er zu Steiner: »Sie wissen ganz genau, worum es geht.«

»Natürlich«, sagte Steiner, »Lamberti schickt Sie.«

Lamberti? War das nicht dieser Architekt mit dem Mercedes-Cabrio, der an der Kiesgrube aufgetaucht war? Gramzow beschloss, sich erst mal ahnungslos zu stellen.

Aber dazu kam er gar nicht mehr, denn plötzlich hatte Steiner eine Pistole in der Hand, mit deren Lauf er Gramzow ein Zeichen gab. »Sie legen jetzt erst mal Ihre Waffe auf den Tisch! Ganz langsam und vorsichtig! Los!«

›Verdammt!‹ Gramzow spürte, wie ihm der Schweiß den Rücken runterlief. Langsam und vorsichtig griff er nach dem Knauf der Waffe, die unter seinem Gürtel steckte. Aber dann musste er erst das linke Bein strecken, um sie freizubekommen.

»Stopp!«, ging Steiner von der anderen Seite dazwischen. »Finger weg vom Abzug! Ich will nicht, dass Sie sich am Ende noch ein Loch ins Bein schießen.«

»Die ist gar nicht geladen«, sagte Gramzow, als er die Pistole auf den Couchtisch legte, und fand, dass das mal wieder etwas hosenscheißermäßig klang.

Steiner nahm die Pistole, entfernte das Magazin, öffnete die Kammer, schloss sie wieder und zielte zur Sicherheit noch auf die chinesische Bodenvase, die neben der Balkontür stand. Nachdem es nur ein metallisches Klicken gab, schob er die Pistole in die Tasche seines Bademantels. Gramzow wusste nun, dass Koeppens Plan von vorne bis hinten schwachsinnig war. Die Sache war gelaufen und er sollte sehen, dass er wegkam. Aber als er aufstand, ließ Steiner ein »Ts-ts-ts« hören und schüttelte den Kopf. Gramzow setzte sich wieder. Steiner nahm ihm

gegenüber Platz und schaute ihn an. Ein ernster Altmännerkopf über einem Wald von weißen Brusthaaren. Gramzow fühlte sich eingeschüchtert. Und wie immer in solchen Situationen fing er an zu reden. »Hören Sie zu, Herr Steiner, ich weiß, es klingt blöd, aber ich kenne Ihren Lamberti gar nicht. Ich habe keine Ahnung, worum es geht. Und es ist absolut nichts Persönliches zwischen uns beiden. Ich hatte nur den Auftrag, Ihnen die Warnung auszurichten. Das habe ich gemacht.«

»Und wer hat Ihnen den Auftrag erteilt«, fragte Steiner, »wenn es nicht Lamberti war?«

In Gramzows Gehirn liefen mehrere Rechenoperationen gleichzeitig ab. Steiner würde ihn nicht gehen lassen, bevor er einen Namen genannt hätte. Wenn er aber die Wahrheit sagen würde, ließe Koeppen das wahrscheinlich nicht auf sich beruhen. Er würde ihn kaltblütig erschießen. Bevor er diesen Gedanken ganz zu Ende gedacht hatte, hörte Gramzow seine eigene, etwas belegte Stimme. »Gösta Lindblad.«

»Nie gehört«, sagte Steiner.

»Er kommt aus Schweden«, ergänzte Gramzow und fand langsam Gefallen an seiner Notlüge. »Er hat die Oldtimer geklaut.«

»Er allein? Imposant der Mann«, sagte Steiner.

»Weiß ich nicht«, sagte Gramzow. »Ich war ja nicht dabei. Habe mit der Sache eigentlich überhaupt nichts zu tun.«

»Jetzt schon«, Steiner stand auf, »jetzt hängen Sie mit drin. Ich kenne Sie nun, vergessen Sie das nicht. Und ich habe eine Pistole, auf der Ihre Fingerabdrücke sind und mit der Sie mich bedroht haben.«

Gramzow schüttelte den Kopf. »Ich weiß nichts. Wirklich!«

Steiner ließ sich davon nicht beeindrucken. »Für Sie gibt es nur eine Möglichkeit: Bringen Sie mir meinen Wagen zurück!
Mein Auto gegen diese Pistole.«

»Das kann ich nicht. Ich weiß nicht, wo die Autos sind.«

»Ein silberner Mercedes 300SL Flügeltürer. Kennzeichen *MTK* für Main-Taunus-Kreis. Finden Sie ihn! Und jetzt raus, Sie kleines Arschloch!«

Es brauchte etwas, bis die volle Bedeutung dieser Abschiedsworte in Gramzows Bewusstsein eingedrungen war. Und dann war es zu spät, noch nach einer passenden Erwiderung zu suchen. »Selber Arschloch« wäre das Einzige gewesen, was Gramzow spontan einfiel. Aber auf dieses Niveau wollte er sich nicht herabziehen lassen. Also stand er auf, grinste Steiner an und verließ hocherhobenen Hauptes das Hotelzimmer. Steiner folgte ihm. Und als Gramzow sich in der Tür umdrehte, sah er, dass der Luftzug nicht nur die Gardinen bewegte, sondern auch das silberweiße Brusthaar im Ausschnitt von Steiners Bademantel.

ZWEIUNDDREISSIG

Fabian Radegast kam in die Lobby des Hotels Vier Jahreszeiten und ging auf den Empfang zu. Noch bevor er den erreicht hatte, wusste er, dass es keine gute Idee gewesen war, herzukommen. Als hätten sie seit Stunden auf ihn gewartet, schwärmten Oldtimerbesitzer, Oldtimerbesitzergattinnen oder Oldtimerbesitzerpartnerinnen auf ihn zu und bestürmten ihn mit Fragen nach dem Schicksal ihrer verschwundenen Chromjuwelen. So ungefähr musste sich der Regierungssprecher nach einer gerade erfolgten Rücktrittserklärung der Bundeskanzlerin fühlen. Er wusste doch selbst fast nichts. Und das, was er wusste, durfte er aus taktischen Gründen nicht sagen. Freundlich aber bestimmt bahnte der Kommissar sich einen Weg und vertröstete die Leute auf später. Innerlich ärgerte er sich, dass er Herrn Lamberti nicht zu sich ins Präsidium gebeten hatte.

Aber fünf Sekunden später gratulierte er sich. Am Rand seines Gesichtsfeldes hatte Radegast eine Bewegung registriert, ein watschelndes, plattfüßiges Vorwärtsrudern, das er erst kürzlich gesehen hatte. Es vergingen noch einmal fast zwei Sekunden, bis er der Gestalt, die zu den Bewegungen gehörte, ihren Namen zugeordnet hatte. Radegast entwich seitlich aus der Traube der Wissbegierigen, holte den Watschelnden mit zwei Schritten ein und legte ihm die Hand auf die Schulter. »Hallo, Herr Gramzow!«

Gramzows Reaktion verriet ihm, dass er Radegast nicht nur gesehen hatte, dass er sogar darauf gefasst war, angehalten zu werden. Kein Erschrecken bei der Berührung, sondern eine etwas verfrühte Abwehrbewegung der Schulter und dann beim Umdrehen ein Blick, der nicht fragend war, sondern auskunftgebend: ›Du kannst mir gar nichts.‹ Dann erst der nicht dazugehörige Text. »Herr Kommissar … habe Sie gar nicht gesehen.«

»Macht ja nichts«, sagte Radegast mit einem schiefen Lächeln. »Solange ich die Augen offen halte. Was machen Sie hier?«

»Ich?«, fragte Gramzow um Zeit zu gewinnen. »Ich habe jemanden besucht.«

»Und wie heißt dieser Jemand?«

Gramzow schenkte Radegast einen offenherzigen Blick aus seinen milchig-blauen Augen. »Netter Versuch, Herr Kommissar. Ich glaube nicht, dass ich Ihnen das sagen muss. Ich frage Sie doch auch nicht, mit wem Sie sich an Ihrem freien Tag treffen.«

»Versuchen Sie's doch mal!«, sagte Radegast. »Könnte interessant und lehrreich für Sie sein.«

»Pff«, machte Gramzow und setzte sich wieder in Bewegung Richtung Ausgang.

Radegast schaut ihm nach und fand seine Meinung über Gramzow einmal mehr bestätigt.

Kurz bevor der die Tür erreicht hatte, drehte Gramzow sich noch einmal zu Radegast um. »Weil Sie es sind, Herr Kommissar: Ich war bei einer Lady. Bei einer französischen Lady. Und tschüs!«

Radegast sah, wie Gramzow mit einer plattfüßigen Drehung ins Freie tänzelte. Dann drehte er sich zum Empfangstresen um. Die junge, etwas pummelige Dame dahinter schenkte ihm ein gewinnendes Lächeln und er fragte sich, ob es ihm persönlich galt oder ob man so etwas auf der Hotelfachschule lernen würde. Falls ja würde *Anita Müller – Auszubildende*, wie sie laut Namensschild hieß, ihre Prüfung sicher mit Auszeichnung bestehen. Der Polizist lächelte zurück und deutete über seine Schulter Richtung Ausgang. »Kannten Sie den Herren?«

»Vom Sehen«, sagte sie. »Er ist Taxifahrer. Aber den Namen weiß ich leider nicht.«

»Den brauche ich nicht. Aber ich wüsste gerne, mit wem er

sich hier im Hotel getroffen hat.«

»Sekunde«, sagte die Hotelangestellte und ging zu ihrer Kollegin, die an der rechten Seite des Tresens mit einer abreisenden Familie beschäftigt war. Sie wechselten ein paar Worte und Anita Müller kam zu ihm zurück. »Es tut mir leid«, sie lächelte bedauernd. »Wir geben grundsätzlich keine Auskunft über unsere Gäste. Das gilt auch für die Polizei und alle anderen Behörden, sofern keine schriftliche Anordnung vorliegt.«

Radegast schaute die Auszubildende an. Ihr Lächeln war plötzlich wie weggeblasen.

Sie hantierte unterhalb des Tresens und wandte sich dann mit deutlich lauterer Stimme an ihn. »Natürlich steht es Ihnen frei, sich über mich bei der Direktion zu beschweren. Mein Name ist Müller.« Sie schob dem Kommissar eine Hotel-Visitenkarte zu.

Während er nach ihr griff, erkannte Radegast die Ziffern drei und neun, die in einer etwas kindlichen Handschrift auf der Rückseite notiert waren. »Das werde ich mir tatsächlich überlegen«, sagte Radegast, jetzt ebenfalls etwas lauter. Und bevor er sich umdrehte, erschien auf Anita Müllers Gesicht ein komplizenhaftes Lächeln zu leicht geröteten Wangen. Jetzt war Radegast sicher, dass es ihm persönlich galt.

›Der Mann hat jemanden anderen erwartet‹, dachte Radegast, als Reinhard Steiner ihm die Tür seines Hotelzimmers öffnete. Die Überraschung war ihm auf die Stirn geschrieben, nur stand da leider nicht, wen Steiner an Radegasts Stelle zu sehen gewünscht hätte. Eine Frau vielleicht? Das würde zu dem teuren Herrenduft passen, der ihn dezent umgab. Sekunden später waren alle verräterischen Zeichen aus Steiners Gesicht verschwunden. »Der Herr Kommissar«, sagte er jovial, »mit Ihnen hatte ich jetzt am wenigsten gerechnet.«

›Er gibt es sogar zu‹, sagte sich Radegast, während Steiner ihn durch sein Zimmer auf den seeseitigen Balkon führte. Eigentlich nicht ein Hotelzimmer, sondern zwei, geschmackvoll um ein Bad-Modul und eine kleine offene Pantry arrangiert. Die Bernstein-Suite. Im Vorbeigehen sah Radegast auf der Couch im zweiten Zimmer einen BH und einen Panty-Slip, die eindeutig nicht Herrn Steiner gehörten. Und die Radegast, wie er sich sagte, auch tatsächlich nichts angingen.

Steiner trug über seiner dunkelgrauen Stoffhose ein offenes Hemd, das auf den ersten Blick weiß war. Auf den zweiten Blick war es weiß-in-weiß gestreift. Der Kommissar hatte keine Vorstellung, wie so etwas hergestellt wurde, aber auch das ging ihn im Moment nichts an.

Steiner kam ihm mit seiner ersten Frage zuvor, während er ihm auf dem Balkon den bequemen Korbstuhl anbot. »Ich nehme an, Sie haben neue Erkenntnisse über unsere verschwundenen Fahrzeuge?«

»Nicht sehr viele. Und leider keine wirklich entscheidenden. Deshalb müssen wir uns an die in solchen Fällen bewährte Routine halten.«

Steiner schaute in Richtung Strand zum Horizont. »Das bedeutet im Klartext?«

»Wir bitten alle Rallye-Teilnehmer noch einmal, sich zu erinnern, ob ihnen in den vergangenen Tagen Sachen, Personen oder Dinge aufgefallen sind, denen sie seinerzeit keine Bedeutung beigemessen haben.«

»Dann können wir Ihren Besuch abkürzen«, sagte Steiner und stand aus seinem Korbsessel auf. »Wenn dem so wäre, hätte ich es gesagt. Und sollte mir noch etwas einfallen, melde ich mich selbstverständlich.«

›Er versucht, mich abzuwimmeln‹, dachte Radegast. ›Er möchte mich so schnell wie möglich loswerden. Aber den Gefallen werde ich ihm nicht tun.‹ – »Natürlich«, erwiderte der Polizist und blieb demonstrativ sitzen. »Aber ich habe noch eine Frage, falls die nicht zu persönlich sein sollte: Wie schaffen Sie es, so gelassen zu bleiben, nachdem Sie gerade einen Oldtimer im Wert von angeblich einer Million verloren haben?«

»Mit einer Million kommen Sie kaum hin. Nicht mal mit zwei. Aber was sind selbst drei Millionen oder sechs? Ich habe mehr verloren, viel mehr. Und das zu einer Zeit, in der ich absolut nicht darauf vorbereitet war.« Er setzte sich wieder und schaute Radegast an. »Meine Frankfurter Freunde sagen immer, dass ich ein barocker Mensch sei. Wenn das wahr ist, bin ich allerdings der erste Spartaner im Barockgewand. Jedes Jahr zur Fastenzeit gibt es vier Wochen lang keinen Alkohol. Ich halte Diät und bin zweimal pro Woche bei meinem persönlichen Fitness-Coach. Die moderne Form der Selbstgeißelung. Und was meine Freude an deutschen Tugenden wie Disziplin, Fleiß und Pünktlichkeit angeht …« Steiner ließ das Ende des Satzes in der Schwebe. Auf seinem Gesicht bemerkte Radegast jetzt ein stilles Strahlen, das nicht nur von der Vormittagssonne über der Ostsee stammte. Steiner winkte aus seinem Sessel einer jungen Frau zu, die vom Strand hochkam und zurückwinkte. Dann stand er auf und gab Radegast die Hand. »Sie müssen mich entschuldigen! Ich habe Marie-Thérèse versprochen, mit ihr zu den Kreidefelsen zu fahren.«

›Die Tochter‹, dachte Radegast. ›Natürlich! Daher die Damenwäsche im Nebenzimmer.‹

»Nur noch eins: Was wollte Herr Gramzow von ihnen? Der Taxifahrer, der gerade hier war?« Wenn Steiner überrascht war, dachte Radegast, dann konnte er es dieses Mal noch besser kaschieren als vorhin an der Tür.

»Ach, der heißt Gramzow? Sehen Sie, ich habe ihn nicht mal nach dem Namen gefragt.«

»Was wollte er?«

»Das wüsste ich auch gerne. Wirklich! Er hat mir irgendwelche Informationen angeboten, die mich eventuell zu meinem Wagen führen könnten.«

»Ach? Und um welche Summe ging es dabei?«

»Auch danach habe ich ihn nicht gefragt«, sagte Steiner mit einem schmallippigen Lächeln. »Sehen Sie, so bin ich. Ich habe gesagt, er soll sich an meine Versicherung wenden. Vielleicht käme er ja mit denen ins Geschäft.«

»Ja«, sagte Radegast, »so sind Sie. Aber wenn Ihnen irgendetwas aufgefallen wäre, hätten Sie es mir selbstverständlich gesagt. Danke für Ihre Kooperation, Herr Steiner!« Er verzichtete auf einen Händedruck und alle anderen Arten von Etikette und ließ den alten Mann auf dem Balkon stehen. Als Radegast die Tür zum Flur öffnete, stieß er fast mit Steiners Tochter zusammen, die ein erschrockenes »Oh, pardon!« hören ließ. Radegast ignorierte auch sie. Er hatte jetzt genug von den Steiners und Konsorten.

DREIUNDDREISSIG

Der blassblaue Fiat 500 nahm es sportlich. Auf der Buckelpiste, die zur Kiesgrube führte, versuchte er, immer wieder mal alle vier Räder gleichzeitig vom Boden zu lösen. Zunehmend erfolgreich. Dazu ächzte, lärmte und polterte das Auto nach Leibeskräften. Gramzow grinste. Wozu sind Leihwagen sonst da?

Als er in seiner eigenen Staubwolke um die letzte Kurve wedelte, schaute einer der beiden Männer, die gestern schon da gewesen waren, hinter dem Russen-Container hervor. Gramzow winkte ihm lässig zu und rauschte weiter bis vor die Treppe zum Büro. Er stieg aus, und erst als er schon auf den Stufen war, bemerkte er, dass etwas fehlte: Rowdy. Der Hund hatte ihn nicht begrüßt. Er war gar nicht da. Das Ende der Eisenkette mit dem Karabinerhaken hing über dem Handlauf. Und das Büro war verschlossen. Was es nach Gramzows Wissen noch nie gewesen war. Er versuchte ins Innere zu schauen, aber wegen der dreckigen Fensterscheiben war nicht viel mehr als das schwarz-weiß-karierte Handtuch, das auf einer Stuhllehne hing, zu erkennen. Gramzow drehte sich um und ging in die Halle. Die Typen von gestern ignorierten ihn. Also ignorierte er sie auch. Der dunkelrote Jaguar E Type, mit dem die beiden Schrauber sich beschäftigt hatten, war weg. ›Fein säuberlich auseinandergenommen und in dem Container verstaut‹, nahm Gramzow an. Jetzt waren sie dabei, ihr nächstes Opfer zu zerlegen. Ein ziemlich großer Motor hing an den Ketten eines Flaschenzugs zwischen zwei Kotflügeln. Die dazugehörige Motorhaube lehnte an der Wand. Und plötzlich, als er sich schon abwenden wollte, erkannte Gramzow das Auto. Es war der Ferrari Daytona, *sein* Ferrari Daytona. Er spürte einen kleinen Stich, aber für Sentimentalitäten war jetzt keine Zeit, er musste einen Mercedes aus dem Main-Taunus-Kreis finden.

Dann fiel ihm auf, dass die Wagen alle keine Kennzeichen mehr besaßen. Die lagen paarweise mit Gummis zusammengehalten auf der Werkbank am Fenster. Wie absichtslos schlenderte Gramzow zwischen den abgestellten Wagen hindurch. An der Werkbank begann er, die Schilder durchzugehen. Aber bevor er etwas gefunden hatte, hörte er dicht hinter sich die Stimme des einen Schraubers.

»Kostet fünfzig Euro.«

Gramzow legte die Schilder weg. »Ich gucke sie mir bloß an.«

»Mit Papiere blanko eintausend«, sagte der zweite vom Motorblock des Daytona.

»Nein«, sagte Gramzow, »ich brauche keine Nummernschilder.«

»Ist gut für Tankstelle ohne bezahlen«, sagte der erste.

›Und gut für Nebenverdienst von Autoschraubern‹, dachte Gramzow, sagte aber nichts, weil er im selben Moment die MTK-Schilder entdeckte. Er zeigte sie dem Jungen, der immer noch hinter ihm stand. »Von welchem Wagen sind diese hier?«

Der Schrauber verschränkte die Arme. »Fünfzig Euro.«

»Dreißig«, Gramzow schüttelte den Kopf. »Höchstens.«

»Einverstanden«, sagte der andere sofort.

Nach langem Zögern fingerte Gramzow dreißig Euro aus seiner Geldbörse und hielt sie dem Typen hin. »Von welchem Auto sind die denn?«

Der Mann nahm die Scheine, schob sie in die Brusttasche seines Overalls. »Ist egal. Oder?« Dann ging er zu seinem Kollegen zurück.

Gramzow schwor sich, dass ihm irgendwer diese dreißig Euro ersetzen würde. Er wusste nur noch nicht, wer. Mit seinen neuen Schildern in der Hand ging er durch die Fahrzeugsammlung. Dann würde er Steiners Auto eben anhand der Sachen identifizieren, die er wusste: silberfarben, Mercedesstern, Türen, die nach oben wegklappen. Am Ende der zweiten Reihe stand ein Auto, dessen Heck ein graziles Chromschild zierte: *300 SL*. Das musste er sein. Gramzow ging um das Heck herum und versuchte, die Fahrertür zu öffnen. Sie war abgeschlossen, und als er den schmalen Türgriff losließ, gab es ein klackendes Geräusch, das in der ganzen Halle zu hören war.

Sofort drehten sich die beiden Typen vom Daytona zu ihm um. »Hey, Finger weg! Auto kostet zwei Milliarden Euro.«

›Ja‹, dachte Gramzow, ›und die Nummernschilder tausend. Erzählt das eurer Oma!‹

»Millionen, nicht Milliarden«, erklärte der eine Schrauber seinem Partner und der antwortete etwas in einer Sprache, die Gramzow nicht verstand.

Aber in seinem Kopf erschien so etwas wie eine mathematische Gleichung: Auf der einen Seite eine Zwei mit sechs Nullen und auf der anderen eine einfache Pistole, gebraucht. Ein ziemliches Missverhältnis. Gramzow hatte noch keine Ahnung, wie er diese Gleichung auflösen sollte, aber er würde es tun. Da hatte er keinen Zweifel. »Zwei Millionen? Nicht schlecht«, dann so beiläufig wie möglich. »Und wann nehmt ihr euch den vor?«

»Wenn wir Schlüssel bekommen«, sagte der eine Schrauber.

Und der andere ergänzte: »Kann sein morgen, kann sein Sonntag.«

Fünf Minuten später, Gramzow hatte seine neuen Schilder gerade in den Leih-Fiat gelegt, hörte er Motorengeräusche aus Richtung Straße. Kurz darauf bog Koeppens Vito um die Kurve und hielt neben ihm an.

Jördens kletterte vom Beifahrersitz, schaute Gramzow an, als hätte der gerade einen entscheidenden Elfmeter versemmelt, und ging wortlos an ihm vorbei zum Büro.

»Warte doch mal!«, sagte Gramzow. Als das nichts bewirkte, schickte er ein hosenscheißermäßiges »Onkel Klaus!« hinterher.

»Was ist?«, fragte Jördens und schloss sein Büro auf.

»Wo ist Rowdy?«, fragte Gramzow und folgte seinem Onkel.

»Zuhause und pennt«, knurrte Jördens und machte die Bürotür vor Gramzows Nase zu.

»Der Hund passt jetzt nachts auf die Autos auf«, hörte er Koeppen hinter sich. »Tagsüber sind die Schrauber ja hier. Außerdem hasst er die.«

»Verstehe«, sagte Gramzow, obwohl ihm unklar war, ob Koeppen mit *er* seinen Onkel oder den Hund gemeint hatte. Er wollte zurück zu seinem Auto, aber Koeppen stand unten vor den Stufen, versperrte ihm den Weg und zündete sich in aller Ruhe einen Zigarillo an.

»Und?«, fragte er und stieß den Rauch aus.

»Alles klar! Ich habe mit ihm geredet.«

»Sie sollten nicht reden. Sie sollten ihn einschüchtern.«

»Das meine ich doch«, sagte Gramzow. »Ich habe ihn eingeschüchtert.«

»Na hoffentlich.« Koeppen gab die Stufen frei, zog mit links die unvermeidliche Geldklammer aus der Hosentasche und machte eine winkende Bewegung mit Zeige- und Ringfinger der rechten Hand. »Die Pistole …«

»Ja«, sagte Gramzow, »da gab's ein kleines Problem.« Koeppens Eisblick reichte aus, dass Gramzow sofort einen Schweißausbruch bekam. Er wusste, dass er weiterreden musste, obwohl er keine Ahnung hatte, was er sagen sollte. »Die Sache ist die. Als ich aus Steiners Zimmer kam, war plötzlich das ganze Hotel voller Bullen. Zivis und in Uniform. Und in der Lobby haben sie Leute kontrolliert, das habe ich gesehen.«

»Und?«

»Und habe mir gesagt, sicher ist sicher. Die ist zwar nicht geladen, aber trotzdem: Besser, sie fällt den Bullen jetzt nicht in die Hände.« Gramzow wischte sich die Handflächen an seiner Cargohose ab. Angstschweiß. Er hatte gerade das Gefühl, mit etwa 160 Kilometern pro Stunde in eine Sackgasse zu brettern. »Ich bin schnell aufs Klo und habe sie versteckt. In der Box für die Papierhandtücher. Ich meine, oben auf den Papierhandtüchern. Und dann die Box wieder zugemacht.« Gramzow hatte keine Ahnung, ob Koeppen ihm die Geschichte abkaufen würde. Aus seinem Gesicht wurde man nicht schlau. Insofern war er bei Onkel Klaus besser dran. Dessen Laune konnte man aus hundert Metern Entfernung erkennen. Musste man aber eigentlich nicht. Die war ja immer schlecht.

»Erst die Waffe«, sagte Koeppen, »dann das Honorar.« Er ließ die Geldklammer wieder verschwinden.

Handbremse, U-Turn mit qualmenden Reifen und dann das Heck zehn Zentimeter vor der Mauer abgefangen. Gramzow wusste, dass er gerade noch mal davongekommen war, mehr Glück als Verstand. »Logisch«, sagte er. »Und eilt ja nicht mit dem Geld. Ich muss jetzt den Leihwagen da abgeben.«

Koeppen erwiderte nichts.

Als Gramzow kurz darauf den Fiat startete, spürte er, dass seine Knie zitterten. Er hatte absolut keinen Plan, wie er an Koeppens Pistole kommen sollte.

VIERUNDDREISSIG

Im Hof des Polizeipräsidiums rangierte Radegast seinen Peugeot auf den für ihn reservierten Parkplatz. Gedacht war der Mal als Statussymbol, jetzt war er fast eine Strafe. Alle, die keinen festen Parkplatz hatten, ließen ihre Wagen einfach so stehen. Hier oder da, kreuz und quer.

Jetzt hatte einer seinen Jeep sogar fast auf den Treppenstufen des Hintereingangs abgestellt. Radegast stieg aus und stutzte. Das war Oles alter Land Rover. Niemand außer seinem Freund besaß einen rechtsgesteuerten 71er Land Rover in geflecktem Militärgrün mit dicken weißen selbstgemalten Peace-Zeichen auf allen fünf Türen. Der Kommissar nahm seine Sachen aus dem Wagen und ging zum Rückportal des Polizeipräsidiums. In der Tür kam ihm Ole entgegen, weiß wie die Kreidefelsen. Immer noch die Nachwirkungen vom Aquavit? »Na endlich, Mensch. Wo hast du denn bloß gesteckt?«

»In Binz. Wenn ich gewusst hätte, dass du auf mich wartest, hätte ich natürlich mein Blaulicht aufs Dach gesetzt. Komm rein!« Radegast hielt seinem Freund die Tür auf, aber Ole blieb wie ein blasser Eisbär mitten im Durchgang stehen.

»Das war's, Fabian. Es ist Schluss. Jetzt machen sie uns dicht.«

Radegast überlegte noch, wer das *sie* und das *uns* in diesem Satz sein könnten, als Ole ihm die aktuelle Ausgabe der Stralsunder Zeitung unter die Nase hielt. Die Schlagzeile hieß *Galgenfrist für Stralsunder Werft.*

»Scheiße!«, sagte Radegast. »Aber da steht doch …«

»Galgenfrist für die Fertigung. Die Konstruktionsabteilung und alle Bereiche, die mit Planung, Entwicklung und Verkauf zu tun haben, werden geschlossen. Ohne Wenn und Aber. Noch in diesem Jahr. Lies selbst!« Ole drückte Radegast die Zeitung in die Hand.

»Scheiße!«, sagte Radegast noch einmal. Ihm fiel kein treffenderes Wort ein. »Aber sie können euch ja nicht einfach so auf die Straße setzen. Dich als Betriebsrat schon gar nicht.«

»Nee. Sie haben mir ein Angebot gemacht, das ich nicht ablehnen kann. Ich soll nach Papenburg umziehen. Und Abteilungschef werden. Abteilungschef im Emsland.«

»Es gibt Schlimmeres«, sagte Radegast. Und wusste, dass das nicht stimmte. Sie standen immer noch im Hintereingang des Präsidiums. Der Kommissar hätte längst wieder an seinem Schreibtisch sitzen sollen. Aber jetzt ging Ole vor. »Ich bringe meine Sachen hoch und dann essen wir irgendwo eine Kleinigkeit. Einverstanden?«

»Nee«, sagte Ole, »nett von dir. Aber ich muss zurück. Die Kollegen warten auf mich. Ein paar von denen sind völlig durch den Wind.« Ole drehte sich um und ging zu seinem Land Rover.

»Dann komme ich heute Abend rum«, rief Radegast ihm hinterher.

Ole zeigte keine Reaktion, vermutlich hatte er ihn nicht gehört.

Der Kommissar blieb stehen, während sein Freund sich in den Land Rover schwang und Gas gab. Zu viel Gas, angereichert mit Frust und Wut. Die dicken weißen Peace-Zeichen waren offenbar vorübergehend außer Kraft gesetzt.

Fabian Radegast ging nach oben. Er hatte seine Hand schon auf der Klinke der Bürotür als er an die Colin Archer denken musste. Ihr Schiff war damit auch gestorben. »Scheiße!«, sagte er noch einmal.

Hella Binder blickte erstaunt von ihrer Computertastatur auf.

Auf seinem Schreibtisch und in seinem elektronischen Postfach stapelten sich Nachrichten und Berichte. Manches war klar und belanglos, anderes war von den Kollegen so formuliert, dass es ohne Zusatzinformationen komplett unverständlich blieb. Oder lag es an ihm? Genervt ließ er sich in seinem quietschenden Bürostuhl zurückfallen und griff nach Oles Zeitung. Beim Blättern nach der Fortsetzung des Werft-Artikels stieß er im Lokalteil auf einen groß aufgemachten Foto-Bericht über die Jungfernfahrt der Fähre König Carl Gustaf nach Rügen. Radegasts Augen streiften den Bericht nur, aber das genügte, ihn stutzen zu lassen. Mit der Fähre waren die Schweden gekommen. Die Autodiebe. Und die Mörder von Gösta Lindblad? Der Kommissar griff zum Telefonhörer und tippte beim Namendisplay auf: *Werner – Redaktion.*

»Feldberg …«

»Fabian hier.«

»Was liegt an, Alter?«

»Ich habe gerade euren Bericht über die Jungfernfahrt der König Carl Gustaf gesehen. Sag mal, Werner, könntest du mir alle Fotos schicken, die ihr in Mukran aufgenommen habt?«

»Vielleicht. Aber dann seid ihr uns was schuldig.«

»Euren nächsten Strafzettel zahle ich.«

»Das ist ein Wort.«

FÜNFUNDDREISSIG

Als Thorsten Gramzow seine Wohnungstür aufschloss, hörte er das Telefon klingeln. Er wusste zwar nicht, wer ihn um diese Zeit anrufen könnte, aber er beeilte sich, warf vom Flur aus die Autoschlüssel auf den Küchentisch, den sie allerdings verfehlten, hastete in den Wohnraum und brachte dabei den DVD-Stapel zum Umsturz. Die Basisstation war leer. Das Telefon klingelte weiter, aber wo? Wieder zurück, immer dem Klingeln nach. Er fand das Mobilteil schließlich auf dem Boden am Fußende seines Bettes. Während er es aufhob, fragte er sich, wann und mit wem er zuletzt telefoniert hatte. Er drückte die grüne Taste. »Ja?«

»Steiner. Hallo, Herr Gramzow!«

Gramzow setzte sich aufs Bett und überlegte. Wie konnte das sein?

Steiner wurde die Pause offenbar zu lang: »Sind Sie noch dran?«

»Ja«, sagte Gramzow und musste sich räuspern. »Woher haben Sie meine Nummer?«

Von der Gegenseite hörte er ein trockenes Lachen. »Sie stehen im örtlichen Telefonbuch. Mit Adresse und allem.«

Das beantwortete noch nicht die Frage, woher Steiner seinen Namen kannte, aber damit konnte Gramzow sich jetzt nicht abgeben. »Gleich nachdem Sie weg waren, kam die Polizei«, sagte Steiner.

›Radegast‹, dachte Gramzow. Natürlich, er hatte ihn ja gesehen.

Steiner erklärte, er habe ernsthaft daran gedacht, ihn anzuzeigen, Auto hin oder her. Aber dann habe er entschieden, Gramzow sollte eine Chance bekommen. Aber nur eine.

Gramzow musste sich schon wieder räuspern. »Sie müssen sich keine Sorgen machen. Die Sache mit Ihrem Auto läuft schon. Ich habe mich sofort darum gekümmert.«

»Gut«, sagte Steiner, »das wollte ich hören. Und wann habe ich den Wagen?«

Gramzow zögerte: »Das hängt von verschiedenen Sachen ab. Aber ich wollte Sie noch was fragen: Ob ich die Pistole vielleicht schon etwas eher zurückhaben könnte?« Gramzow verfluchte sich selbst für den Hosenscheißerklang, den dieser Satz plötzlich bekam. Da war es kein Wunder, dass Steiner auf cooler Hund machte.

»Pistole gegen Auto. Zug um Zug. Wenn Sie die Waffe eher brauchen, will ich meinen Wagen auch eher.«

»Ich muss sehen, was ich machen kann. Da ist allerdings noch was.«

»Ich höre«, sagte Steiner.

»Ich müsste ein paar Leute entschädigen.« Er stand vom Bett auf und ging mit dem Telefon in den Wohnraum. »Sonst geben die mir einen so wertvollen Wagen nicht raus.«

»Wie viel?«

»Genau kann ich das noch nicht sagen. Aber hunderttausend sollten reichen. Keinesfalls mehr.« Pause, Schweigen. Gramzow wusste, dass er jetzt zu weit gegangen war. Ihm hätten doch eigentlich auch zehntausend gereicht. Er würde sich runterhandeln lassen. »Hallo? Herr Steiner?«

»Im Grunde widerspricht das völlig meinen Prinzipien.«

»Ja«, sagte Gramzow, »meinen Prinzipien widerspricht das

doch auch total. Aber ich fürchte, anders kommen wir an Ihren Wagen nicht ran.« Wieder eine lange Pause, aber inzwischen hatte Gramzow ein besseres Gefühl.

»In Ordnung. Ich besorge das Geld«, sagte Steiner. »Wenn ich es habe, rufe ich Sie an.«

»Super, Herr Steiner!« Gramzow hoffte, dass seine Erleichterung nicht überdeutlich wurde.

»Aber Sie sollten mir noch Ihre Handynummer geben. Als Taxiunternehmer sind Sie ja wohl meistens unterwegs.«

Gramzow diktierte Steiner die Nummer und wünschte ihm einen schönen Tag. Dass er dem Mann in fast allem recht gegeben hatte, war nicht nur sein Opportunismus gewesen. Er hatte in diesem Augenblick wirklich den Eindruck, auf Steiners Seite zu stehen. Gramzow und Steiner gegen Koeppen und alle Autodiebe dieser Welt.

SECHSUNDDREISSIG

Radegast klickte durch die Fotodateien, die ihm der Chefredakteur der Stralsunder Zeitung gemailt hatte. Innerhalb von fünf Minuten. Da waren eigentlich sogar zwei Strafmandate drin. Okay, anderthalb.

Thorsten Gramzows Taxe war auf ungefähr zwanzig Bildern zu sehen. Sein Wagen stand direkt neben einem schwar-
zen Mercedes Vito. Auf drei der Fotos sprach Gramzow offenbar mit einer Person am Steuer des Kleinbusses, die allerdings nicht ausgestiegen und wegen der Spiegelungen der Frontscheibe nicht zu erkennen war. Die Person war männlich, wenn man von dem Anzugarm im offenen Fenster ausging.

Joachim von Plessen kam in Radegasts Büro. Grinsend wie ein Honigkuchenpferd – wie sein junger Kollege selbst es vermutlich ausgedrückt hätte. »Volltreffer, Chef!« Er legte einen Computerausdruck auf Radegasts Schreibtisch. »Der Mercedes Vito gehört einer Hamburger Autovermietung und wurde von Herrn Jens Koeppen angemietet. Ein notorischer Gesetzesbrecher mit einer ansehnlich langen Liste von Vorstrafen. Darunter fällt eine nicht unerhebliche Anzahl schwerer Gewalttaten. Das ist sein Konterfei.«

›Gesetzesbrecher‹, dachte Radegast, während er das Foto studierte, ›eigentlich ein guter Begriff.‹

Aber von Plessen hatte noch mehr zu bieten. »Herr Koeppen ist dreiunddreißig Jahre alt. Er hat vier dieser Jahre in einer Haftanstalt verbracht, als Folge einer vorsätzlichen Körperverletzung mit Todesfolge. Vor drei Jahren wurde ihm eine elfmonatige Reststrafe wegen guter Führung erlassen. Zuvor war er übrigens auch im Ausland straffällig geworden.«

»Interessant!« Radegast nahm den Computerausdruck und überflog die Liste der verschiedenen Delikte. »Schweden ist auch dabei.«

»Sehr richtig. Herr Koeppen wurde in Malmö wegen Immobilienbetrugs verurteilt. Gemeinsam mit einem belgischen Staatsbürger und drei Schweden. Zur Abbüßung dieser Missetat wurde er allerdings nach Deutschland zurückgeschickt.«

»Seitdem ist er nicht mehr auffällig geworden. Oder hast du andere Informationen? Was sagen die Hamburger Kollegen?«

»Seit seiner Entlassung sei Koeppen wohl ausschließlich im Baubereich tätig. Unsere hanseatischen Kollegen vermuten, dass er sich mit der Einschleusung und Vermittlung von illegalen Bauarbeitern befasst. Hierbei verschleiere er sein Tun durch verschiedene sogenannte Subunternehmen. Weshalb die Behörden bislang noch nicht in der Lage waren, ihm den Garaus zu machen.«

›Den Garaus‹, wiederholte Radegast für sich. Sein junger Kollege hatte es sich offenbar zum Ziel gesetzt, sämtliche vom Aussterben bedrohten Wörter der deutschen Sprache wenigsten noch einmal in den Mund zu nehmen. Aber als er aufblickte und Joachim von Plessen ihm sein breitestes Grinsen schenkte, wusste Radegast, dass das immer noch nicht alles war. »Danke, Joachim! Sonst noch was?«

»In der Tat habe ich noch ein kleines Ass im Ärmel. Jens Koeppen soll in jüngerer Vergangenheit wiederholt für das Bauunternehmen Lamberti tätig gewesen sein.«

›Lob ihn!‹, ermahnte sich Radegast. ›Er hat es wirklich verdient!‹ – »Sehr gut, Joachim! Ausgezeichnete Arbeit!«

Von Plessens Lächeln wurde noch zwei bis drei Zentimeter breiter, aber dann fuhr er es zurück. »Leider konnte ich seinen derzeitigen Aufenthaltsort nicht ermitteln. Trotz diversester Bemühungen.«

»Halb so wild. Ich kenne jemanden, der Kontakt zu Koeppen hat. Früher oder später wird der uns wahrscheinlich zu ihm führen: Thorsten Gramzow.« Radegast zeigte von Plessen das Foto vom Fährhafen.

Der rieb sich vor Begeisterung die Handflächen. »Soll ich eine Handyortung beantragen und in die Wege leiten?«

»Nein. Wir machen es klassisch. Setz dich in deinen Wagen, fahr nach Bergen und häng dich an Gramzow dran! Es sei denn, du bist an deinem Computer gerade unabkömmlich.«

Joachim von Plessen schüttelte den Kopf und strahlte noch mehr, ganz so, als hätte er gerade den höchsten Polizeiorden der Milchstraße erhalten. »Aktive Beschattung … Wahnsinn! Auf so was warte ich, seit ich hier bin.«

›Na also, geht doch‹, dachte Radegast. ›Von Plessens letzter Satz war doch für seine umständliche Ausdrucksweise fast schon geradeaus.‹

SIEBENUNDDREISSIG

Reinhard Steiner saß in einem grünen Hyundai i10, der nach Plastik und faulen Eiern roch, und beobachtete seit dreißig Minuten den gesichtslosen Wohnblock an der Bergener Störtebekerstraße. Das erste Mal, dass er sich in einen koreanischen Kleinwagen gesetzt hatte. Normalerweise wäre ihm so etwas im Traum nicht eingefallen. Aber die Vermietung in Binz hatte keinen anderen Wagen gehabt. Zur Eingewöhnung hatte Steiner ein paar Runden durch Bergen gedreht, in der Hoffnung, Gramzow irgendwo in seiner Taxe zu entdecken. Aber das war ein Schuss ins Blaue gewesen. Schließlich hatte er die Störtebekerstraße angesteuert. Früher oder später würde Gramzow hier aufkreuzen.

Steiner heftete seine Augen auf den Hauseingang und stellte sich vor, hier sei sein Zuhause. Er tat das völlig emotionslos, ohne jede Wertung. Was fühlst du, wenn du durch diese Tür gehst? Wie siehst du die Welt? Was erwartest du von der Welt? Was wäre dein höchstes Glück? In die Haut des Kontrahenten schlüpfen, nannte Steiner diese Übung, die ihm früher oft zu einem entscheidenden Verhandlungsvorteil verholfen hatte. In geschäftlichen Dingen und in privaten. Jetzt, in dem Hyundai in der Störtebekerstraße von Bergen, merkte Steiner, dass er offenbar aus der Übung war. Er konnte sich nicht in Gramzow hineindenken, spürte nicht, wie der Taxifahrer tickte. Stattdessen tauchte vor seinem inneren Auge eine Person auf, die sich Reinhard Steiner nannte und gerade in Bordeaux gelandet war. Er musste zugeben, dass ihm diese Person jetzt nicht weniger fremd schien als dieser Gramzow. Sobald er damals das Flugzeug verlassen hatte und über das Rollfeld von Bordeaux-Mérignac lief, war er ein anderer Mensch. Er atmete die Luft des Südens und durchquerte mit großen Schritten die Halle des Flughafens. Vorbei an der Pass- und Zollkontrolle trat er ins Freie. Und da war sie. Braungebrannt und lächelnd, die große Sonnenbrille in die kurzen blonden Haare geschoben, lehnte sie an ihrer weißen Floride, dem offenen Zweisitzer, den ihr der Vater zum Abitur geschenkt hatte. Inzwischen studierte Vivianne Philosophie. Sie war links, unorthodox und emanzipiert. Steiner hatte diese Einstellung anfangs belächelt. Aber er erkannte schnell, dass diese Ansichten genauso zu Vivianne gehörten, wie ihre sonnengebräunte Haut und ihre grünlich schimmernden Augen. Vivianne wurde durch ihre Liebe zu Steiner in einen Zwiespalt getrieben. Ihr ungezwungenes Leben als Studentin einerseits und der Wunsch, wenigstens etwas von dem Mann zu behalten, der sie zwischendurch immer wieder verlassen musste. Sie entschied, sie wollte ein Kind von Steiner. Und sie bekam im August 1985 eine Tochter: Marie-Thérèse. Vivianne war glücklich. Sie unterbrach ihr Studium für zwei Semester, zum Leidwesen ihrer Eltern, die dem Deutschen gegenüber ablehnend blieben. Die nächsten beiden Jahre waren die schönsten in Steiners Leben. Rochefort, Viviannes kleine Wohnung in der Rue du Mirail, wurde Steiners zweite Heimat. Wenn er morgens das Haus verließ, scherzte er in seinem holprigen Französisch mit der Concierge, der Tabakhändler an der Ecke klopfte ihm freundschaftlich auf die Schulter und im Post- und Telegrafenamt, über das er Kontakt zu seiner Firma hielt, begrüßte man ihn bald mit Namen: *Monsieur Steiner, lettres importantes!* Nach Marie-Thérèses erstem Geburtstag reiste Vivianne zu einer Philosophen-Tagung nach Paris. Irgendwelche Meisterdenker traten da auf. Aber Vivianne sollte den Kongress nie erreichen. Kurz nachdem sie die Metro-Station Montparnasse verlassen hatte und die Rue de Rennes hinunterging, explodierte vor einem Kaufhaus ein Sprengsatz und riss sie zusammen mit vier weiteren Passanten in den Tod. Reinhard Steiner erinnerte sich bis heute an den Moment, als er im Radio die Nachrichten über den Bombenanschlag gehört hatte. Aber ihm war nicht klar, ob er wirklich sofort an Vivianne gedacht hatte, als die Meldung in sein Bewusstsein drang. Jedenfalls war er augenblicklich beunruhigt. Es dauerte einen halben Tag, bis Steiner herausgefunden hatte, dass niemand, den er kannte, etwas Verlässliches über Vivianne sagen konnte und einen ganzen weiteren Tag, bis er die Bestätigung bekam, dass seine Geliebte unter den Todesopfern des Anschlags war. Steiner stand vor einem Abgrund. Er setzte sich in seinen Opel Commodore und fuhr los. Vor seinem inneren Auge tauchten der Pfeiler einer Autobahnbrücke auf und ein Bahnübergang hinter Gießen. Aber er raste weiter. Irgendwo in der Nähe von Rennes, nachts an einer Tankstelle, kam er wieder zu sich. Er hatte gewendet und war nach Frankfurt gefahren.

Steiner zuckte zusammen. Eine Gestalt, die Ähnlichkeit mit Gramzow hatte, war gerade aus der Haustür getreten, aber anstatt den Plattenweg zur Straße zu nehmen, kam er quer über die löwenzahnbesetzte Rasenfläche auf ihn zu. Hatte er ihn von drinnen gesehen? Steiner wusste, dass ihm niemand verbieten konnte, in einem Leihwagen in der Störtebekerstraße zu sitzen, aber aus taktischen Gründen war es ihm lieber, wenn Gramzow nichts von seiner Anwesenheit wusste. Also schob er sich in seinem Sitz so weit nach unten, wie es die Maße eines koreanischen Kleinstwagens einem hessischen Kleiderschrank gestatteten. Und obwohl Steiner das deutliche Gefühl hatte, der Hyundai würde unter diesem Manöver leicht schwanken, ging Gramzow achtlos an ihm vorbei. Steiner hörte das plattfüßige Tapsen, als der Taxifahrer die Fahrbahn überquerte. Als er sicher war, dass Gramzow ihn nicht bemerkt hatte, kam Steiner in seinem Sitz wieder hoch. Im Rückspiegel sah er, wie der Mann die Fahrertür eines blauen Fiat 500 aufschloss und sich auf den Fahrersitz plumpsen ließ. Steiner gratulierte sich zu seiner Weitsicht.

Während er Gramzow mit einem großzügig bemessenen Sicherheitsabstand durch Bergens Neubaugebiet folgte, fragte er sich, ob er den Mann vielleicht falsch einschätzte. Möglicherweise war das der Grund, dass es ihm nicht gelungen war, in seine Haut zu schlüpfen. Möglicherweise ging von dessen plattfüßiger Bräsigkeit eine Gefahr aus, die er unterschätzte.

Die Sache mit dem Sicherheitsabstand erledigte sich, als Gramzow an der nächsten Ampel hielt. Steiner musste zu dem Fiat aufschließen. Als das Licht grün zeigte, bog der Fiat auf die Bundesstraße 96 ein und Steiner folgte ihm. Die nächste halbe Stunde war Kolonnenverkehr angesagt. Die lange Schlange derer, die die Insel verlassen wollten. Da wundert sich keiner, wenn immer derselbe Wagen hinter einem klebt. Steiner hing ungestört weiter den Erinnerungen an Vivianne und seinen goldenen Jahre nach, während sie den langen Anstieg zur großen Brücke nahmen.

Der Fiat bog in die erste Ausfahrt Richtung Stralsund ab und Steiner folgte wieder mit größerem Sicherheitsabstand. Dann fuhr der Wagen auf ein Tankstellengelände, Steiner stoppte und stellte den Motor ab. War diese Tankstelle ein Schlüssel, der ihn zu seinem Wagen führen würde? Sicherheitshalber notierte Steiner die Adresse. Dann rollte er vor, um einen besseren Einblick in das Gelände zu haben.

Der himmelblaue Fiat stand an der Seite des Gebäudes. Also war Gramzow nicht hier, um zu tanken. Sondern um mit den Hintermännern über seinen 300 SL zu verhandeln? Steiner sah, wie Gramzow aus dem Tankshop kam, jedoch nicht zu seinem Wagen ging, sondern auf die Straße trat und zu Fuß

in Richtung Hafen marschierte. Inzwischen fühlte sich Steiner in seiner Rolle als unsichtbarer Verfolger so sicher, dass er sogar darauf verzichtete, die Sonnenblende als Sichtschutz herunterzuklappen. Er folgte ihm bis auf das Hafengelände und sah, wie der Mann geradewegs auf eine ältere Mercedestaxe zuging. Die passte zu ihm.

Steiner hatte eine Parklücke gefunden, von der aus er alles im Blick hatte. Er sah, wie Gramzow umständlich in dem Wagen herumkramte. Schließlich setzte sich das Taxi in Bewegung und hielt auf die einzige Brücke des Hafengeländes zu, die für Kraftfahrzeuge zugelassen war. Steiner machte sich auch startklar. Und dann bemerkte er einen grünen Opel Vectra, der hinten an einem Speicher gestanden hatte und losfuhr. In die gleiche Richtung wie Gramzow. Steiner kam das merkwürdig vor. In den fünf Minuten, in denen er Gramzow beobachtet hatte, war in den Opel niemand eingestiegen. Oder aus. Das hätte er bemerkt. Es war überhaupt niemand auf dem weiten Platz gewesen. Das merkwürdige Gefühl wurde zu einer Gewissheit, als die Taxe von der Brücke kam und rechts abbog, auf Steiners Warteposition zu. Der Opel folgte ihm zielstrebig und Steiner konnte einen Blick ins Innere werfen. Eine Person, männlich, etwa 30 Jahre alt. Marie-Thérèse hätte ihn wahrscheinlich als gutaussehend bezeichnet. Steiner wendete den Hyundai und folgte dem Opel, der wiederum der Taxe folgte. Nach weniger als einer Minute war er sicher, dass der grüne Vectra ein Zivilfahrzeug der Polizei oder des Zolls war: einfache Serienausstattung, unauffällige Farbe, das Fehlen aller individuellen Kennzeichen. Steiner erkannte seine Schweine am Galopp.

Etwa neunzig Minuten später war Reinhard Steiner die Lust vergangen. Wäre das zivile Polizeifahrzeug nicht gewesen, das sein Interesse wach hielt, hätte er Gramzows Beschattung vermutlich schon eingestellt. Steiner hatte mehr Einblicke in das Berufsbild eines Taxifahrers bekommen, als er jemals haben wollte. Gramzow hatte einen angeschickerten Rentner aus einer Kneipe drei Ecken weiter nach Hause gefahren. Und eine Mutter mit zwei Kindern vom Bahnhof in ein Neubaugebiet westlich des Stadtkerns. Die übrige Zeit hatte Gramzow an Taxihalteplätzen gestanden und gewartet. Steiner kannte sich mit den Taxitarifen in Mecklenburg-Vorpommern nicht aus. Aber er fragte sich, wie Gramzow oder sonst jemand von dem Job leben konnte.

ACHTUNDDREISSIG

Radegast saß an seinem Schreibtisch und widmete sich wieder seinen Papieren. Da war die Akte *Woernle*. Laut Gutachten der Gerichtsmediziner eine natürliche Todesursache. Die Staatsanwaltschaft wartete auf den Abschluss des Vorgangs. Radegast hätte ihn selbst gerne vom Tisch gehabt, wenn da

nicht der Name *Gramzow* gewesen wäre.

Der Kommissar nahm die Akte und ging damit ins Nachbarbüro zu Annekathrin Struve. »Woernle«, sagte er, »der tote Strandkorbwächter. Abschließen oder nicht? Dieser Taxifahrer hat ihn nachts auf der Landstraße rausgeworfen. Obwohl wir das vermutlich nicht beweisen können.«

»Und?«

»Er hängt in deiner Sache auch mit drin. Er war in Mukran und hat den Schweden gefahren.« Das Telefon auf Radegasts Schreibtisch klingelte.

»Gib mal her!«, sagte Struve und streckte die Hand nach der Akte aus. »Ich schau's mir an.«

Radegast gab ihr die Akte, ging zurück und angelte nach seinem Telefon. Die Nummer im Display gehörte zu von Plessens Dienst-Handy. »Joachim, wie sieht's aus?«

Der junge Kollege gab einen kurzen Bericht über seine Zielperson. Gramzow absolviere offenbar eine ganz normale Taxi-Schicht. Das mache das Beschatten mitunter schwierig.

»Schon klar«, sagte Radegast, »und warum rufst du jetzt an?«

»Soll ich denn noch weiter an ihm dran bleiben?«

»Ja«, sagte Radegast, »das hatten wir doch so verabredet, nicht?«

»Hmh.«

Radegast meinte etwas Unwillen herauszuhören. »Polizeiarbeit«, sagte er. »Ich hoffe, du hast damit nicht plötzlich ein Problem.«

»Nein«, sagte von Plessen, »es ist nur … es ist ein anderes Problem.«

»Und zwar?«

Von Plessen antwortete so leise, dass Radegast zwar die etwas beklommene Satzmelodie mitbekam, aber nicht den Inhalt.

»Die was? Du musst bitte etwas deutlicher sprechen.«

Von Plessens Antwort kam laut und trotzig. »Die Blase. Ich habe mir die Blase verkühlt. Das ist eine nicht unerhebliche Inhibition bei einer Observation.«

Der Kommissar hielt sich nicht mit der Deutung des Wortes *Inhibition* auf. Er war froh, dass von Plessen für seine Blase nicht den lateinischen Terminus verwendet hatte. Da hätte er vermutlich auf dem Schlauch gestanden. »Verstehe«, sagte er, die Stimme so sachlich wie möglich. »Ich komme dich ablösen. Hältst du noch zehn Minuten durch?«

»Ja, das schaffe ich«, sagte von Plessen. »Danke!«

NEUNUNDDREISSIG

Gramzow fuhr den Tribseer Damm hoch in Richtung Bahnhof und hätte kotzen können: Koeppen war ihm tausend Euro schuldig, von diesem Oldtimerfahrer würde er hunderttausend bekommen und trotzdem musste er jetzt Taxi fahren. Seine letzten hundertzwanzig Euro waren für den Leih-Fiat draufgegangen. Aber das Geld würde er sich von Koeppen auch noch zurückholen. Um in bessere Stimmung zu kommen, dachte er an seine Studentin. Er hatte gerade einen Opa mit Rollator am Seniorenheim Prohner Wiek nördlich von Stralsund abgesetzt. Da wohnte ihre Oma ja auch. Es war natürlich Quatsch, aber er hatte sich vorgestellt, wie sie gerade zufällig aus dem Haus träte, als er ankam. Er hätte sie dann nach Hause gefahren. Umsonst. Aber natürlich war sie nicht da gewesen. Die arme alte Großmutter war ihr so was von egal. ›Stattdessen mit Mario Götze nachts am Fernfahrer-Imbiss rumhängen. Die Schlampe …‹ Gramzow bemerkte, wie seine Laune schon wieder gegen null ging. Außerdem hatte er Hunger. Andererseits kam in fünfzehn Minuten der Regionalexpress aus Berlin. Wenn er heute überhaupt noch was verdienen wollte, dann musste er sich am Bahnhof anstellen. Der Platz vor dem Gebäude war mit drei Taxen besetzt, wie üblich. Also die Nachrücker in der Bahnhofstraße. Gramzow setzte den Blinker. Dann sah er die Schlange der wartenden Kollegen, sieben Taxen oder acht. ›Ohne mich der Spaß. Zurück in die Stadt!‹

Gramzows plötzlicher Entschluss brachte den Fahrer eines grünen Opel Vectra in Bedrängnis.

VIERZIG

Reinhard Steiner hatte gesehen, wie Gramzow ein Abbiegemanöver antäuschte und dann im letzten Moment doch geradeaus fuhr. Ein Bauerntrick, wenn du einen Verfolger abschütteln willst. Und der Zivi-Vectra war darauf reingefallen. Steiner lächelte, als er im Spiegel sah, wie der Opel die Verfolgung aufgab und in die Bahnhofstraße zurücksetzte. Die gute Nachricht für Steiner war, dass er den Polizisten – oder was auch immer – los war. Die schlechte, dass Gramzow diesen Verfolger offenbar doch bemerkt hatte. Und jetzt die Augen vermutlich ständig im Rückspiegel haben würde. Steiner wollte sich weiter zurückfallen lassen. Aber hinter ihm fing ein Getränkelaster an, lange und durchdringend zu hupen, sodass er wieder zur Taxe aufschließen musste.

EINUNDVIERZIG

Gramzow stand an der Ampel und schaute in den Rückspiegel. Dieses Hupen da hinten ging ihm auf die Nerven. »Die Ampel ist rot, du Schwachmat!«, schrie er. Er wollte sich gerade umdrehen, als jemand gegen seine Seitenscheibe klopfte.

Ein Mann, etwa fünfzig, schon weißhaarig, schwarze Cordhose, Weste. Gramzow hielt ihn für einen Zimmermann. »Fahren Sie mich nach Bergen? Das ist irgendwo auf Rügen.«

»Steigen Sie ein!«

»Moment«, sagte der Mann, »meine Sachen.« Am Fahrbahnrand wartete eine halbe Baustelle. Diverse Werkzeuge in einem grauen Bottich, ein Sack Zement, verschiedene Pakete.

›Kein Zimmermann‹, dachte Gramzow, ›eher Fliesenleger.‹ Er entriegelte den Kofferraum, dass die Klappe aufsprang, und sah zu, wie der Mann seine Baustelle ins Auto verlud. Inzwischen war die Ampel auf Grün gesprungen. Hinter ihm ging das Hupen erneut los, inzwischen vielstimmig. Gramzow fuhr den linken Arm aus dem Fenster und machte den Effenberg.

Der Fliesenleger schlüpfte auf den Beifahrersitz, seine Wasserwaage im Arm. Er zog die Tür zu und lächelte Gramzow an. »So. Nun können wir langsam.« Da war die Ampel aber schon wieder rot.

Als die Taxe die Brücke endlich hinter sich gelassen hatte, wusste Gramzow, dass der Fliesenleger beim Reden genauso umständlich war wie beim Einladen. Vielleicht arbeitete er ja schneller. Der Taxifahrer hatte erfahren, dass der Fahrgast aus Niedersachsen kam, einen Laden in Stralsund verfliest hatte und jetzt seinem Schwager in Bergen helfen wollte. Den musste er später noch anrufen, um sich die genaue Adresse sagen zu lassen.

›Komischer Schwager‹, dachte Gramzow. Er tippte eher auf Schwarzarbeit.

Der Redefluss des Fliesenlegers hatte sich dann plötzlich offenbar erschöpft. Er hielt die Klappe und schaute aus dem Fenster. Gramzow war das nur recht. Er musste über Wichtigeres nachdenken: Wie sollte er an Steiners Mercedes rankommen? Bevor er eine Antwort darauf gefunden hatte, klingelte sein Handy. Er nahm das Gespräch über die Freisprechanlage an. Und wusste, wer dran war, bevor der andere das erste Wort gesagt hatte.

»Ich bin's.«

Da hatte sich Koeppens eisblaue Kälte schon im Wagen verbreitet wie ein geruchloses Gas.

»Hallo«, sagte Gramzow und dachte sofort an die Pistole, die der Mercedesbesitzer ihm weggenommen hatte. »Ich habe gerade einen Fahrgast. Ich bin mit der Taxe unterwegs.«

»Ich schicke gleich eine SMS mit einer Adresse. Da kommen Sie hin! Jetzt sofort!«

Gramzow fragte sich, ob Koeppen ihn überhaupt hörte. Er musste Zeit zum Nachdenken gewinnen. »Wie gesagt, ich habe einen Fahrgast und der …«

»Das ist keine Bitte, das ist ein Befehl!«, schnitt Koeppen ihm das Wort ab. Bevor Gramzow etwas sagen konnte, legte er auf.

Gramzow schaute auf die Fahrbahn vor sich und versuchte seine Gedanken neu zu ordnen.

»Der Boss?«, fragte der Fliesenleger.

Gramzow ignorierte ihn. Er hatte irgendwie gehofft, sich mit den hunderttausend von diesem Steiner absetzen zu können, bevor Koeppen ihm auf den Pelz rücken würde. Wäre ja auch zu einfach gewesen. Ein Doppelpiepsen seines Handys meldete Gramzow den Eingang einer SMS. Er kontrollierte sie im Fahren: eine Adresse in Sassnitz. Er kannte sie und löschte die Nachricht. Dann beschleunigte er die Taxe, setzte trotz Geschwindigkeitsbegrenzung und durchgezogener Linie zum Überholen an.

ZWEIUNDVIERZIG

Geschwindigkeitsbegrenzung und Überholverbot. Radegast folgte Gramzows Taxe mit dem gerade noch vertretbaren Abstand. Zwischen beiden Fahrzeugen befanden sich drei weitere Wagen, aber er hatte alles im Griff. Bis die Taxe ganz plötzlich beschleunigte, Anlauf auf einen Reisebus nahm und sich an ihm vorbeiquetschte. Radegast holte ebenfalls Schwung, musste aber wegen des Gegenverkehrs abwarten. Und dann kam eine langgezogene Kurve. Der Kommissar fluchte in sich hinein. Wenn du einen Verfolger abhängen willst, dann musst du es so und nicht anders machen. Als die Gegenfahrbahn einsehbar und frei war, nahm Radegast sich den Reisebus vor. Doch dann scherte kurz vor ihm der kleine Hyundai aus, der die ganze Zeit zwischen ihm und der Taxe gehangen hatte. Radegast musste vom Gas gehen. Auf der anderen Seite kam ihm schon wieder ein Wohnmobil entgegen, mit Lichthupe, Vogelzeigen und Auf-ihn-Zuhalten, das volle Programm. Der grüne Hyundai hatte offenbar auch beschlossen, von jetzt ab alle Verkehrsregeln zu ignorieren. Er heizte wie ein Rallyefahrer über die B96. Radegast, inzwischen wieder völlig entspannt, heizte hinterher. Er hatte sich vorhin am Stralsunder Bahnhof hinter Gramzows Taxe geklemmt. Und ihn seitdem nicht aus den Augen gelassen. Von Plessen hatte sich über Funk gemeldet und gesagt, dass er nach einem Apothekenbesuch wieder einsatzbereit wäre. Radegast hatte ihn ebenfalls auf die Insel beordert. Als Unterstützung für etwaige Eventualitäten.

Als er kurz vor Bergen war, sah Radegast Gramzows Taxe wieder, etwa dreihundert Meter voraus und der Hyundai als Puffer zwischen ihnen. Der Kommissar wollte gerade Kontakt zu von Plessen aufnehmen, als die Taxe rechts auf die Aral-Tankstelle abbog. Radegast fuhr ihm hinterher, umquerte aber das Gebäude und hielt auf dem Lkw-Parkplatz gegenüber der Zapfsäulen. Der Hyundai wartete bei der Reifendruckanlage, während Gramzow und sein Fahrgast am Kofferraum der Taxe standen und Gerätschaften ausluden. Der Hyundai-Fahrer stieg ebenfalls aus, ein großer Mann aus einem kleinen Wagen. Radegast erkannte ihn: Reinhard Steiner. Während er seine Scheiben putzte, schaute er zur Taxe herüber.

Und dann schwang sich Gramzow wieder in seinen Wagen. Quietschende Reifen beim Anfahren, zurück auf die B 96. Offensichtlich hatte er es immer noch eilig. Radegast überließ Reinhard Steiner wieder die Rolle des ersten Verfolgers. Beim Anfahren nahm er Kontakt zu von Plessen auf.

DREIUNDVIERZIG

Die Strecke von Bergen nach Sassnitz war ein Katzensprung. Viel zu kurz für die Probleme, die Gramzow zu lösen hatte. Je näher er dem Ortsschild kam, desto langsamer fuhr er. Was sollte er Koeppen wegen der Pistole sagen? ›Ich bin zurück zum Hotel gefahren, aber sie war nicht mehr da?‹ Er schüttelte den Kopf. Da könnte er sich gleich einen Strick besorgen. Oder vom Königsstuhl hüpfen. Gramzow hatte immer noch keine Lösung, als er auf den viel zu engen Parkplatz des Rügenhotels einbog. Dann sah er Koeppen, der im Schatten des Vordachs stand und ihn über seinen qualmenden Zigarillo hinweg fixierte. Gramzow stieg aus, schloss den Wagen ab und ging mit hängendem Kopf auf Koeppen zu.

»Hallo«, sagte er. Und dann, ohne dass er es wollte: »Ich habe die Pistole. Allerdings nicht bei mir. Ich hatte ja keine Ahnung, dass Sie anrufen.«

Koeppen gab ihm ein Zeichen, ihm durch die Lobby zu den Fahrstühlen zu folgen. Er schien nicht sonderlich interessiert.

Aber Gramzow hatte an seiner Story Gefallen gefunden. »Ich habe sie zur Kiesgrube gebracht. Natürlich nicht in die Halle, sondern ins Büro. Da steht ein alter Tresor für den Sprengstoff. Da ist sie drin. Schien mir irgendwie passend. Dynamit und Pistole. Gefährliches Zeugs.«

Koeppen starrte auf die Stockwerksanzeige des Fahrstuhls und schwieg.

Gramzow war mit sich zufrieden. Jetzt musste er den Tresorschlüssel verschwinden lassen und er war raus aus der Sache.

Im achten Stock gab es ein Pling und die Türen öffneten sich. Koeppen hatte immer noch kein Wort gesagt. Er ging durch einen schwach beleuchteten Flur, blieb dann vor einer Tür stehen, öffnete sie mit seiner Zimmerkarte und stieß sie auf. »Schaffen Sie ihn weg!« Koeppen machte keine Anstalten, den Raum zu betreten.

Und Gramzow wusste sofort, warum: eine Blutlache im Badezimmer, als wäre da eine Wassermelone explodiert. Und die dunklen Spritzer auf dem Teppichboden vor dem Bad wa-

ren mit Sicherheit auch Blut. Koeppen hatte also wieder abgedrückt. Und wieder mal nur, weil einer pinkeln wollte? Der Typ war ja so was von durchgeknallt.

»Na, los!«, hörte Gramzow und verspürte einen Stoß in seinem Rücken, der ihn in Richtung Badezimmertür brachte. »Nicht da! Auf dem Balkon.«

Gramzow ging voran und spürte, dass Koeppen ihm jetzt folgte. Das Hotelzimmer hatte nichts Bemerkenswertes außer seiner Aussicht. Achter Stock mit Blick auf den Hafen und die Ostsee. Aber der wurde massiv beeinträchtigt durch Koeppens Opfer, das draußen schräg in einem der Korbsessel hing, das kreidebleiche Gesicht Richtung Geländer gedreht. Gramzow war auf alles gefasst gewesen, aber nicht auf das: Als er durch die Balkontür trat, bewegte sich der Kopf in seine Richtung und Gramzow erkannte ihn. »Onkel Klaus!«

Der Alte schob sich hoch, öffnete die misstrauischen Schweinsäuglein. »Geht gleich wieder. Bloß mein Magengeschwür.«

»Hast du wieder deine Medikamente vergessen, Onkel Klaus?«, fragte Gramzow, hosenscheißermäßig wie üblich.

»Kein Rumgequatsche!«, sagte Koeppen. »Schaffen Sie ihn weg!«

»Ja«, sagte Gramzow und half Jördens hoch. Sein Kopf war voller Fragen: Was hatte sein Onkel hier mit Koeppen zu tun gehabt? Konnte jemand überhaupt so viel Blut verlieren und trotzdem noch leben?

Die Antwort auf die zweite Frage kam prompt, als Jördens ein röhrendes Geräusch hören ließ und fast zeitgleich einen neuen Schwall tiefroten Blutes ausstieß. Gramzow konnte ihn gerade noch von sich wegdrehen. So traf es Koeppens Anzughose.

Koeppen stieß einen Fluch aus, drehte sich um. Er rannte ins Bad und knallte die Tür hinter sich zu.

Gramzow war unschlüssig. Er konnte schlecht hinterher und sich entschuldigen. So setzte er seinen Onkel erst mal zurück in den Korbsessel und lauschte in Richtung Bad. Und dann entdeckte er den Aluminiumkoffer, der in der Ecke neben dem Flachbildschirm stand. Er ging auf Zehenspitzen hin. Der Koffer war offen und er enthielt die Schlüssel der gestohlenen Fahrzeuge. Jedes mit einem Anhänger, auf dem das Kennzeichen notiert war. Gramzow lauschte in Richtung Bad und hörte Wasserrauschen … Es brauchte nicht lange, bis er die Schlüssel für Steiners Mercedes herausgefischt hatte. Sein Schlüssel zu seinen hunderttausend Euro. Er fühlte sich plötzlich sehr gut. Unbesiegbar. Deswegen suchte er auch noch den Schlüssel für *seinen* Daytona. Aber den konnte er in der Eile nicht finden.

Schließlich schnappte er sich seinen Onkel, drückte ihm das blutverschmierte Handtuch vor den Mund, das über der Balkonbrüstung hing, und führte ihn aus dem Hotelzimmer. Im Vorbeigehen klopfte er an die Badezimmertür. »Wir sind dann weg.«

Von drinnen kam keine Antwort. Und zum ersten Mal fühlte Gramzow sich im Beisein seines Onkels nicht hosenscheißermäßig.

Während sie auf den Lift warteten, hatte Gramzow plötzlich das ungute Gefühl, es wäre jemand hinter ihm. Aber als er sich umdrehte, war da nichts.

VIERUNDVIERZIG

Radegast wusste, dass er am Ziel war. Oder jedenfalls kurz davor. Sein Bauchgefühl, an dem Taxifahrer dranzubleiben, damit er ihn zu den Hintermännern führen würde, war richtig gewesen. Selbst auf die Entfernung von dreißig Metern erkannte er den Mann, der vor dem Eingang des Hotels auf Gramzow gewartet hatte. Jens Koeppen, das fehlende Puzzleteil. Er nahm sich vor, von Plessen wegen dieses Treffers in der Datenbank noch mal ausdrücklich zu loben.

Als die beiden Männer zusammen im Eingang des Hotels verschwanden, verließ Radegast seinen Wagen und ging hinterher. Die Lobby war leer, bis auf einen älteren Portier hinter dem Counter, der durch ein Telefonat abgelenkt war. Radegast sah, dass einer der beiden Lifte aufwärts fuhr und im achten Stock hielt. Er stieg in den anderen Aufzug und fuhr in den siebten Stock. Von dort nahm er den ausgeschilderten Fluchtweg durchs Treppenhaus und ging nach oben.

Der achte Stock verfügte über zehn identische Zimmertüren auf einem spärlich erleuchteten Flur. Radegast bewegte sich leise an den Türen vorbei, lauschte auf Stimmen und andere Geräusche. Aber entweder Koeppen und Gramzow hatten sich nichts zu sagen, was unwahrscheinlich war, oder die Türen waren sehr gut gedämmt. Nach seiner erfolglosen Runde kehrte Radegast in den siebten Stock zurück. Natürlich hätte er dem Unbeteiligten in der Lobby seinen Dienstausweis zeigen und ihn nach Koeppens Zimmernummer fragen können. Aber er war fast sicher, dass Koeppen sich hier unter falschem

Namen angemeldet hatte. Radegast trat an ein Flurfenster, von dem aus er einen Blick auf die Hafenanlagen und ein ausgemustertes britisches U-Boot hatte, und rief von Plessen an. »Wo steckst du?«

»Moment«, sagte von Plessen, »ich befinde mich jetzt auf der Bundestraße 96, am Ortsschild von Lietzow.«

»Dann setzt du dein Blaulicht aufs Dach und kommst zum Rügenhotel in Sassnitz! Ich brauche dich hier.«

»Rügenhotel«, sagte von Plessen und es klang wie eine Frage.

»Hotelhochhaus, kannst du gar nicht verfehlen. Du kommst hoch in den siebten Stock!«

»Jawohl. Das habe ich verstanden.«

»Bis gleich«, sagte Radegast. »Und wenn du nach Sassnitz reinkommst, machst du das Blaulicht und die Hupe aus!«

»Selbstverständlich«, sagte von Plessen und wartete offenbar, ob noch etwas käme.

Aber Radegast beendete das Gespräch. Er hatte Vorkehrungen zu treffen. Als erstes blockierte er einen der beiden Fahrstühle im siebten Stock, indem er ein Post-it in die Lichtschranke der Tür klebte. Dann öffnete er die Fluchttüren im siebten und achten Stock und stellte sie fest. Schließlich bezog er oben auf der Treppe zwischen beiden Stockwerken Position. Zeit zum Nachdenken. Koeppen und Gramzow waren in einem dieser Zimmer. Koeppen wurde als gewaltbereit beschrieben und war vermutlich bewaffnet. Deswegen hatte er absolute Priorität. Mit Gramzow würde er so oder so fertig werden. Aber dann war da noch Herr Steiner, der vermutlich draußen vor dem Hotel in seinem Mietwagen saß und auf Gramzow wartete. Oder war er ihm auch bloß gefolgt, damit er ihn zu Koeppen führte? Und schlich inzwischen auch hier rum?

Radegast ging zum Treppenhausfenster. Der Parkplatz war leider nicht einzusehen. Dann hörte er oben eine Tür klappen, dazu eine Männerstimme »Wir sind dann weg.« Radegast nahm zwei Treppenstufen auf einmal und kam gerade noch rechtzeitig, um einen scharfen Luftzug zu spüren und zu sehen, wie die Tür mit der Nummer 821 ins Schloss fiel. In Gegenrichtung, vor den Fahrstühlen, stand Gramzow und stützte einen klapprigen alten Mann, der sich ein Handtuch vor den Mund presste und krank aussah. Hatten Gramzow und Koeppen ihn zusammengeschlagen oder sonst wie misshandelt?

Der Lift kam und nahm Gramzow und den Alten mit nach unten. Radegast kehrte über die Treppe in den siebten Stock zurück. Wo blieb von Plessen?

FÜNFUNDVIERZIG

Reinhard Steiner hatte nicht schnell genug geschaltet. Er hatte nicht damit gerechnet, dass Gramzow in dem Hotel da drüben verschwinden würde. Möglicherweise gab es einen Hinterausgang. Oder eine Garage, in der sein SL versteckt war? Steiner hielt das für wenig wahrscheinlich, aber er würde aussteigen und sich gründlich umsehen.

Er hatte die Hand schon am Türgriff, als Gramzow unter dem Vordach erschien. In Begleitung eines älteren Mannes, den er am linken Oberarm festhielt. Schwer zu sagen, ob er ihn stützte oder ob er ihn nicht weglassen wollte. Dabei redete Gramzow unablässig auf den anderen ein. Der hielt sich ein Handtuch vor den Mund und wirkte ziemlich schwer angeschlagen. Steiner sah, wie Gramzow den Mann in seine Taxe setzte und sich hinters Steuer klemmte. Er fuhr los und kam direkt an seinem Hyundai vorbei. Steiner hatte es längst aufgegeben, sich unsichtbar zu machen. Er blieb ruhig sitzen, bis die Taxe ihn passiert hatte. Dann wendete er und an der Ausfahrt des Hotelparkplatzes zur Straße war er schon wieder hinter Gramzow.

Gramzow bog zügig nach links ab. Steiner wollte ihm folgen, sah dann aber im letzten Moment, wie ein Wagen mit hoher Geschwindigkeit heranschoss. Ein grüner Opel Vectra, *der* grüne Opel Vectra. Der, den Gramzow am Bahnhof von Stralsund abgehängt hatte. Aber zu Steiners Verblüffung ignorierte der Vectra-Fahrer die Taxe und bog auf den Hotelparkplatz ein.

Steiner war das nur recht. Er bog ebenfalls nach links ab und hatte die Taxe nach etwa dreihundert Metern wieder eingeholt. Es ging auf der B96 zurück, in die Richtung, aus der sie gekommen waren. Steiner tippte auf Stralsund. Es könnte noch ein langer Abend werden und ihm fiel seine Tochter ein, die im Hotel vielleicht auf ihn warten würde. Ein Lächeln zog über Steiners Gesicht. Marie-Thérèse. Je besser er sie kennenlernte, desto mehr stellte er fest, wie ähnlich sie ihrer Mutter war. Dabei war es eigentlich noch kein halbes Jahr her, dass er sie wirklich kannte.

Im Frühjahr war sie durch eine Foto-Story auf ihren Vater gestoßen. Genauso spontan und unkonventionell wie ihre Mutter hatte sie sich am Osterwochenende in einen Billigflieger gesetzt und war nach Frankfurt geflogen. Wenig später war sie unangemeldet vor Steiners Haus aufgetaucht. Das anschließende Wiedersehen war für beide enttäuschend gewesen. Für Steiner, weil er den Verdacht hatte, die junge Frau sei nicht an ihm, sondern nur an seinem Reichtum interessiert, für Marie-Thérèse, weil sie mit dem väterlichen Gehabe ihres Erzeugers nicht klargekommen war. Und Anni hatte zwei Tage lang durch sie hindurchgeschaut, als sei sie gar nicht existent. Marie-Thérèse hatte sich in dieser Umgebung und dieser Gesellschaft plötzlich fehl am Platz gefühlt. So flog sie am frühen Ostermontag zurück.

Drei Wochen später war ein Anruf von Steiner gekommen. Er hatte sich für die Irritationen entschuldigt, die er ihr vermutlich verursacht hatte. Und ihr einen Vorschlag gemacht, über den sie in Ruhe nachdenken sollte. Im Sommer gäbe es eine Klassiker-Rallye an der Ostsee, an der er teilnehmen werde. Das ganze würde etwa eine Woche dauern, in der sie beide sich ein wenig beschnuppern könnten. Ihre Bereitschaft vorausgesetzt, würde er sie gerne dazu einladen. Marie-Thérèse hatte die von Steiner angebotene Bedenkzeit ignoriert. Sie hatte sofort zugesagt.

SECHSUNDVIERZIG

Endlich war von Plessen da. Hinter der Fluchttür im siebten Stock instruierte Radegast ihn: Festnahme von Jens Koeppen. Gefahr im Verzug!

Von Plessen sah aus, als hätte er eine Menge Fragen, aber der Vorgesetzte wollte ihn jetzt nicht zu Wort kommen lassen. »Dienstwaffe?«

»Hier«, sagte von Plessen und zeigte Radegast das Holster unter seiner Jacke.

Der Kommissar nannte ihm Koeppens Zimmernummer und wies ihn an, hinter der Fluchttür im achten Stock zu warten. »Ich hole die Schutzwesten aus dem Wagen und sage dem Portier, dass wir hier sind.«

Von Plessen hatte immer noch ein Fragezeichen auf der Stirn.

»Würdest du lieber auf die Kollegen vom SEK warten?«

»Nein«, sagte von Plessen halbherzig. »Ich fühle mich den mir dabei zukommenden Obliegenheiten durchaus gewachsen.«

Radegast, mit von Plessens Ausdrucksweise inzwischen halbwegs vertraut, übersetzte das vielleicht eine Spur zu optimistisch als »Yes, we can«. Er gab von Plessen einen aufmunternden Schulterklaps. Dann lief er die Treppen hinunter. Als er auf der Höhe des fünften Stocks war, hörte er oben das Schlagen einer Tür und von Plessens Stimme: »Halt! Polizei!«

Radegast stürmte wieder nach oben, die Waffe gezogen. Über ihm hektisches Getrappel, dann ein metallisches Geräusch auf Terrazzofliesen. Von Plessens Dienstwaffe kam klappernd die Treppenstufen herunter und fand fünfzehn Zentimeter vor Radegasts griffbereiter Hand den Weg durchs Geländer in die Tiefe. Glücklicherweise hatte der junge Kollege sie nicht entsichert. Radegast erreichte endlich den achten Stock und brüllte mit dem Rest der ihm verbliebenen Puste: »Polizei!«

Weder Koeppen noch von Plessen reagierten darauf. Sie lieferten sich einen erbitterten Nahkampf. Radegast steckte die

Waffe weg und sprang auf die beiden zu. Das Pling des Lifts fuhr dazwischen wie der Gong des Schiedsgerichts beim Boxen und brachte alle Beteiligten zum Innehalten. Langsam öffneten sich die Türen des Fahrstuhls und gaben den Blick auf ein junges Paar frei.

Koeppen rammte von Plessen sein Knie mit voller Wucht in den Unterleib. Der Junge klappte zusammen wie ein Taschenmesser und fiel rückwärts auf ihn zu. Dazu schrie er wie eine überlebensgroße Lachmöwe. Radegast fing ihn auf und sah gleichzeitig, wie sich die Lifttüren schlossen – dahinter Koeppen und das irritierte Paar.

Radegast ließ von Plessen los, damit der sich in Ruhe auf dem Teppich krümmen konnte. »Tief atmen«, sagte er. Dann hastete der Polizist bereits die Treppen hinunter, immer drei Stufen auf einmal.

Der Portier hinter seinem Tresen war sofort hellwach, als Radegast mit gezogener Waffe aus dem Treppenhaus kam und zu den Fahrstühlen stürzte.

»Polizei«, rief Radegast. Aber der Lift kam nicht. Er war auf dem Weg nach oben gewesen, hielt jetzt im neunten Stock.

»Was ist da oben?«

»Unser Panoramarestaurant«, sagte der Portier. »Was ist denn passiert?«

»Gibt es noch einen anderen Weg als den Lift und die Treppe?«

»Den anderen Lift«, sagte der Portier, »aber der ist offenbar defekt. Ich habe gerade den Service angerufen.«

Von Plessen kam von der Treppe, bleich und breitbeinig.

Radegast drehte sich zu ihm um. »Sie sind oben.«

Von Plessen nickte entschlossen. Die Fragezeichen auf seiner Stirn waren einem Ausrufezeichen gewichen.

»Irgendwann muss er wieder runterkommen.«

»Behalte das Treppenhaus im Auge. Ich fordere Verstärkung an.«

»Mir ist eingefallen«, sagte der Portier, sichtlich aufgeregt, »es gibt noch einen Küchenaufzug vom Restaurant in den Keller. Der ist aber für betriebsfremde Personen nicht zugelassen.«

»Wo kommt der an?«

»Eine Treppe runter, durch die Tür, dann links und …« Mehr verstand Radegast nicht. Mehr musste er nicht verstehen. Er war schon auf der Treppe, hörte hinter sich die breitbeinigen Schritte von Plessens. Der hätte besser in der Lobby bleiben sollen.

Als Radegast die feuersichere Tür im Tiefgeschoss öffnete, stand Koeppen am anderen Ende des schwach erleuchteten Flurs. Radegast wusste, dass er im Türausschnitt ein gut sichtbares Ziel abgab, und sprang zurück. Er wartete in der Deckung. Aber es kam kein Schuss. Entweder Koeppen war unbewaffnet, oder er setzte seine Pistole nicht ein, weil ihm klar war, dass Waffengebrauch gegen Polizeibeamte strafverschärfend gewertet wird. Beides gleichermaßen unwahrscheinlich.

Im Kellergang klappte eine Tür. Radegast stürmte vorwärts und hatte den Geschmack von Chlor auf der Zunge. Hinter der Biegung des Ganges bekam er die Erklärung: Eine Tür mit der Aufschrift *Spa*. Nichts wie rein.

Drinnen Vogelgezwitscher und Eso-Klänge, Erdfarben und Duftkerzen, die gegen den Chlorgeschmack anstanken. Vergeblich. Rechts eine Tür mit der Aufschrift *Umkleide*, links zur *Sauna*. Radegast nahm die rechte Tür, von Plessen hinter ihm die linke.

Die Umkleidekabinen waren leer. Die Duschen und die Toilette ebenso. Radegast lief an den Spinden vorbei und riss alle Türen auf, die nicht verriegelt waren. Dann hörte er Schreie hinter der Tür zur Halle. Als er diese öffnete, kam von Plessen aus dem Saunabereich, breitbeinig und mit gezogener Waffe wie Bruce Willis in seinen besten Tagen. Vor ihm drei nackte Damen, die sich kreischend mit kleinen Handtüchern zu schützen suchten, und ein rundum rosiger Glatzkopf. Die Gäste am großen Schwimmbecken waren ebenfalls von ihren Liegen aufgeschreckt. Alles schaute auf von Plessen.

Nur einer nicht. Der Mann im Straßenanzug. Koeppen. Er rannte an der Ruhezone vorbei auf eine Tür mit dem Notausgangszeichen zu. Die Chance, ihn noch zu fassen, war gering.

Radegast versuchte es trotzdem. Ruheliegen nach beiden Seiten wegkickend, nahm er Geschwindigkeit auf. Und setzte dann zu einem seiner berüchtigten Tacklings an, die er seit der Schulzeit nicht mehr ausgepackt hatte. Dafür gelang es ganz gut. Sein rechter Fuß traf Koeppen knapp unterhalb des linken Knies, sein linkes Bein vollführte eine Sichel, die allerhand Mobiliar mitnahm, aber letztlich auch Koeppen den Rest gab. Blutgrätsche. Das Timing war perfekt, die Ausführung nicht.

Der Schwung riss nicht nur Koeppen von den Beinen, sondern beförderte Radegast mit ihm zusammen ins gechlorte Schwimmbecken.

Radegasts Augen brannten und zeigten ihm ein verwirrendes Bild. Er lag mit dem Rücken auf dem Boden des Pools und irgendetwas lastete auf ihm wie ein Albtraum. Presste die Luft aus seinen Lungen. Er konnte nicht sehen, was es war, nur tasten. Und das Ergebnis machte keinen Sinn. Er tastet weiter und kam zu einem Schuh. Mit Knöchel. Er drehte an diesem Knöchel und alles kam wieder in Bewegung. Etwas riss ihn zur Seite, er konnte sich wieder bewegen, für einen Moment sogar Luft holen, bevor es wieder runter ging. Das Etwas war immerhin weg. Er hatte es nur noch mit Koeppen zu tun. Aber mit dem würde er fertig werden. ›Du bist Segler. Das Wasser ist dein Freund. Und nicht seiner.‹

Die Atemnot kam zurück. Schneller und heftiger als beim ersten Mal. Radegast ignorierte sie. Er hielt Koeppens Knöchel, schloss die Augen und drehte dann den Unterschenkel Richtung Abgrund. Schließlich gab Koeppen auf. Radegast spürte, wie aller Widerstand aus ihm rausströmte wie durch einen Abfluss. Er ließ den Unterschenkel los und tauchte auf.

Radegast war taub. Als er die Augen wieder öffnete, hatte von Plessen Koeppen mit Hilfe des Schwimmmeisters auf den Beckenrand gezogen. Von Plessen legte ihm Handschellen an, Arme auf dem Rücken. Der Schwimmmeister sprang zu Radegast in den Pool und stemmte einen gusseisernen Beistelltisch mit Marmormosaikplatte vom Beckenboden hoch, den Radegast bei seiner Grätsche mitgenommen hatte. Das Etwas, das dann auf seiner Brust gelandet war.

Radegast stieg aus dem Becken. Koeppen lehnte mit vorwärtsgespreizten Armen an der Wand. Der Kommissar nahm wortlos die Visitation vor. Er fand eine Box mit durchgeweichten Zigarillos, ein tropfendes iPhone, eine Geldklammer mit schätzungsweise zweitausend Euro, den Zimmerschlüssel und einen Autoschlüssel mit aufgeprägtem Mercedesstern. Keine Papiere. Und keine Waffe. Radegast nahm Koeppens Zimmerkarte und wies von Plessen an, auf den Kriminellen aufzupassen.

Die Schwimmhalle war inzwischen menschenleer. Radegast wunderte sich. Hatte von Plessen das veranlasst? Hätte er ihm gar nicht zugetraut.

In der Tür kam ihm der Schwimmmeister entgegen und hielt ihm einen Korb hin. »Trockene Sachen für Sie. Ich hoffe, es ist was Passendes dabei.«

Als Radegast zwei Minuten später aus dem Umkleideraum kam, trug er eine etwas zu kurze graue Jogginghose, in deren Gesäßtasche sich die Dienstwaffe als Wasserzeichen abzeichnete. Dazu ein schneeweißes Muscle Shirt, darüber einen Hoody, immerhin olivgrün. An den Füßen Adiletten. Es hatte wenig Alternativen gegeben.

Koeppen wartete neben von Plessen an der Tür zur Treppe.

Radegast ging an ihnen vorbei. »Wir sehen uns in Stralsund«, wobei ihm selbst nicht ganz klar war, ob er das zu Koeppen oder von Plessen gesagt hatte.

»Wollen Sie ihn denn nicht selbst vernehmen, Chef?«, da war es wieder, das Fragezeichen.

Radegast schüttelte den Kopf. »Ich habe hier noch zu tun.«

Koeppen würde sowieso nichts sagen, bevor sein Anwalt da war. Sollte er ruhig über Nacht in der Sammelstelle schmoren.

Radegast nahm den Lift in den achten Stock. An Koeppens Zimmertür steckte er die Magnetkarte in das Schloss. Aber aus irgendwelchen Gründen funktionierte sie nicht. Er rieb die Karte trocken und versuchte es noch einmal. Wieder nichts. Also zurück in die Lobby. Unten traf er den Portier und zwei uniformierten Kolleginnen aus Sassnitz, an deren Namen er sich beim besten Willen nicht mehr erinnern konnte. Aber das war auch nicht nötig. Alle drei schauten Radegast an, als sei er nicht von dieser Welt. Es brauchte einen Moment, bis ihm sein Secondhand-Bademeister-Look einfiel. Er beschloss, das zu ignorieren und hielt dem Portier Koeppens Zimmerkarte hin. »Die geht nicht.«

»Ich habe sie deaktiviert«, erklärte der Portier. »In der Annahme, dass der Gast auschecken würde.«

»Ich muss mich da oben umsehen«, sagte Radegast. »Sie haben sicher einen Generalschlüssel …«

Der Kommissar schob die Blanko-Karte ins Schloss, die Tür wurde freigegeben. Er stockte einen Moment, als er den blutbesudelten Badezimmerboden sah. Radegast hob einen Boss-Anzug vom Boden auf, die Hose ebenfalls blutbefleckt. Arbeit für die Spurensicherung.

Koeppens Schrankinhalt war makellos. Drei nahezu identische Anzüge auf Formbügeln, zwei Paar dunkle Lederschuhe auf hölzernen Spannern, zehn blütenweiße T-Shirts und etwa zwanzig weiße Boxershorts, alle ordentlich gebügelt, gefaltet und auf Kante geordnet. Die Socken zu gleichgroßen Packen gerollt. Man hätte diesen Schrankinhalt so ins Schaufenster eines Herrenausstatters stellen können. Radegasts Blick fiel auf einen Aluminiumkoffer, der neben dem Flachbildfernseher stand. Er war geöffnet und leer.

SIEBENUNDVIERZIG

Die Taxe hatte direkt unter dem Schild *Notaufnahme* angehalten. Reinhard Steiner war in der Zufahrt zum Krankenhaus Bergen stehen geblieben und sah, wie Gramzow den alten Mann aus dem Auto zerrte. Offenbar wollte der nicht. Aber Gramzow war kräftiger. Anfangs jedenfalls. Aber je näher sie den automatischen Schiebetüren kamen, desto mehr sträubte sich der Alte. Und dann versetzte er Gramzow einen gut getimten Kopfstoß, der diesen rückwärts taumeln ließ. Steiner meinte, das Krachen noch durch die geschlossenen Autoscheiben gehört zu haben. Aber das war wohl nur Einbildung.

Während Gramzow sich die Hände vors Gesicht presste, kehrte der hustende alte Mann zur Taxe zurück. In diesem Moment öffneten sich die Schiebetüren der Notaufnahme, gaben den Blick frei auf einen Krankenpfleger mit der Statur eines Möbelpackers.

Gramzow, dessen Nase blutete, wehrte seine Hilfe ab, zeigte stattdessen auf den Alten im Taxi. Der Packer tat seine Arbeit und ignorierte auch das wütende Geheul des Mannes, als sie durch die Schiebetüren in der Klinik verschwanden.

Ohne sich noch einmal umzudrehen, stieg Gramzow in seine Taxe und fuhr los. Raus aus Bergen, Richtung Süden.

Steiner musste seit einer halben Stunde pinkeln und er hatte Kopfschmerzen. Außerdem tat ihm der Rücken weh. Er gab seinem kleinen koreanischen Leihwagen die Schuld. Unter normalen Umständen hätte er die Sache jetzt aufgegeben und wäre zurück zum Hotel gefahren, zu Marie-Thérèse. Aber inzwischen hatte er über drei Stunden damit verbracht, Gramzow zu folgen. Das konnte doch nicht alles umsonst gewesen sein.

Kurz hinter Bergen hatte Gramzow die Bundesstraße verlassen. Jetzt gurkten sie irgendwo auf der Insel herum, Steiner hatte jede Orientierung verloren. Konnte sich auch nicht mehr richtig konzentrieren wegen seiner vollen Blase. Er suchte nach Lösungen und fand keine. Noch ein paar Minuten und er müsste Gramzow doch ziehen lassen.

Und dann bog die Taxe etwa zweihundert Meter vor ihm in einen Seitenweg ab. Steiner gab Gas, um den Anschluss nicht zu verlieren. Aber was nach Seitenweg aussah, entpuppte sich als Kraterlandschaft, für die der kleine Hyundai viel zu schnell war. Er bockte und rockte und Steiners Kopf prallte gegen den Dachhimmel. Der Kopf war allerdings nicht das Problem. Das war immer noch die Blase. Sobald Steiner den Wagen wieder unter Kontrolle hatte, gab es keine Alternativen mehr. Tür auf, raus.

ACHTUNDVIERZIG

Er drehte den Innenspiegel, um sich die Bescherung anzusehen. Sie war rot und geschwollen und man musste nicht viel von Medizin oder von Nasen verstehen, um zu sehen, dass sie diesmal gebrochen war. Eindeutig gebrochen und schief. Aber dafür würde Onkel Klaus bezahlen. Gramzow wusste nur noch nicht, wie. Zum Beispiel könnte er seinen Radlader da drüben abfackeln. Oder die ganze Halle. Mit allen verdammten Oldtimern drin.

Gramzow stieg aus und knallte die Tür zu. Von jetzt ab würden die Dinge hier anders laufen. Zuerst würde er sich das Geld von dem Mercedesfahrer besorgen. Davon würde er die beiden Schrauber bezahlen, dass sie ihm Koeppen vom Hals schaffen. Von dem Rest würde er dann nach Spanien fliegen, oder Griechenland. Und dann eine neue Taxe kaufen. Besser zwei, für die er dann Fahrer anstellen würde. Er selbst wäre der Unternehmer. Und er kannte den Job. Seine Fahrer sollten bloß nicht kommen und ihm was vom Pferd erzählen.

Die Halle war mit dem neuen Riegel plus Vorhängeschloss gesichert, der Russen-Container ebenfalls, von den Schraubern keine Spur. Dann eben bei nächster Gelegenheit. Gramzow zog an dem Vorhängeschloss, nur zur Absicherung, falls es vielleicht doch auf war. War es nicht. Er ging zu dem gestrandeten Multicar-Kipper neben der Halle. Nach kurzer Suche hatte er das, was er brauchte, eine kräftige Abschleppstange, etwa einen Meter achtzig lang und einen massiven Vorlegekeil, den man als Hammer benutzen konnte.

Die nächsten fünf Minuten waren körperliche Schwerstarbeit. Die erste Hürde war, die Stange zwischen den Hallenboden und den Torflügel zu treiben. Nachdem das geschafft war, hebelte Gramzow das Tor hoch. Das ging nur Zentimeterweise und war so anstrengend, dass Gramzows Nase wieder zu bluten begann. Zum Glück gab es hier niemanden, den der Lärm stören konnte.

Schließlich hatte er es geschafft. Mit einem lauten Knall sprang der eine Torflügel aus den Angeln, hätte Gramzow fast getroffen. Doch der war glücklicherweise zu Boden gestürzt, als das Gegengewicht zu seinem Hebel plötzlich weg war. Er rappelte sich wieder hoch und schaute in das Innere der Halle. Tatsächlich, da war er noch, der silberfarbene 300 SL Flügeltürer, der Schlüssel zu seinen Hunderttausend. Gramzow griff in seine Hosentasche. In der nächsten Sekunde hörte er ein metallisches Klicken neben seinem linken Ohr und verspürte einen kalten Gegenstand an seinem Hinterkopf.

»'n Abend, Herr Gramzow!«

Gramzow wusste tief in seinem Innern, dass mal wieder alles anders lief, als er es sich ausgerechnet hatte. Aber die Erleichterung, dass es die Stimme von Steiner war, die er in seinem Rücken gehört hatte, und nicht die von Koeppen, blies alle negativen Gefühle weg. »Hallo«, sagte Gramzow, »ich wollte Ihnen das Auto gerade bringen.«

Steiner, die Pistole immer noch auf Gramzows Kopf gerichtet, erschien in seinem Gesichtsfeld. »Das wird ja nun nicht mehr nötig sein.« Dann ein kurzer Wink mit der Waffe: »Den anderen Torflügel auch noch! Sonst passt er da nicht durch.«

»Ja«, sagte Gramzow, »aber können Sie die Pistole bitte wegtun?«

»Sie gehört Ihnen«, sagte Steiner und gab einen Schuss in die Luft ab.

Gramzow zuckte zusammen und Steiner hielt ihm Koeppens Pistole hin. »Vollständig entladen und gesichert.«

Gramzow zögerte. Dann nahm er die Waffe und schob sie in seine Tasche. Anschließend zerrte er die beiden Torflügel, die immer noch durch den Riegel und das Schloss zusammenhingen, auf die Seite.

Steiner war inzwischen zu seinem Auto gegangen und hatte

es einmal mit forschendem Blick umrundet. Dann kam er mit ausgestreckter Hand auf Gramzow zu. »Den Schlüssel.«

Gramzow wühlte in seiner Hosentasche, musste aber erst Koeppens Pistole wieder herausziehen, bevor an den Mercedesschlüssel kam. Schließlich hatte er ihn. »Da wäre allerdings noch eine Kleinigkeit: mein Geld.«

»Ich muss erst sehen, ob alles in Ordnung ist. Nicht, dass Sie die Maschine heimlich ausgebaut und in Ihr Taxi verpflanzt haben.«

»Quatsch«, sagte Gramzow und gab Steiner den Schlüssel. »Ich habe mit den Autos hier ja gar nichts zu tun. Ich bin doch im Prinzip auf Ihrer Seite.«

Gramzow folgte Steiner, der den 300 SL aufschloss, die Fahrertür hochschwenkte und sich in den roten Ledersitz setzte. Dann zog er die Tür runter.

NEUNUNDVIERZIG

Er saß in seinem Wagen und ließ die Finger über das Lenkrad gleiten, atmete den spezifischen Geruch ein, den nur dieses Auto hatte. Sein Auto. Wie ein Weinkenner versuchte er, die unterschiedlichen Aromen zu bestimmen: Da war Leder, das sich in den Vordergrund drängen wollte, und ein leichter Anflug von doppelt raffiniertem Motoröl. Der textile Grundton des Teppichbodens und dazu eine feine Kopfnote, die Steiner nicht gleich zuordnen konnte. Aber als er die Augen schloss, hatte er es. Das musste Aluminium sein, die Mercedesleute hatten es zur Gewichtsersparnis verwendet. Aber konnte man Aluminium überhaupt riechen?

Als Steiner die Augen wieder öffnete, schaute er in das grinsende Gesicht von Gramzow, der sich über die Frontscheibe beugte und ihm den hochgereckten Daumen zeigte. Anerkennung und Zufriedenheit heuchelnd.

Diese Frontscheibe. Sie hatte Steiner vor ein paar Jahren alles in allem fast fünfundzwanzigtausend Dollar gekostet. Er hätte für weniger als ein Viertel des Geldes eine nachgebaute haben können. Aber er wollte eine, die genauso alt war wie der Wagen. Die Suche war nervenaufreibend gewesen, bis er im südafrikanischen Kapstadt zum Ziel gekommen war. Beim Ex-Direktor einer staatlichen Diamantenmine, der sich diese Frontscheibe dann praktisch in Gold hatte aufwiegen lassen. Aber der absurde Preis hatte Steiner nicht so sehr zugesetzt wie die Tatsache, dass sein Flügeltürer fast neun Monate lang unter einer Plane verbringen musste, zum Stillstand verurteilt. Neun Monate. Solange brauchen Frauen, um ein Kind zu kriegen.

Steiner schaltete die Zündung ein und freute sich, als die Zeiger der Instrumente hochzuckten. Wie die Ohren eines Schäferhundes, wenn Herrchen die Leine vom Haken nimmt. Noch eine Achteldrehung des Schlüssels und der Anlasser fing an zu rotieren. Beim zweiten Anlauf setzte das Triebwerk ein. Zweihundertfünfzehn schwäbische Pferde unter der langen, flachen Motorhaube. Schnaubten und scharrten schon mit

den Hufen. Und neben der Motorhaube stand noch immer dieser Clown.

Sein Grinsen war verschwunden, jetzt war er wütend, fuchtelte mit der Pistole. »Mein Geld! Wir haben eine Abmachung.«

Steiner ließ die Pferde antworten. Mit einem langgezogenen Wiehern, das an das Kreischen durchdrehender Reifen auf glattem Asphalt erinnerte, drängten sie vorwärts. Der 300 SL machte einen Satz ins Freie.

Doch der Clown wollte noch nicht aufgeben. Die nutzlose Pistole in der Hand rannte er neben dem Wagen her.

Steiner ließ das Heck auf dem sandigen Untergrund nach links pendeln und Gramzow verschwand in einer Staubwolke. An der Treppe zum Büro musste Steiner wenden, und als er Kurs auf die Kurve zur Ausfahrt nahm, stand er schon wieder da. Mitten auf dem Weg. »Gut«, sagte Steiner und stellte fest, dass er tatsächlich laut sprach, obwohl der andere ihn gar nicht hören konnte. »Dann zeig mal, wie mutig du wirklich bist!« Steiner trat aufs Gas und der Mercedes schoss auf Gramzow zu. Etwa zehn Meter, bevor er ihn erreichte, sprang der Taxifahrer zur Seite und ging zu Boden. Steiner lachte und nahm das Gas weg.

Und dann kam Gramzow plötzlich wieder hoch. Das nächste, was Steiner sah, war ein silberner Regen aus zerberstendem Glas. Etwas Dunkles, Schweres durchschlug die Fünfundzwanzigtausenddollar-Frontscheibe und traf ihn hart am Kopf.

FÜNFZIG

Radegast hatte bereitwillig der Spurensicherung das Feld von Koeppens Hotelzimmer überlassen, nicht ohne sie noch einmal besonders auf den Aluminiumkoffer hinzuweisen. Er wollte alle Fingerabdrücke, die irgendwie verwertbar waren. Bis zu ihrer Ankunft hatte er nach Koeppens Waffe gesucht,

war aber nicht fündig geworden. Nach allem, was Radegast aus den Akten wusste, war es allerdings unwahrscheinlich, dass Koeppen plötzlich unbewaffnet auftrat. Vermutlich hatte er mindestens eine Pistole in seinem Fahrzeug versteckt. Das suchten sie auch noch. Etwas hatte Radegast dann allerdings doch noch gefunden. Ein Streichholzbriefchen neben dem Aschenbecher: *Kiesgrube Jördens wünscht Ihnen ein glückliches 2008*. Auf der Rückseite Adresse und Telefonnummer. Radegast hatte sich an den Kalender aus Gramzows Küche erinnert und beschlossen, auf der Rückfahrt nach Stralsund einen Abstecher zu machen.

Als er im Schritttempo über die Rüttelstrecke kroch, die zur Kiesgrube führte, hörte er irgendwo das Aufheulen eines Motors. Dann stieg hinter der Biegung eine Staubwolke hoch. Alles nichts Ungewöhnliches auf dem Gelände einer Kiesgrube. Wenn ihm nicht vorhin eine Stimme vom Anrufbeantworter mitgeteilt hätte, dass der Betrieb wegen Krankheit bis auf Weiteres geschlossen wäre. Radegast fuhr rechts ran und nahm seine Dienstwaffe aus dem Handschuhfach. Gechlortes Wasser tropfte aus dem Magazinschacht. Egal.

Er stieg aus und schob die Pistole wieder in die Gesäßtasche der zu kurzen Jogginghose. Als er um die Kurve bog, sah er einen silbernen Sportwagen auf einen Mann zufahren, der mitten auf dem Weg stand. Gramzow. Der hechtete zur Seite, kam dann wieder hoch und hatte einen schweren Vorlegekeil in der Hand, den er in die Windschutzscheibe des Sportwagens schleuderte. Splitterndes Glas, das Heulen des Motors, dann Stille.

Wie ein blindwütiger Stier rannte Gramzow zu dem Wagen und versuchte die Tür aufzureißen.

Radegast war schneller. »Polizei!« Der Kommissar trat Gramzow die Beine weg. Und bevor der sich von seinem Schrecken erholen konnte, kniete Radegast auf seinem Rücken und tastete ihn ab. In der Seitentasche der Cargohose fand er eine Beretta. Der Polizist überzeugte sich, dass die Waffe ungeladen und gesichert, der Geruch sagte ihm aber, dass sie vor nicht allzu langer Zeit benutzt worden war. Gramzow versuchte seinen Kopf zu drehen und Radegast sah dessen schiefe und blutende Nase. Er stand auf, zerrte Gramzow hoch und lehnte ihn im weiten Winkel gegen den Wagen. »Hände aufs Autodach, Beine gespreizt!«

Gramzow stöhnte und unter seinem rechten Nasenloch platze eine Seifenblase aus Blut. »Die Pistole gehört mir nicht. Ich habe mit allem nichts zu tun.«

Die Fahrertür des Mercedes flog auf. »Du dummes Arschloch! Du blödes, dummes Arschloch! Jetzt mach ich dich fertig!« Reinhard Steiner schälte sich aus dem Wagen. Eine Platzwunde an der hohen Stirn, Blut lief über sein Gesicht. Ohne sich um irgendwen und irgendetwas zu kümmern, stürzte er sich auf Gramzow.

Radegast stoppte ihn mit einem Tritt in die Magengrube, der ihn neben seinem Auto auf die Knie gehen ließ. Dann rief er Annekathrin Struve an und bat sie, zur Kiesgrube Jördens zu kommen.

Radegast schloss die Augen und lehnte sich im Sitz zurück. Er überlegte, ob er die Kollegin Struve bitten könnte, etwas langsamer zu fahren. Aber er entschied sich dagegen. Er hatte sie heute Abend schon um mehr als genug bitten müssen. Anne-

kathrin und ihr Gatte hatten zu einem Gartenfest geladen. Ausgerechnet heute. Mit dreißig bis vierzig Leuten. Radegast öffnete die Augen wieder und sah, dass es 22.17 Uhr war. Und Struve fuhr, als wollte sie unbedingt noch vor Mitternacht auf ihrer eigenen Party erscheinen. Aber das würde ihr kaum gelingen.

Er war müde aber zufrieden. Bis auf drei Fahrzeuge hatten sie alle verschwundenen Oldtimer in der Kiesgrubenhalle sicherstellen können. Thorsten Gramzow befand sich im Gewahrsam und würde ihnen sagen, was mit den anderen passiert war. Im Kofferraum seiner Taxe hatte man einen Satz Oldtimer-Nummernschilder gefunden. Reinhard Steiner hatte Gramzow wegen Körperverletzung, Sachbeschädigung, versuchter Hehlerei und Erpressung angezeigt. Aber das waren vergleichsweise Peanuts. Gramzow hatte die Beretta gehabt, die jetzt auf dem Weg zu den Ballistikern im LKA war. Wenn sich Radegasts Vermutung bestätigte, dass mit dieser Waffe der Schwede Lindblad erschossen worden war, dann ging es für Gramzow um Mord.

In der ersten Vernehmung hatte der Taxifahrer behauptet, das sei gar nicht seine Pistole, die habe er von Reinhard Steiner bekommen. In der zweiten wollte er sie dann von Koeppen erhalten haben. Gramzow hatte zunehmend konfus gewirkt und wahrscheinlich hätte Radegast ihn zu einem Geständnis bewegen können, aber dann war von Plessen mit dem Amtsarzt im Schlepp erschienen. Der hatte Steiners Kopfwunde versorgt und wollte sich dann Gramzows gebrochene Nase anschauen. Daraufhin hatte der Kommissar die Vernehmung abgebrochen. Er würde Gramzow zu einem Geständnis bewegen. Eine Frage von wenigen Stunden. Mehr als Gramzows Aussage beschäftigte Radegast eine andere Sache: Was musste passiert sein, dass aus einem schmierigen Taxifahrer ein kaltblütiger Killer wurde? Er würde sich auch den Vorgang *Woernle* noch einmal ansehen. Vielleicht lag da der Schlüssel.

»Der Hund«, unterbrach Annekathrin seine Gedanken, »wir müssen uns um den Hund kümmern.«

»Welcher Hund?«

»Von Jördens, dem Kiesgrubenbesitzer. Ich war bei ihm im Krankenhaus. Er hat ein schweres Magengeschwür, muss noch dableiben. Sein Neffe fällt ja jetzt als Hundesitter aus.«

»Hast du Jördens gefragt, was der eigentlich bei Koeppen in Sassnitz wollte?«

»Ihn um Hilfe bitten. Weil sein Neffe ihm seine Medikamente vorenthalten habe und ihn nicht zum Arzt lassen wollte.«

»Und? Bestätigt Koeppen das?«

»Der sagt nix, wie du vermutet hast. Er wartet auf seinen Anwalt aus Hamburg.«

Dann fuhren sie schweigend weiter durch die Nacht, jeder mit seinen Überlegungen beschäftigt.

Unter Wasser, im Pool, mit dem Eisentisch auf seiner Brust, hatte er für eine Millisekunde das Gesicht von Lis gesehen. *Tod durch Ertrinken.* An einem Tag im Oktober war die Meldung über einen Toten im Watt zwischen Sahlenburg und Neuwerk gekommen. Lis hatte das übernommen. Radegast war wegen einer Brandstiftung bei den Fischhallen hinter dem Bahnhof. Ein Wattführer, der mit einer Gruppe unterwegs war, hatte den Toten entdeckt. Während Lis auf dem Weg zu ihm war, kam Nebel auf. Der Wattführer musste seine Gruppe in Sicherheit bringen. Unterdessen lief die Flut auf. Anhand der Koordinaten, die ihr der Wattführer gegeben hatte, suchte Lis nach dem Toten. Und verirrte sich im Nebel. Radegast hatte ihren Anruf bekommen. Er war nach Sahlenburg gerast. Da waren schon alle da. Gesellschaft zur Rettung Schiffbrüchiger, Technisches Hilfswerk, Kollegen. Später noch ein SAR-Hubschrauber. Er hatte mit ihr gesprochen. Bis ihr Akku leer war. Radegast war am Strand geblieben. Hatte gehofft, wider alle Wahrscheinlichkeit. Vier Tage später, bei ablaufendem Wasser, hatte man sie gefunden. Lis hatte sich mit ihrer Dienstwaffe erschossen. Um nicht ertrinken zu müssen.

Das Hotel Vier Jahreszeiten funkelte wie ein Ausflugsdampfer durch die Mitsommernacht. Als Radegast und Annekathrin Struve auf die Terrasse traten, wurden sie mit Applaus empfangen. Ursprünglich hatte Maike Boysen einen Abschiedsabend für die Teilnehmer der Strelasund Classics ausrichten wollen, aber dann hatte die Nachricht die Runde gemacht, dass die Polizei die verschwundenen Wagen sichergestellt hatte.

Der Kommissar hob beschwichtigend die Hände, Annekathrin Struve deutete tatsächlich so etwas wie einen Knicks an. Wahrscheinlich der Reflex einer Turniertänzerin auf Beifallsbekundungen. Und plötzlich wusste Radegast, woran ihn ihr heutiges Outfit erinnerte: heller Plisseerock, weißes T-Shirt unter einer blauen Herrenweste und dazu kniehohe weiße Lederstiefel. Fehlte nur noch ein Dreispitz mit Goldbandbesatz und Marabufedern und fertig war das Funkenmariechen. Ein vorpommersches Funkenmariechen zur Mittsommernacht.

Während Radegast Maike Boysen begrüßte und dabei die Gesichter der Rallyegäste musterte, trat Struve an die Balustrade, reckte sich auf die Stiefelspitzen und schaute in die Menge. »Alles kurz mal herhören, meine Damen und Herren«, Struve klopfte mit einem Löffel an ein leeres Weinglas und brachte so auch die letzten Plauderer zum Schweigen. »Das Wichtigste zuerst: Die Autos sind wieder da. Unversehrt, soweit wir es beurteilen können. Drei Wagen wurden allerdings fachgerecht zerlegt, einen haben wir in einem Container bei den anderen Fahrzeugen gefunden. Über diesen Container konnten wir einen zweiten ermitteln, der am Terminal in Mukran auf seine Verschiffung nach Dubai wartete.«

Container wäre eigentlich Radegasts Stichwort gewesen, aber Reinhard Steiner kam ihm zuvor. Zwei Champagnergläser in der Hand trat er auf Annekathrin Struve zu. Mit der Erklärung, er wolle sich im Namen aller für die erfolgreiche Arbeit der Polizei bedanken, reichte er ihr das Glas.

Annekathrin sah aus, als wollte er ihr Gift geben und stellte das Glas hinter sich auf die Ummauerung der Terrasse.

Steiner bemerkte das nicht, er hatte sich bereits umgedreht. »Der Champagner geht auf mich. Aber ihr müsst ihn euch schon selbst von der Bar holen.«

Sofort fing ein allgemeines Gedränge von der Freiterrasse Richtung Hotelbar an.

Radegast trat den reaktionsschnellsten Trinkern in den Weg und brachte so den ganzen Zug zum Halten. »Eine Sekunde noch!« Jetzt waren alle Augen auf ihn gerichtet. Er räusperte sich. »Im Zuge unserer Ermittlungen konnten wir zwei Tatbeteiligte festnehmen, die inzwischen im Gewahrsam sind. Anhand der Container war es uns außerdem möglich, an die Auftraggeber und Organisatoren für den Diebstahl ihrer Autos heranzukommen.« Er hatte sich bei diesen Worten dem Ehepaar Lamberti genähert und fragte sich, ob sie tatsächlich

nicht merkten, wie sich die Schlinge um sie zuzog. Oder ob sie so kaltblütig waren. »Die beiden Container«, fuhr Radegast fort, »wurden von einer Baufirma bestellt, die auf Herrn Lamberti eingetragen ist.«

»Ich weiß von nichts«, sagte Paul Lamberti, um dann etwas unlogisch zu erklären: »Das werden Baumaschinen sein.«

Radegast sah, wie Frau Lamberti ihrem Mann beschwichtigend die Hand auf den Unterarm legte. Dann fuhr er fort: »Auf der Facebook-Seite eines ihrer Geschäftspartner in Dubai haben wir außerdem ein Kontaktformular gefunden, mit dem Interessierte sogenannte Vintage Cars ordern konnten. Vorausgesetzt sie verfügten über ausreichend Dollars. Und alle Oldtimer, die hier entwendet wurden, standen vor drei Monaten in dieser Facebook-Liste.«

»Und«, meldete sich Frau Lamberti zu Wort, »was beweist das? Das ist doch alles nur heiße Luft. Im Übrigen gehe ich jetzt zu Bett.«

Inzwischen stand Annekathrin Struve hinter Frau Lamberti und legte ihr die Hand auf die Schulter. »Daraus wird nichts. Sie beide müssen uns nach Stralsund begleiten.«

Frau Lamberti blitzte ihren Mann an. »Na los, ruf unseren Anwalt an! Er soll die Sache umgehend klären.«

Radegast zog ein Schriftstück aus der Tasche, hielt es Paul Lamberti hin. »Der Staatsanwalt sieht Flucht- und Verdunklungsgefahr als gegeben an. Darf ich bitten?«

Die Reaktion war bemerkenswert. Während Herr Lamberti plötzlich fahl zu werden schien, bekam das Gesicht seiner Frau tomatenrote Flecken. Sie griff wortlos nach der Hand ihres Mannes und zog ihn wie einen bummelnden Erstklässler hinter sich her in Richtung Parkplatz. Dort warteten bereits die uniformierten Kollegen mit ihrem Transporter, die die Kommissare vorsorglich aus Stralsund angefordert hatten.

Radegast und Struve folgten ihnen. »Dieser Gramzow gesteht morgen Nachmittag. Spätestens«, sagte Radegast.

»Wie viel Uhr?«, fragte Struve.

»14.45 Uhr.«

»Nicht vor 16.30 Uhr.«

»Willst du wetten, Annekathrin?«, fragte Radegast.

»Nicht mit dir.«

»Und weshalb nicht?«

»Mach hin'ne! Ich möchte meinen Gästen wenigstens noch beim Abschied hinterherwinken.«

Radegast lächelte. Das war natürlich ein Argument.

EINUNDFÜNFZIG

Ole hatte ihn am Morgen um 6.50 Uhr rausgeklingelt, mit Käsebrötchen und zwei großen Pötten Kaffee. Es war kurz nach 2.00 Uhr gewesen, als Radegast in der Nacht im Polizeipräsidium den ganzen Papierkram endlich erledigt hatte. Die erste Vernehmung der Lambertis war ziemlich erfolgreich gewesen.

Als Radegast ihnen den Mord an Gösta Lindblad zur Last legen wollte, gab das Ehepaar die Beteiligung am Diebstahl der Fahrzeuge sofort zu. Aber nur das. Von dem Mord wüssten sie nichts, damit hätten sie nichts zu tun. Das sei Koeppen gewesen. Ein gefährlicher Berufskrimineller, der irgendwann nicht mehr zu kontrollieren war.

Als Radegast schließlich im stockdunklen Altefähr vor seinem Haus parkte, meldete sich sein Gewissen. Ole hatte seinen Job verloren, Laura und er machten sich Sorgen um ihre Zukunft und Janas versprochene Segelstunde war auch wieder ausgefallen. Er war nicht da, wenn die Freunde ihn brauchten. Mal wieder. Radegast hatte sich beim Schlafengehen fest vorgenommen, heute mit Ole zu reden. Aber der war ihm zuvorgekommen. Mal wieder.

»Wie sieht's aus?«, hatte er über Kaffee und Käsebrötchen zu Radegast gesagt. »Ich würde gerne ein paar Schläge machen. Kommst du mit?«

Jetzt saß Ole an der Pinne des FLYING DUTCHMAN und Radegast stand im Trapez. Raumschots Richtung Stralsund, ungefähr fünf Windstärken und die Morgensonne eine Handbreit über der Küste. Radegasts Schlafdefizit war weggeblasen. Kurz vor der Stralsunder Hafeneinfahrt fiel Ole weiter ab. Sie hatten jetzt fast achterlichen Wind. Ein kurzer Blickkontakt mit Ole, dann hakte Radegast das Geschirr aus und setzte sich in Lee, ihm schräg gegenüber. Früher, als sie beide noch rauchten, hätten sie jetzt ihre Zigaretten rausgeholt. Aber es ging auch ohne. »Laura meint, ich sollte das ruhig machen mit Papenburg«, fing Ole an. »Ist ja nicht völlig aus der Welt.«

Radegast sagte nichts. Er wusste, das ist nur die Einleitung. Da kommt noch was.

»Zwei aus meiner Abteilung haben schon unterschrieben, dass sie rübergehen. Und die Ecke soll ja auch gar nicht so platt sein, wie man immer hört.«

»Nee«, sagte Radegast, »ist aber eben Nordsee. Das ist schon was anderes.«

Ole nickte in sich hinein, dann schaute er Radegast an. »Gestern Mittag hätte ich wahrscheinlich auch unterschrieben. Sogar gestern Nachmittag noch. Aber dann kam erst Birger mit dem Baubescheid für seinen Schuppen, dann die Marlies, damit ich ihr eine Fotokopie beglaubige, dann noch dies und das. Und nach dem Abendessen war der Pfarrer da, wegen dem Parkplatz an seiner Kirche.«

»Und das am Sonntag«, sagte Radegast. »Bist eben ein gefragter Mann.«

»Nee«, sagte Ole, «ich bin euer Bürgermeister. Und wenn ich das nicht mache, wer macht es dann? Vielleicht ist es ja sogar zu was gut, wenn ich nicht mehr auf die Werft gehe. Da kann ich mich mal gründlicher um die Gemeindesachen kümmern.«

»Und in drei Jahren«, sagte Radegast, »sitzt du in Berlin und machst Oppositionsarbeit.«

»Quatschkopp! Parteilos und ehrenamtlich. Dabei bleibt es. Das verspreche ich dir.«

Mit diesen Worten ging Ole wieder höher an den Wind und holte die Großschot dichter. Für ihn war die imaginäre Zigarettenpause offenbar beendet.

Aber Radegast machte keine Anstalten, sich wieder ins Trapez zu schwingen. »Ich habe auch noch was«, sagte Radegast. »Die Colin Archer.«

»Tja«, sagte Ole und fierte die Schot wieder aus, »das wird

leider nichts. Laura und ich, wir müssen jetzt erst mal sehen, wie wir überhaupt über die Runden kommen.«

Radegast nickte, während Ole schon weitersprach.

»Wahrscheinlich wäre dir und mir die Sache mit dem Schiff sowieso über den Kopf gewachsen. Ich habe dir ja erzählt, was alles zu tun wäre.«

»Aber die Substanz ist gut, hast du gesagt. Und es ist eine Colin Archer.«

»Ja. Die Substanz ist gut«, sagte Ole und Radegast fand, dass es etwas patzig klang.

»Du bist der Fachmann«, sagte der Polizist, »und dem vertraue ich. Ich habe heute in der Mittagspause einen Termin bei meiner Bank. Die sollen mir das restliche Geld für das Schiff leihen.«

Ole schüttelte den Kopf. »Autos und Schiffe kauft man nicht auf Pump. Hast du das nicht immer gesagt?«

»Meinen Anteil zahle ich ja bar«, sagte Radegast. »Und deinen Rest verrechnen wir mit den Arbeitsstunden, die du in unser Schiff reinsteckst.«

»Und du meinst, wir kriegen das hin?«, fragte Ole und hatte schon ein leichtes Grinsen auf dem Gesicht.

»Wenn nicht, hätten wir keine Colin Archer verdient«, sagte Radegast. »Na komm! Klar zur Wende! Ich will spätestens Viertel vor neun da drüben im Präsidium sein. Und vorher muss ich noch duschen.«

Ole luvte an, ging dann auf den anderen Bug und nahm Kurs auf Altefähr.

Radegast hing im Trapez und der FLYING DUTCHMAN bügelte die kleinen Ostseewellen glatt. Die Gischt, die nach Lee wegspritzte, warf einen kleinen Regenbogen vor die Silhouette von Stralsund.

Fabian Radegast lächelte. Und fühlte sich als Glückskind.

Über die Autoren

Rainer Wittkamp, 1956 in Münster/Westfalen geboren, studierte Kunstgeschichte, Theaterwissenschaft und Soziologie an der FU Berlin, drehte als Regisseur Kurzfilme, TV-Features, Fernsehserien und Industriefilme und schrieb zahlreiche Drehbücher mit Axel Witte.

2013 veröffentlichte er seinen ersten Kriminalroman »Schneckenkönig«, der Auftakt einer Reihe um den Berliner Ermittler Martin Nettelbeck. Sein Krimi »Kalter Hund« wurde 2015 von der Krimi-Couch zum besten deutschsprachigen Kriminalroman gewählt. Für »Stumme Hechte« erhielt er 2016 den Berliner Krimipreis »Krimifuchs«.

Axel Witte ist 1950 im Ostseebad Kühlungsborn/Mecklenburg geboren. Nach dem Abitur in Eutin/Holstein studierte er in Kiel und an der Freien Universität Berlin Komparatistik, Publizistik und Germanistik. Seit 1977 schreibt er zunächst Literatur- und Filmkritiken, später Radiofeatures und seit 1993 vor allem Drehbücher fürs Fernsehen. So lange reicht auch die Zusammenarbeit mit Rainer Wittkamp zurück. Zuletzt erschien 2015 die gemeinsame Kriminalerzählung »Springers Fall« in der Anthologie »Drückermorde«.

Weitere Ostseekrimis auf der Insel Rügen

256 Seiten
Euro 12,99
ISBN 978-3-356-01604-8

Der Tod einer Verwandten führt Greta Winter und ihre Freundin Lissy aus Hamburg ins herbstlich verschlafene Binz. Kaum im Hotel, lässt ein Schrei die beiden aus dem Bett fahren. Unten in der Lobby hören sie eine tragische Geschichte: Aus Eifersucht hat die Hotelbesitzerin drei Wochen zuvor ihren Mann und sich selbst vergiftet. Und nun will eine sichtlich geschockte Empfangsdame dem Wiedergänger ihrer gewesenen Chefin begegnet sein. Solcher »Zombie«-Aberglaube lässt zwei Großstädterinnen natürlich nur müde lächeln. Doch wenig später liegt die Rezeptionistin tot am Strand …

248 Seiten
Euro 12,99
ISBN 978-3-356-01520-1

Jung, schön, berühmt – und tot. Nach einem umjubelten Konzerterfolg wird die Sängerin Joanne Jones hinterrücks ermordet. Die Mordwaffe, die eine ungewöhnliche Stichwunde hinterlassen hat, ist unauffindbar. Weitere Morde folgen und bringen die Ermittler unter Druck. Eifersucht und Habgier gibt es im Umfeld der Toten mehr als genug. Aber allmählich schwant der eigenwilligen Jungkommissarin Ella Busch, dass die Spur auch in ganz anderes Fahrwasser führen kann: Plant jemand einen Anschlag auf die Wallensteintage, die für sommerliches Gedränge in Stralsunds Altstadt sorgen?

352 Seiten

Euro 12,99

ISBN 978-3-356-02178-3

Der prominente Klimaforscher und Buchautor Professor Volker Flosbach vertritt im Zingster Max Hünten Haus seine Thesen zum kommenden Anstieg der Meeresspiegel. Unter anderem führt er bei seinem Vortrag aus, dass weite Teile auf Fischland-Darß-Zingst und Hiddensee in der zweiten Hälfte des 21. Jahrhunderts aufgegeben werden müssten. Einige Wochen nach diesem Auftritt wird der Professor auf dem Leuchtturm am Hiddenseer Dornbusch ermordet. Was hat sich bei der Geburtstagsfeier des streitbaren Autors wirklich abgespielt? Hauptkommissarin Sylke Bartel und Privatermittler Tom Brauer verfolgen die Spuren, die sie schließlich von Hiddensee über Stralsund nach Zingst führen.